KB152978

월파(月坡)
김상용 評傳

김 학 동 지음
조 용 훈 편저

국학자료원

■ 왕십리 입구

■ 왕십리 전경

■ 축동마을

⌐ 연천공립보통학교(1993년)

⌐ 첫시집 〈망향〉

⌐ 묘역 비석
비연에〈향수〉 전문이 새겨져 있다

경성고등보통학교(현 정독도서관)

보성고등보통학교

■ 일본 릿교대학

■ 월파 망우리 묘역

월파 김상용 評傳

초판 1쇄 인쇄일	2019년 1월 21일
초판 1쇄 발행일	2019년 1월 25일

지은이	김학동
엮은이	조용훈
펴낸이	정진이
편집장	김효은
부편집장	이성국
편집/디자인	정구형 우정민 박재원
마케팅	정찬용 남춘옥 주호
영업관리	한선희 우민지
책임편집	정구형
인쇄처	국학인쇄사
펴낸곳	국학자료원 새미(주)
	등록일 2005 03 15 제251002005000008호
	경기도 파주시 소라지로 228-2 (송촌동 579-4)
	Tel 4424623 Fax 64993082
	www.kookhak.co.kr
	kookhak2001@hanmail.net

ISBN	979-11-89817-01-5 *03800
가격	15,000원

* 저자와의 협의하에 인지는 생략합니다.
 잘못된 책은 구입하신 곳에서 교환하여 드립니다.
 국학자료원 · 새미 · 북치는마을 · LIE는 국학자료원 새미(주)의 브랜드입니다.
* 이 도서의 국립중앙도서관 출판예정도서목록(CIP)은 서지정보유통지원시스템 홈페이지(http://seoji.
nl.go.kr)와 국가자료공동목록시스템(http://www.nl.go.kr/kolisnet)에서 이용하실 수 있습니다.

"이 도서는 한국출판문화산업진흥원의 출판콘텐츠창작자금지원사업의 일환으
로 국민체육진흥기금을지원받아제작되었습니다."

월파(月坡)

김상용 評傳

김학동 지음
조용훈 편저

책머리에

『망향望鄕』의 시인 월파 김상용은 왕성하게 시작활동을 전개하다가 이른 나이에 생을 마감했다. 그의 대표작 〈남으로 창을 내겠소〉는 아직도 많은 사람들에게 회자되고 있다. 특히 "왜 사냐건/ 웃지요"는 관조적인 삶의 태도에서 가능한 표현이라는 점에서 사랑받았다. 무위자연의 이런 시적 상상력은 산과 물을 무척 좋아한 그의 자연관에서 비롯된 것이라 할 수 있다. 월파는 민족의 영산인 백두산은 물론, 금강산을 비롯 서울 근교의 북한산을 수없이 등반하고 산행에서 얻은 자연의 위대함과 신비함을 시와 산문에 발표해 왔다. 1930년대를 대표하는 시인임에도 불구하고 그러나 그에 관한 연구는 많지 않다. 그에 관한 구체적인 연구가 요청되는 것은 그래서 자연스러운 현상이라 하겠다.

이 책은 월파 김상용의 전체를 6부로 구분하여 편성했다. 제1부 「월파의 생애와 문학」에서는 월파의 생애를 몇 개의 단락으로 분류하여 전기적으로 접근했고, 제2부 「허무사상과 정관靜觀의 시세계」에서는 월파의 시를 통시적 차원에서 고찰했다. 제3부 「월파의 시에 나타난 심상과 모티프」에서는 특징적인 모티프와 심상을 제시하고 그 상징성을 살폈고, 제4부 「작품론 몇 가지」에서는 대표작 〈남으로 창을 내겠소〉를 비롯하여 몇몇 작품을 분석하였다. 그리고 제5부 「월파의 시와 산문」에서는 월파의 시와 산문을 단계별로 구분하고 이를 서지적 차원에서 살폈고, 제6부 「시관과 시형식의 실험·시형식과 주제와 양면성·미해결의 과제」에서는 월파의 시관과 시형식의 다양성을 검토했다. 아울러 시의 형식은 물론, 주제의 양면성에 관한 것은 비교문학적인 관점에서 접근했다. 끝으로, 월파의 전기와 서지 연구에서 해결되지 못한 쟁점들은 장차 해결해야 할 미래의 과제로 제시했다. 부록에는 월파의 가계도와 생애 및 작품연보를 구축해서 독자의 이해를 돕고자 했다.

전술한 것처럼 월파의 문학에 대해서는 연구가 많이 진행되지 않았다. 학문적 접근은 물론 기념사업 등도 활발하게 개최되지 않았다. 당시 함께 활동했던 시인이나 작가들의 경우 그들이 태어난 고향에서 기념사업을 개최하여 성황을 이루고 있는데 반해서 월파는 그렇지 못했던 것이다. 그런데 최근 고향 연천 소재의 문화원에서 그와 관련된 문학행사가 개최될 조짐을 보여서 반갑다. 아무튼 사업들이 잘 추진되어 큰 성과를 거두기를 바랄 뿐이다.

월파의 기념사업들이 이렇게 늦어진 까닭은 무엇일까? 연천은 한때 북한에 소속돼 함께 살았던 고향 주민들이 전란으로 뿔뿔이 흩어졌고 새로 정착한 주민들은 월파에 대해서 잘 몰랐던 것이 아닐까 막연히 추측해 본다. 아무튼 늦었지만 지금부터라도 김상용의 문학 전반을 연구하고 이를 기념하는 사업들이 성공적으로 개최되기를 기대한다.

　필자가 관심을 갖고 월파의 시세계와 전기를 정리한 것도 벌써 30년이 훨씬 넘게 흘렀다. 그 후로 많은 연구가 이루어져 거의 완벽하게 정리된 것으로 이해하고 있었다. 그런데 이번에 그에 관한 글을 다시 쓰면서 아직도 그때와 큰 차이가 없는 것을 발견하고 아쉬움이 컸다. 이 평전을 계기로 월파 문학 연구가 후속되고 기념 사업이 활발히 전개되기를 고대한다.

2016년
김 학 동

출간을 기념하며

　나는 이 글을 쓸 자격이 있는가. 이 책은 김학동 선생님께서 작고하기 전 마지막으로 손질하고 출간을 희망한 시인 김상용 평전이다. 그런데 책의 도입을 담당하다니. 지금도 초조하고 두렵다. 모두부터 안절부절 속앓이를 하는 이유는 나의 자격미달에서 온다. 정직하게 말하자면 자격은 되나 함량미달이라는 표현이 정확하다. 은사께서 나를 지도해 주셨고 곁을 주셨으니 제자임은 분명하다. 다만 관계의 형식을 넘어선 질적 혹은 정서적 결속력이 담보하는, 그러니까 깊은 인간적 신뢰와 사랑이 동반된 것인가를 묻는다면 망설여진다. 성장과정에서 인격적으로나 혹은 능력을 이유로 누구로부터 지지와 격려를 받거나, 사랑의 대상이었던 경험이 많지 않기 때문이다. 그런데 은사와 관련한 책의 머리말을 쓰다니. 이 사실이 시작부터 내내 발목을 잡았다. 그럼에도 불구하고 사랑하고 존경했던 분을 회고하며 회자정리를 갖는 것도 소중한 시간이리라.

　그해 봄을 잊지 못한다. 작고하시기 일년 전 5월이다. 계절의 여왕이라는 5월, 늘 그렇듯 스승의 날을 핑계로 투병중인 선생님을 방문했다. 점심 식사를 앞에 두고 당신은 드시지 못했다. 나 역시 그랬다. 카페에서도 그랬다. 입맛을 완전히 잃으신 것이다. 가슴이 덜컥했다. 형언할수 없는 불안이 주변을 맴돌았다. 그리고 마침내 헤어질 때, 선생님은 굳이 지하철 개찰구까지 나를 전송했다. 그때 마주 잡은 손을 잊지 못한다. 선생님은 손을 잡고 내 눈을 천천히 응시했다. 아니 서로 마주 보았다. 눈물이 났다. 당신의 눈가에도 이슬이 영롱했다. 더 머무르면 그냥 무너져 버릴 것 같았다. 그러나 선생님도 나도 잡은 손을 놓지 않았다. 차고 건조한 선생님의 피부, 그러나 뜨거운 사랑이 내 몸을 관통했다. 그 강렬함 때문에 나는 지금까지도 선생님과 어떻게 이별했는지 기억하지 못한다. 맞잡은 손을 어떻게 놓고 마침내 돌아섰는지. 뒤돌아보지 말자 다짐하면서도 몇 번을 돌아 보며 눈물을 훔치고 지하철에 승차했는지. 기억하지 못한다. 훗날 선생님의 일기에서 그날 마음 속으로 많이 우셨다는 글을 읽고 또 통절한 바 있다.

그후 병세가 급격히 악화돼 입원하셨다. 돌아가시기 직전까지 간헐적으로 문병하고 호전되기를 기대했으나 병세는 더욱 악화됐다. 그리고 그 뜨겁던 여름(2017.7), 작렬하는 태양을 뒤로 하고 세상과 이별을 고하셨다. 가족과 친지 그리고 당신을 사랑한 몇 사람이 마지막을 함께 했다. 누구보다도 검소한 장례를 주문했고 그것마저 알리기를 저어하신 분. 그 분이 마침내 대지의 품에 안겨 영면에 드는 순간, 더 이상 흘릴 눈물도 남아 있지 않았다. 선생님께서 베푸신 무한한 사랑을 받기만 했던 비루한 나는, 이제 어쩌란 말인가, 했다.

임종 직전까지도 선생님께서는 개인이 역사와 어떻게 만나는가, 그 한 방법을 제시해 주셨다고 해도 과언이 아니다. 시 전공자가 한국 근현대시의 도저한 흐름과 어떻게 관계 맺는지를 함량 높은 저서로 제시하셨다. 그것은 당연히 시의 역사를 서술하고 주도한 시인에 대한 치밀하고 밀도 높은 탐구에서 가능했다. 은사는 개화기 시가부터 1950년대까지의 한국의 시, 정확하게는 시인을 탐구하셨다. 고고학적 발굴에 가까운 열정은 항상 나를 부끄럽게 만들었다. 당신에 의해 이런 저런 이유로 잊혀졌거나 정치적으로 외면받았던 많은 시인들이 자신들의 이름을 찾았다. 정지용, 오장환, 최소월, 김기림 등을 비롯한 뛰어난, 그러나 명멸해간 수많은 시인들이 비로소 이 땅에 존재하기 시작했다. 시인이 지상에 남긴 작품들을 지구 끝까지 탐사하고 발굴해 전집을 간행하는 것, 이를 토대로 그의 시세계를 연구하는 것, 그것이 필생의 작업이었다. 그

지난한 작업을 소개하기엔 지면이 이를 감당하지 못한다. 아울러 지금 이 자리에서 한국의 시사 정립 혹은 시인 연구에 기여한 그 분의 성과를 운위하는 것은 적절하지 않다. 자제하고 싶다. 묵언수행하는 수도자처럼 그저 연구에 매진하신 은사에 반하는 일이므로 그렇다.

다만 작고하기 직전까지 시인에 대한 끊임없는 탐구를 지속했다는 것만은 꼭 말씀드리고 싶다. 기왕 출간하신 시인 연구 및 시전집을 보완하고 완성도를 높여 재출간하신 것도 끝내 엄격함과 치밀함을 잃지 않으려는 태도에서 비롯된다. 그저 놀랍다. 이 『김상용 평전』 역시 과거 간행된 바 있는 『월파 김상용전집』(1983)에 바탕을 둔 것이다. 다만 임종 직전 정신적, 육체적 소진 상태에서 가까스로 작업한 것이어서 과거의 치밀함은 약화됐다. 그러나 역설적으로, 그래서 더욱 애착을 보이셨다. 출간을 끝내 희망하신 것도 이 때문이다. 부끄럽지만 당신의 논리를 좇는 선에서 감히 수정하고 체계화하려고 노력했다. 용서하시길. 출판계의 불황이 어제 오늘의 일이 아니며 더 더욱 인문학 연구서 간행은 모험에 가깝다. 그럼에도 불구하고 흔쾌히 이 책을 출간해 준 국학자료원에 감사드린다. 은사의 희망이 빛을 발했다.

이 글을 쓰면서 몇 번 울컥했다. 사회적 약자에 대한 절대적 관심과 배려, 정의로운 사회 구현을 누구보다 간절히 기원했던 개결한 선비. 고 김학동 선생님과 함께 했던, 절대 놓치고 싶지 않았던 시간들이 눈물샘을 자극했다. 더해서 일주기 때 이 책을 가지고 당신을 찾았더라면, 그랬더라면, 하는 뒤늦은 아쉬움과 후회가 더해졌다. 지금 가슴 저미는 추위까지 상실감에 냉기를 더한다. 다시 겨울이다. 앞으로 혹한이 엄습할 것이다. 안식하고 계신 고향 근처 그 곳만은 염원컨대, 햇살이 가득하기를 기원한다.

그리고 선생님의 손을 단 한 번만이라도 잡고 싶다. 그리고 소리내 펑펑 울고 싶다.

2018.12.11. 겨울,
대설주의보 발효되다
제자 조용훈 쓰다

차
례

제1부

월파의 생애와 문학—전기적 접근

월파의 생애와 문학

—전기적 접근

　『남으로 창을 내겠소』의 시인 월파月坡 김상용金尙鎔은 이제는 빈터
로 변한 고향집을 그리워하면서 살다가 생을 마감했다. 분계선 너머의
38선 이북의 땅—인적人跡조차 끊긴 후미진 깊은 산속, 파란 하늘에 하
얀 구름만이 서성거리는 한가로운 마을에서 태어났다. 월파가 그토록
고향을 그리워했던 이유는 무엇일까? 그것은 그리워도 돌아갈 수 없기
때문이었을 것이다. 월파는 죽어서도 고향에 돌아가지 못했고, 낯선 땅
서울 근교의 망우리忘憂里 공동묘지의 한 귀퉁이에 쓸쓸하게 누워 있다.
그의 유해가 묻혀있는 무덤의 비면에 새겨진 <향수>를 통해서 고향을
못 잊는 월파의 아픈 마을을 엿볼 수 있다.

I. 잿빛 멧부리에 멈춰선 흰 구름—월파의 유·소년 시절

월파가 태어난 고향 마을 연천은 군사분계선分界線 가까이에 위치해 있다. 통한의 분계선 탓이다. 분단된 지 70년을 넘어 한 세기를 눈앞에 두고 있는데 분단은 아직도 해결되지 않고 있다. 지구상에서 유일한 분단국으로 남아있지 않는가? 같은 하늘을 이고 살면서 서로 적대시 하여 분쟁과 갈등을 일삼고 있는 부끄러운 역사를 언제까지 지속할 것인가? 남북의 위정자들에게 준엄하게 묻지 않을 수 없다.

월파가 유·소년 시절을 보낸 고향은 연천읍에서도 서쪽으로 멀리 떨어진 한적한 농촌 마을이다. 논이나 밭이 산재한 곳은 아니고 온통 크고 작은 산으로 둘러싸인 후미진 마을이다. 취락聚落의 구성도 산기슭 여기저기에 몇 가호씩 흩어져 있어서 강원도 산간 마을에 들어온 것과도 같은 느낌이 든다. 월파는 중등교육을 받기 위해서 서울로 올라오기까지 이곳에서 꿈 많던 유·소년 시절을 보냈다.

1) 나지막한 산들로 둘러싸인 축동마을

월파는 1902년 음력 8월 17일 경기도 연천군 군남면 왕림리旺林里 840번지에서 태어났다. 현재 그 일대의 집들은 모두 헐려서 자취조차 없이 사라지고, 온통 논과 밭으로 변모했다. 그는 축동마을로 지칭된 이곳에서 아버지 김기환金基煥과 어머니 나주羅州 정丁씨 사이에서 2남 2녀 중 장남으로 태어났다. 아래로 누이동생 오남午男은 일본 유학을 마치고 돌아와 시조시인으로 활동하면서 진명여고와 수도여고에서 교편을 잡기도 하였다.

뒤로 산
숲이 둘리고
돌 새에 샘솟아 적은 내 되오.

들도 쉬고
잿빛 멧부리의
꿈이 그대로 깊소.
폭포瀑布는 다음 골(谷)에 두어
안개냥 '정적靜寂'이 잠기고······
나와 다람쥐 인印친 산길을
넝쿨이 아셨으니

나귀 끈 장꾼이
찾을 리 없소.

　　　　　　　　　　　　　—〈서그픈 꿈〉에서

　마치 월파 자신의 집이 위치한 축동 마을을 두고 쓴 작품과도 같다. 왕림리 공회당에 보관된 옛날의 지적도에서 확인한 월파의 생가는 넓은 밭으로 변모했다. 그것도 오래 전의 일로, 6·25전쟁 당시 모두 불타 버렸다고 한다. 당시의 축동 마을은 몇 가호로 구성되었는지 모르지만, 현재는 집 한 채도 없이 농지로 변모했다. 이곳에 집들이 있었던 흔적은 밭가에 군데군데 흩어져 있는 검게 그을린 구들 장을 통해서 짐작할 수 있을 뿐이다.
　이처럼 외지고 인적人跡조차 끊긴 축동 마을은 왕림리의 공회당에서 가파른 언덕 너머, 산과 산 사이 좁다랗게 펼쳐진 논과 밭에 위치해 있다. 오랜 세월의 흐름과 무섭도록 고요한 정적靜寂만이 감돌고 있고, 옆으로 몇몇 다람쥐들이 칡넝쿨을 타고 재바르게 오르내릴 뿐이다. 깊고도 깊은 산골의 고요함이 마치 심산계곡深山溪谷에 위치한 선경仙境에 들어온 것과도 같은 느낌을 선사한다.

월파의 아버지 김기환金基煥의 고향은 원래 충북 보은報恩이라고 한다. 아마도 오랫동안 경주 김씨들의 집성촌을 형성하고 있는 '북실(鍾谷)'부근의 어느 마을이 아닐까도 싶다. 그가 어렸을 때, 그의 어머니는 역병疫病을 피해 아들을 서울로 데리고 와서 한 동안 살다가 임오군란壬午軍亂(1892) 당시, 산간마을인 군남면郡南面 왕림리旺林里에 정착했다고 한다. 월파의 아버지는 여기서 한의업漢醫業을 하는 한편, 만여 평의 농지를 지닌 대농大農으로 비교적 유족하게 살았다고 전해진다.[1].

월파는 시조시인으로 활동했던 여동생 김오남金午男과 함께 이곳에서 태어나 유·소년 시절을 보냈다. 초등과 중등과정을 거쳐서 일본 유학을 마치고 돌아와 보성고보와 이화여전에서 강의할 때도 얼마간 이곳을 본거지로 하여 살았던 것으로 전해지고 있다. 가족들이 연천을 떠나 서울 성북동으로 이주하여 정착하게 된 것은 1930년의 일이다. 그의 할아버지의 묘소가 1980년대까지도 고향에 있었다는 장남 경호慶浩의 말로 미루어 아마도 월파의 부모들이 사망하고 난 뒤에 아내와 자녀들을 데리고 서울로 이사한 것이 아닐까 한다.

2) 집들이 듬성듬성 흩어진 왕림리旺林里—악동의 외로운 싸움

축동마을의 집들이 모두 헐리고 빈 터전으로 바뀌어져 있었다고 함은 이미 앞에서 말했다. 이 마을은 원래 왕림리旺林里를 구성하고 있는 한 단위부락이었는데, 6·25전쟁 당시, 모두 소실됐다.

왕림리는 여느 들판의 농촌 마을과는 다르게, 산촌 마을처럼 집들이 몇 가호씩 군데군데 흩어져 있다. 사방이 높고 낮은 산으로 둘리고, 그

한가운데 개울물이 흘러간다. 주변에는 벼논들이 푸르고, 산자락 비탈진 밭들에는 강냉이가 산재해 있는데 <남으로 창을 내겠소>의 한 장면을 연상케 하기도 한다.

구름이 꼬인다. 갈 리 있소.
새 노래는 공으로 들으랴오.
강냉이가 익걸랑
함께 와 자셔도 좋소.
　　　　　　　　　－<남으로 창을 내겠소>에서

이 마을은 월파가 살았을 때만 해도 이씨李氏의 집성촌으로, 타성他姓은 월파의 가족 을 포함해서 몇 가호밖에 되지 않았다고 한다. 그런데 8·15 해방 직후, 남과 북으로 갈리면서 북한에 소속되었다가, 1953년 휴전협정으로 남한에 귀속되었다고 한다. 그래서 6·25전쟁을 겪으면서 원주민들은 모두 어디론가 뿔뿔이 흩어져 떠나갔고, 지금은 거의가 그 이후에 새로 들어와 정착하게 된 주민들이 대부분이다. 원주민은 한두 가호밖에 안 된다.

월파가 어렸을 때의 일이다. 월파는 누구에게도 지기 싫어하는 개구쟁이로 마을에서도 가장 힘이 세고 매사에 적극적이었다. 아이들 간에 분쟁이 일면 시비是非를 곧잘 따지는 정의로운 악동惡童이었다는 그래서 부모들에게 매를 많이 맞고 자랐다고 회고한 바 있다. 하기야 그 시대는 어린이들 간에 싸움이 있을 때 부모들은 시비곡절是非曲折을 가리기보다 교훈 삼아서 자기 자식들을 매로 다스렸다. 요즈음 세태世態와는 사뭇 다른 것이라 할 수도 있을 것이다.

하루라도 '싸움'을 아니하곤 못 견디던 그 시절 생각만 해도 벌써 까마득한 옛 이야기이다. 30여 호 이웃이 모두 이문李門이다. 타성他姓으로 우리 외에 두 집이 있을 뿐이었다. '주축'은 자연 이문의 애놈들과 된다. 놈들은 일가를 빙자하고 떼가 된다. 그 새에 끼어 놀라니 그 고독이 혜성 같았었다. '떼'를 믿는 놈들은 경위經緯가 없다. 가끔 애놈들이 '떼'를 믿고 무경위한 짓을 흩뿌린다. '떼'는 '떼'요 경위는 경위다. 경칠 놈들 하고 놈들이 '떼'를 세고 나올 때 나는 경위를 따진다. 결국 충돌이 생긴다. 욕이 나오고 손찌검이 된다. 놀지 않고는 살 수가 없었던 그 시절이다. 놀데란 야산으로 앞뒤로 둘린 마을밖에 없었다. 동무란 '떼'를 믿는 이문李門놈들 뿐이다. 싸움은 내 어린 시절의 면치 못할 운명이었다. '지자'하고 '싸움'이 벌어진다. 고요한 전원의 공기에 이리해 그날의 파동이 일어난다. 싸움의 중심은 물론 사계의 소小'카이젤'인내다. '아버지'의 '×××'아 불으시는 무서운 음성이 들린다. 또 큰일이다. 빈주먹 하나로 능히 수십 완적頑敵을 대적하던 내 '쏠개'도 아버지의 호통엔 콩찌개로 급 수축을 한다. 불문곡직하고 내가 그르다는 것이다. 기막힌 일이다. 무가내하無可奈何다. 억울한 종아리를 맞는다. 차후엔 다시 아니하겠다는 다짐을 둔다. 순전한 국제연맹식國際聯盟式 맹서다.[2]

위는 월파가 고향을 떠난 지 오랜 세월이 흐른 뒤에 유년시절을 환기하여 쓴 「이미 16년」이란 글에서 인용했다. 산업사회에 들어서기 이전, 그러니까 농경시대에 전형적인 집성촌을 형성하고 살았던 촌락의 모습과 세태인정을 엿볼 수가 있다.

월파는 이씨문중李氏門中의 집성촌에서 '떼'를 믿고 달려드는 다툼 속에서 외로이 상대하여 싸웠고, 그로 말미암아 아버지로부터 수없이 매를 맞았던 기억들을 떠올리고 있는 것이다. 월파는 이렇게 아버지에게 매를 맞으면서 또 다시 그들과 싸우기를 거듭했던 악동으로서 자신의 어린 시절을 추억하며 당시 어린이들의 관심사와 생활상을 전해준다. 불문곡직不問曲直하고 매를 맞았다는 것과 '순진한 국제연맹식의 맹서'라는 단어에서 우리는 그것을 읽을 수가 있다.

3) 못자리를 망친 우렁잡이 사건—초등학교 시절의 기억

이씨문중의 떼들과의 부단한 싸움도 거의 끝나갈 무렵, 어느 덧 개구쟁이 월파도 자라서 초등과정에 입학할 나이가 되었다. 월파가 초등과정으로서 연천공립보통학교에 입학한 것은 1911년으로 추정된다. 월파가 이 학교를 졸업한 것이 1915년(大正 4) 3월로 되어 있기 때문이다.[3] 월파는 자신이 초등학교에 입학한 것은 열세 살이 되던 해 봄이라고 밝힌 바 있다.[4] 그러나 당시의 학제로 보나, 그의 밝혀진 연령으로 미루어 월파의 이 말이 잘못되었거나, 아니면 이제까지 알려진 그의 연령年齡이 잘못된 것으로 생각된다.

당시의 학제는 초등과정과 중등과정이 모두 4년제이다. 이것이 6년제와 5년제로 변경된 된 것은 1922년이다. 따라서 1902년생인 월파가 열세 살 때에 초등학교에 입학했다면, 1913년이 되어야만 한다. 그런데 초등과정을 졸업한 것이 1915년이라면, 입학은 1911년이어야 옳다. 그렇다면 출생연도 1902년은 오류이거나, 아니면 열세 살 때에 초등학교에 입학했다는 것이 착오라 하겠다. 그의 보성고보 학적부에 기록된 1902년(明治 35년)을 기준으로 할 때는, 9세 때에 초등과정에 입학해야만 한다. 월파가 열세 살 때에 초등학교에 입학한 것이 아니라, 졸업해야 했다는 것이다. 아무튼 월파의 출생년도와 초등학교 입학의 문제는 앞으로 해결되어야 할 과제로 남아 있다.

연천읍 소재의 연천공립보통학교는 그가 태어나 자란 왕림리旺林里에서는 상당히 먼 거리에 위치하고 있다. 지금은 포장되어 자동차로도 내왕할 수 있게끔 되었지만, 당시만 해도 산비탈과 산기슭으로 이어져 겨우 걸어서 운신할 수 있었던 길이었다. 산과 산, 또는 그 사이로 길이 이어졌는데 위험한 고갯길도 있었다. 오늘날 어린이들이 이런 험하고 먼 길을 걸어서 학교에 다녀야 한다면 어떤 반응을 보일까? 그런데 당시의 어린이들 대부분은 그 멀고 험한 산길을 걸어서 학교를 다녀야 했다.

> 몇 살 때든지 잘 기억이 나지 않습니다. 하여간 꽤 어렸을 시절인데, 학교를 갔다 오다가 별안간 '우렁이'를 잡고 싶은 생각이 났습니다. 마침 어느 논가에 가보니 우렁이가 여기저기 많기는 한데 불행히 '못자리'를 다 해놓은 논배미입니다. 물론 들어가지를 않았어야 옳을 것이지만, 우렁이의 유혹이 날래 발을 돌이키게 아니 합니다. 할 수 없이 생각다 못해 못자리에 들어가 우렁이를 잡기 시작했습니다. 동리가 멀어 보는 사람은 없고, 또 이왕 들어선 판이라 사정 볼 것 있습니까. 마구 돌아다니며 우렁이를 잡았습니다. 물론 못자리는 망창이 되었을 것이 아닌가요. 못 자리야 어찌 되었건 우렁이를 한 괴침 잡았는지라 즐겁게 집에 돌아와 잡은 우렁이를 삶아 잘 먹었던 것입니다.[5]

위에서 월파는 그가 초등학교를 다녔을 때의 추억으로 학교에서 수업을 마치고 돌아오는 길에 친구들과 함께 못자리를 왕창 망쳐놓았던 것을 회상하고 있다. 우렁이 잡이를 위해서 볍씨를 뿌려놓은 못자리를 망쳐놓았다는 것이다. 철없는 개구쟁이가 아니고서는 도저히 할 수 없는 짓이기도 하다. 그가 이렇게 철없던 부끄러운 짓을 어린 시절의 추억으로 떠올리고 있는 까닭은 가슴 깊이 새겨져 잊지 못할 경험으로 남아 있기 때문이다.

그 당시 농촌이 고향인 사람들은 이와 유사한 추억들을 간직하고 살아간다. 어릴 적 이런 추억들은 아무리 세월이 흘러도 잊히지 않고 뚜렷한 영상으로 다가오게 마련이다. 더욱 돌아가지 못할 고향일 경우 사무치는 그리움의 강도는 상상 이상일 것이다.

4) 축동 어귀의 비탈진 '쇠고드락'―우물가의 빈 동이는 간 데 없고

월파의 누이동생 김오남金午男의 시조에도 나타나 있듯이, 축동에서 왕림리 회관까지 가려면 '쇠고드락'이란 산골짜기를 통해야만 했다. 쇠고드락은 그리 깊지는 않지만 거기에는 월파가月坡家의 전답田畓도 있어서, 그들 오누이가 읍내의 초등학교에 가려면 날마다 그 골짜기를 통해서 산간으로 이어진 신작로를 걸어야만 했다.

월파는 그 먼 길을 걸어서 읍내 학교까지 통학했다. 월파는 이곳에서 4년간 열심히 공부하여 당시로서는 경쟁률이 전국에서 가장 높았던 경성고보(경기중고의 전신)에 입학한다. 아마도 초등과정의 학업성적이 매우 우수했던 것으로 추정된다. 이렇게 한적한 시골학교에서 경성고보에 합격했으니 말이다.

왕림리에서도 아주 외딴 축동마을은 전체가 몇 가호나 되었는지 알수가 없다. 집들은 모두 헐려 자취도 없고 인적人跡조차 끊긴 적막감寂寞感이 오히려 찾는 이로 하여금 몸을 오싹하게 한다. 젊은이들이 앞 다투어 도시로 몰려나가면서 남은 노인들만이 외롭고 쓸쓸한 삶을 이어가고 있는 것이 농촌의 현실이라 할 수 있는 것이다.

'때는'짓궂어
꿈 심겼던 터전을
황폐荒廢의 그늘로 덮고

물 깃는 처녀 돌아간

황혼의 우물가에

쓸쓸히 빈 동이는 놓였다.

　　　　　　　－<노래 잃은 뻐꾹새>에서

　월파는 어린 시절을 보냈던 고향의 소박하고 원초적인 모습을 떠올리고 있다. '물 긷는 처녀'들이 모두 돌아가고 난 황혼녘의 우물가에 놓인 빈 물동이에서 짜릿한 향수를 느끼고 있다. 이제는 거의 찾아볼 수조차 없는 농촌의 원초적原初的인 풍경이기도 하다. 당시로서는 농촌이면 어디서나 흔히 볼 수 있었던 우물가의 소박한 풍경이지만 월파에게는 영원히 잊을 수 없는 추억으로 남아 있었던 것이다.

　고향은 그리움이다. 고향에는 부모형제와 일가친척, 그리고 어렸을 적 함께 자랐던 친구들이 살고 있거나 흔적이 서린 곳이다. 그래서 누구나 고향에 돌아가고 싶어 한다. 월파도 마찬가지로 떠나온 고향이 그리워서 물 긷는 처녀의 빈 물동이를 떠올리고 있다. 이씨문중李氏門中의 떼무리와 지겹도록 싸우기도 했지만, 그래도 그때의 고향 친구들을 못 잊어 하고 돌아가지 못하는 안타까운 마음을 달래면서 깊은 상념에 빠져들고 있는 것이다.

　월파는 초등학교에 진학하기 전 유년기를 어떻게 보냈을까? 그 당시 대부분의 어린이들은 집이 아니면, 서당에서 한문을 공부하는 것이 일상이었다. 월파도 마찬가지로 어린 시절에 한문수학漢文修學을 했다.

　　<춘우유청산春雨乳青山>을 지어 선고先考에게 칭찬을 받던 것도 월파의 나이 7,8세 시절이다. 금일 조조曹操, 명일 현덕玄德의 통감通鑑 생활이 '짚'을 씹는 것보다 싫었다. 하루는 집을 벗어나 아랫말 서당을 찾았다. 때는 하절夏節 차소위此所謂 '당음시절唐音時節'이라. 혹자는 '마상봉한식馬上逢寒食'과 싸우고, 혹자는 '비류직하삼천척飛流

直下三千尺'을 자랑한다. 뭇 병아리같이 왱왱대는 중에 일봉一鳳이나 되는 듯 초연히 일좌一座를 정하고 듣기 좋게 외우는 초립草笠이 하나 있다. '애오생지수유哀吾生之須臾 선장강지무궁羨長江之無窮'을 요새 문자를 쓴다면 제법 멋이 있게 읽어 재긴다. 과연 어깨 짓이 날 것 같다. 나도 고문古文을 읽자. 고문 같은 글을 써보자. 이리해 나는 이런 부허浮虛한 동기로 일시 동파東坡, 왕발王勃을 추모한 적이 있다.[6]

위는 '내가 사숙私淑하는 내외 작가'를 말하는 「기억의 조각조각」에서 인용한 것이다. 월파가 초등학교에 입학하기 이전, 그의 나이 7,8세 때에 있었던 일을 회상한 것이다. 월파의 아버지는 한약상漢藥商을 운영할 만큼 한문학에 대한 해박한 지식과 소양을 가졌기 때문에, 월파는 집에서나, 아니면 서당에서 한문을 수학한 것으로 보인다.

우리는 여기서 월파의 시적 재능과 조숙성早熟性을 엿볼 수가 있다. 어린 나이에 「통감通鑑」을 배우면서 조조曹操나 현덕玄德을 알았고, 「당음唐音」이나 소동파蘇東坡와 왕발王勃을 통해서 한시에 빨려든 것으로 보아 그렇다. 한자를 깨치기에도 어린 나이에 소동파나 왕발의 시에 매료되어 감동을 받았다는 것은 그의 시적 재능이 뛰어났다고 말해 주는 것이다.

ㄹ. 경성고보 · 보성고보 · 릿교立敎대학(일본)

— 월파의 청 · 소년 시절

고향인 연천漣川에서 초등학교 과정을 마치고 중등학교 교육을 받기 위해서 서울로 상경한다. 그는 처음 입학했던 경성고등보통학교에서 퇴학당하고 사립보성고등보통학교로 편입하여 중등과정을 마쳤다. 이후 일본으로 건너가 릿쿄立敎대학 예과를 거쳐 학부에 진학하여 영문학을 전공했다. 대학과정을 마치자 곧바로 귀국하여 모교인 보성고보 영어과 교사로 취임함과 동시에 이화여전梨花女專 강사로도 출강하여 영문학을 강의했다.

1927년 4월 월파는 보성고보 교사로 취임했다. 바로 이듬해 봄에 이화여자전문학교 영문학과 전임교수로 부임했고 사망할 때까지 동교 교수로 근무했다. 일제 말, 태평양 전쟁이 막바지에 이르면서 영문과 강의가 폐지되는 바람에 잠시 학교를 그만두고 떠났다가 8·15해방과 함께 다시 복직했다. 그리고 8·15해방 직후, 군정軍政 시절에 강원지사江原知事로 임명되었으나, 그 직이 적성에 맞지 않아 부임하고 며칠 후 사직하고 다시 학교로 복직한다7). 이런 일을 제외하고 월파는 죽을 때까지 이화여대에서 거의 떠나지 않았다.

1) 경성고보에서 보성고보로―3 · 1학생운동의 대열에 참여하다.

월파가 경성고등보통학교8)에 입학한 것은 1916년 4월로, 연천보통학교를 졸업한 다음해이다. 초등과정을 마치고 곧바로 중등과정에 입학하지 않고 1년 뒤에 입학했는지 잘 알 수가 없다. 아마도 부족한 학력을 보충하기 위해서 늦어졌거나, 아니면 어떤 딴 이유가 있었는지도 모른다.

월파는 경성고보에 입학하면서 처음으로 고향을 떠났다. 앞에서도 말했듯이, 연천漣川에서 초등학교 과정을 밟고 전국에서 경쟁률이 가장 높았던 경성고보에 입학한 것은 그의 뛰어난 재능과 부단한 노력의 결과였을 것이다. 적어도 소읍지에서 초등과정을 마치고 서울에서도 초특급이라 할 수 있는 경성고보에 진학한다는 것은 아주 우수한 학생이 아니고서는 불가능했기 때문이다. 그는 서울에서 자취생활을 하기도 하고, 서울에서도 대부호로 손꼽혔던 연천의 명망가인 이상필李相弼의 집에서 서생처럼 지내기도 하면서 중학과정을 마쳤다고 한다. 그런데 이에 대한 구체적인 사실은 잘 알 수가 없다.9)

당시 월파의 부모는 만여 평의 전답을 소유했고 한의업에 종사해서 월파가 공부하는데 경제적으로 크게 문제될 것이 없었던 것으로 생각된다. 그런데, 그가 무슨 이유로 자취생활을 하고 서생으로 일하면서 학교를 다녔던 것일까? 자세한 이유는 알 수 없다. 아무튼 그는 여동생과 함께 일본 유학까지 마치고 돌아와 교편을 잡게 된다. 아들과 딸을 함께 일본 유학까지 시켰던 것은 월파가의 경제력뿐만 아니라. 신교육에 대한 아버지의 남다른 열정으로 추정된다.

월파의 경성고보 재학 중의 학업성적이나 학교생활에 대해서는 별로 알려진 것이 없다. 다만 그가 3학년의 막바지에 이르러 3·1독립운동이 일어났고, 이때 학생운동의 대열에 가담하여 활동하다가 관헌官憲의 검거를 피해 낙향한 것으로 알려지고 있다. 그 때문에 경성고보에서 제적되어 보성고등학교로 옮기게 된 것이라고 한다.

1919년 3월 1일은 우리 민족에게는 운명의 날이 아닐 수 없다. 일제에게 빼앗긴 나라를 되찾고자, 온 국민이 궐기하여 일제에 항거하는 저항운동이 전국적으로 펼쳐졌다. 이 민족적 거사는 우리들로 하여금 '대한민국'이라는 근대국가를 형성하는 데 전기가 되었던 것도 사실이다. 3·1운동은 오랫동안 이어온 봉건적인 왕조국가에서 탈피해서 모든 권력은 국민으로부터 나온다는 주권재민主權在民의 근대국가 형성의 단초가 되었던 것임은 말할 것도 없다.

당시 월파는 경성고보 3학년 신분으로 학생운동의 대열에 참여하여 일제에 항거했다. 그러나 이런 저항운동도 무장한 군경의 총칼에 짓밟혀 많은 학생들이 검거되는 결과를 낳았다. 검거되지 않는 많은 학생들은 검거망을 피해서 각자 고향으로 돌아가 숨어 지냈다.

2) 박봉애朴鳳愛와의 결혼

월파가 박봉애朴鳳愛(본관: 밀양密陽)와 결혼한 것은 1919년의 일이다. 3·1독립운동 당시 학생운동에 참여했다가 일본 관헌들의 검거를 피해 고향으로 돌아와 머물러 있었던 기간이었다. 월파의 아버지는 아들을 고향에 정착시키고자 그 기간을 이용하여 결혼을 시키게 된 것이라고 한다.

그의 아버지는 불안하고 혼란된 시국에 아들을 객지에서 공부시키는 것보다는 고향에서 안전하게 가업을 이어가기를 내심 바랐는지도 모른다. 그래서 그는 아들의 결혼을 서두른 것이 아닐까한다. 당시 월파의 나이 18세였고 그렇게 빠른 혼령婚齡도 아니다. 그 시대에는 많은 사람들이 이보다 어린 나이에도 결혼을 하였으니 말이다. 요즘의 세태世態로 보면 조혼임에 틀림없다. 그러나 우리는 전통적으로 조혼의 풍습을 오랜 기간 이어온 것은 사실이다. 월파는 한 살 위의 박봉애와 결혼하여 슬하에 3남 4녀의 자녀를 두게 된다.

월파는 결혼 후, 시국이 안정되자 학교로 향했다. 그때 자신이 학교에서 제적됐다는 사실을 알게 되었다. 항생운동에 가담했다는 것이 제적의 사유였다. 그래서 그는 고향으로 다시 돌아와 머물러 있다가 이듬해 4월 보성고등보통학교[10] 4학년에 편입하여 1921년 3월에 중등과정을 마치게 된다. 당시 학적부를 보면, 보성고보 4학년의 학업성적이 우수했을 뿐만 아니라, 조행操行에서도 모범적인 학생으로 기록되어 있다.

그리고 그의 아버지 기환基煥이 사망한 것이 이 무렵이 아닐까 한다. 이것은 그의 산문「이미 16년」에서

'아버지'하고 사립문을 들어서던 그때의 어린 나는 지금 어디 있고, "너 왔구나! 하고 마주 나오시던 그 어른도 세상을 떠나신 지 이미 16년이다. 등하燈下에서 이 글을 쓸 때 그 어른이 계신 곳엔 솔새에 바람소리가 구슬프고 새벽하늘에 별빛만이 찰 것이다.[11]

위는 1935년 2월호 ≪신동아≫에 발표된 산문「이미 16년」의 말미에서 인용한 것이다. 이것으로 미루어 월파의 아버지가 사망한 때는 1919년으로 추정된다. 아무튼 월파는 어려서 그렇게 엄격하시기만 했던 아버지에 대한 회한과 천진난만했던 어린 시절로 회귀하지 못하는 서글픔을 이렇게 토로하고 있다.

3) 톨스토이의『부활』과 타고르의 시곡詩曲―그 감동과 심취

월파가 서구 근대문학에 눈뜨게 된 것은 톨스토이의『부활』을 읽으면서 비롯된 것이라고 한다. 고등보통학교 시절에『부활』을 읽고 받은 감동과 심취는 절정에 이르러 있었다고 고백한 바 있다. 중학모를 쓰고 본정(지금의 충무로)을 거닐다가 어느 서점에서 구입한 톨스토이의『부활』은 암야闇夜에 밝혀진 등불과도 같았다는 것이다.

말하자면, 나는 이때 비로소, 소위 신문학을 접했다 할 것이다. 부활의 어느 한 줄, 어느 한 절, 내 영靈을 일깨워주지 않는 것이 없는 듯하였다. 나는 오직 감격, 황홀 속에 책장을 뒤졌었다. 교과서를 돌아볼 여지란 다 무엔고? 네플류도프의 번민과 참회가 있지 아니한가? 여기 영원미해永遠未解 애감문제愛感問題가 있지 아니한가? 어쩌면 우리의 영혼을 구할까? 어찌하여야 이 어그러진 사회를 바로잡을까? 이런 큰 문제가 우리 앞에 놓인 것이다. 나는 점수 운운의 선생의 낯에 침을 뱉고 싶었다. 페이지마다 내 감상을 적어가며 한 달 만에 이 한 권을 필했던 것이다.『부활』1권을 읽음으로 나는 내 생의 전액全額을 찾은 듯하였다. 나는 '카쮸샤'가 그립고 네플류도프가 그리웠다. 그 이상 두옹杜翁이 그리웠던 것이다. 나는 그의 석고상을 상두床頭에 놓고 그의 주름잡힌 이마, 들어간 눈 속에 인간의 고민상을 보았던 것이다.12)

위는 월파가 톨스토이의『부활』을 처음으로 접하고 거기에 심취되어 정신을 잃을 만큼 감동한 심리상태를 잘 보여준다. 이는 다정다감했던 청소년 시절이라서 그렇다기보다는 월파의 남다른 문학성과 재능, 그리고 뜨거운 열정에서 촉발된 것을 잘 알 수 있다. 그래서 그는 대학에서 영문학을 전공했고, 시인의 길을 선택한 것인지도 모른다.

월파는『부활』에 심취되었던 것이 계기가 되어 톨스토이의 전 저작을 닥치는 대로 읽었다고 한다. 비록『인생론』이나『성욕론性慾論』의 경우 그 의미가 잘 통하지 않은 부분이 많았지만 그대로 독파할 정도로 심취했다. 아무튼 그는 톨스토이의 저술을 통해서 "인생이 무엇이며, 사람은 어디서 와서 어디로 가는 것인가"라는 화두話頭를 안고 인적 끊긴 송림松林 사이를 홀로 거닐기도 하였다고 회고한 바 있다.

월파가 톨스토이에 이어서 두 번째로 만난 문인은 인도의 시성詩聖 타고르였다. 『기탄자리』·『초생달』·『원정園丁』 등을 읽으면서 많은 감동을 받았다고 한다. 타고르의 시상詩想은 "유현幽玄을 흐르는 청류淸流를 연상케 한다"라고 감동하고 있다.

사랑과 새 노래와 꽃과 별빛과 달그림자와 흐르는 시내와 우유
차의 방울 소리 등의 그 내용은 오직 신비롭고 오직 감몽甘夢하였었
다. 너무나 환영幻影 같은, 너무나 안개 같은 시곡詩曲이었다. 무엇이
보일 듯, 그러나 아득한 그림자뿐이었다. 분명 잡았건만 손은 오히
려 비였던 것이다. 오직 신비 같이 형적形迹 없는 '보드라움'이 내 시
들려는 영혼 위에 나려질 뿐이었다.13)

월파는 타고르의 시곡詩曲을 통해서 대자연의 신비로움을 발견했고 세고世苦에 지친 인간의 영혼에 '보드라움'의 생동성을 감촉했다고 밝히고 있다. 빙설로 덮인 설산雪山의 숭고崇高함과 남국의 석양이 비낀 강하江河 언덕에 어미를 애타게 부르는 송아지의 울음소리를 통해서 유변무쌍流變無雙한 인생의 허무사상을 느끼기도 했다고 회고했다.

톨스토이의 『부활』이나 타고르의 시편들은 육당을 비롯한 1910년대 시인과 작가들에 의해서 번역 소개되어 당시의 젊은이들에게 그 반향이 매우 컸었던 것은 사실이다. 아마도 월파도 어린 나이에 이것들을 접하고 많은 감명을 받았던 것이 계기가 되어 그가 후에 시인이 되고, 동시에 영문학자의 길로 들어선 것이 아닐까 한다.

4) 투르게네프의 소설과 영국 낭만주의 시인들 ― 영문학 전공

월파가 유학차 일본으로 건너가 릿쿄立敎대학에 입학한 것은 1922년의 일이다. 그가 보성고보에서 중학과정을 마친 이듬해이다. 학교를 마

치고 곧바로 진학하지 않고 1년이 지나서 대학에 진학한 까닭은 잘 알려져 있지 않다. 혹여 재수과정을 밟았거나, 아니면 어떤 딴 이유가 있었는지도 모른다.

아무튼 월파는 릿쿄대학에 입학하여 예과 2년 과정을 마치고 동 대학 학부의 영문과로 진학한다.

> 대학 예과 2년 시절이다. 나는 영어공부 겸해 영역英譯 투르게네프의 『연기Smoke』를 읽기 시작하였다. 한 친구와 회독會讀키로 하되 질문과 응답을 교대해 하기로 하였었다. 『연기』의 초대면初對面의 수십 인물은 그 이름만도 기억이 극난이다. 친구는 이 부분에서 싫증이 나버렸다. 그러나 얼마 아니하여 작품은 적이 가경佳境에 들게 된다. 미숙한 어학으로 그 독해가 용이치 않았으나 진진한 흥미에 노고를 노고인 줄 모르고 독파한 것이다.[14]

위는 '내가 사숙私淑하는 내외작가'에 대해서 말한 「기억記憶의 조각조각」이라는 글을 인용한 것이다. 우리는 여기서 월파가 투르게네프의 영역본英譯本 『연기』를 계기로 하여 『산문시』는 물론, 『루딘』·『전날 밤』·『처녀지』·『엽인일기』 등과 같은 많은 작품들을 독파했다는 것을 알게 된다.

월파는 작품의 주인공이 목표한 것을 이루지 못했을 뿐만 아니라, 사랑하는 사람과도 헤어지고 아픈 상처를 안고 고국 러시아로 돌아오는 장면을 끝내 잊지 못한다고 말했다. 그가 돌아오는 차에서 뿜어대는 '연기'—문득 나타났다 사라지기를 무수히 반복하는—를 통하여 인생의 허무감을 느끼기도 한다. 월파는 인생을 나타났다 사라지기를 무수히 반복하는 '연기'에 비유하고 있는 것이다. 그리고 투르게네프의 『산문시』에 대한 월파의 열정 역시 대단했던 것으로 생각된다. 이는 월파가 1932~3

년에 걸쳐서 ≪동아일보≫에 번역 소개한 시편들을 통해서도 짐작해볼 수가 있다.

월파는 또한 릿쿄대학 예과과정을 마치고 학부 영문학과로 진학하면서 영문학을 본격적으로 접근하게 된다. 셰익스피어와 밀턴은 물론, 특히 바이런·셸리·키츠 등과 같은 영국 낭만주의 시인들에 심취되기도 한다. 그리고 소설가로는 쇼우·하디·스티븐슨·데이비스 등에 이르기까지 많은 작품들을 읽으면서 문학적 소양을 쌓아가고 있었다.

> 이만으로 내 기억의 '깜쟁이' 모음을 그만두자.— 생각하면, 나는 어떤 작가를 앙모仰慕 추종은 하면서도 오히려 내 전부를 오히려 내 전부를 바치지 못한 어여쁜 존재다. 위대하나 그들의 타他다. 적어도 '나'는 타로 못 바꿀 '나'가 아닌고. 나는 결국 위대한 뭇 그네들을 영양 삼아 작건 크건 간에 타로 못 바꿀 '나'를 기를 밖에 없을 게다.[15]

위는 「기억의 조각조각」의 마지막 부분을 인용한 것으로 이 글의 결론이라 할 수 있다. 많은 독서를 통해서 동서양의 위대한 시인과 작가의 작품을 통해서 많은 것을 배우고 감동과 영향을 받기도 하였지만, 그럼에도 불구하고 그들에게 '나'를 맡길 수 없었다고 한다. '나' 자신을 그들, 곧 타他와는 맞바꿀 수 없는 '자타自他'의 관계에 놓여 있다는 것을 깨닫게 되었다는 것이다.

3. 대학 강단과 문단에서의 본격적 활동—월파의 청·장년 시절

월파는 일본 유학을 마치고 귀국하여 모교인 보성고등보통학교 영어
과 교사로 취임함과 동시에 이화여자전문학교 강사로 출강했다. 그리
고 바로 이듬해에 이화여자전문학교 영문학과 교수로 초빙돼 거기서
평생을 보내게 된다. 그는 이화여전에서 모윤숙毛允淑·노천명盧天命·주수
원朱壽元 등과도 같은 여류시인들을 길러냈다. 그에게 배운 많은 제자들
은 월파를 '잊을 수 없는 은사'로 기억한다.16)

월파의 본격적인 문단활동도 이 기간에 이루어진다. 그는 그 시대 흔
히 있었던 동인활동과는 무관하게 독자적으로 신문이나 잡지에 많은
시와 산문, 번역시를 발표한다. 그리고 등산 활동을 왕성하게 하면서 등
산에 관련된 평문과 백두산과 북한산 이외의 등반을 주제로 한 시와 산
문을 각 지상에 연재한다. 이런 왕성한 문단활동은 『망향』을 문장사에
서 출간하게 되는 계기를 마련한다. 이때가 그에게는 '불혹不惑'의 나이
를 얼마 앞둔 1939년이고 보면 당시로서는 아주 늦게 첫 시집을 내게
된 것이라 할 수 있다.

1) 보성고보 영어과 교사에서 이화여전 전임교수로

1927년 4월 보성고등보통학교 교사로 취임하자마자 바로 이듬해에
이화여자전문학교 교수로 부임할 수 있었던 것은 그만큼 실력과 신뢰
도를 쌓았기 때문일 것이다.

이화여자전문학교에 취임한 이래 평생을 이 학교에 재직했다. 태평
양 전쟁이 발발하면서 영문과가 폐강돼 잠시 학교를 떠나 사업을 한 것
과 8·15해방 직후에 강원지사로 부임하여 며칠 학교를 떠났다가 복귀한

것을 제외하고는 1951년 피란지 부산에서 사망할 때까지 그는 이 학교를 떠나지 않았다. 학무처장의 직을 몇 차례에 걸쳐서 장기간 맡아서 일할 정도로 이화여자대학교는 그가 평생 동안 몸담았던 직장이었다. 월파가 3대를 이어 살았던 고향 연천을 떠나 서울 성북동에 정착하게 된 것은 1930년이다. 아마도 그의 직업이 안정되었고, 또 서울에서 살 수 있을 만큼 호전됐기 때문에 이사한 것인지도 모른다. 전 해에는 장남 경호慶浩가 고향에서 출생했다. 월파가 일본에서 대학을 마치고 돌아와 취업한 1927년부터 그의 첫 시집『망향』이 문장사에서 출간된 1939년도까지 십여 년간 작문활동이 가장 왕성했다. 그의 일곱 자녀 중 장녀 정호貞浩(1922)와 장남 경호慶浩(1929) 그리고 3남 충호忠浩(1942)를 제외하고 차녀 명호明浩(1932)·차남 성호聖浩(1934) 3녀 순호順浩(1936)·4녀 선호善浩(1938) 등 네 자녀가 서울에서 태어났다. 이후 1932년 성북동에서 서대문구 행촌동으로 이사한다.

월파는 이 기간에 여행과 등산은 물론, 문단활동도 가장 왕성하게 전개했다. 산과 물을 찾아 전국의 산하를 탐방하면서 느낀 소회를 많은 시와 산문을 써서 발표했다. 그리고 서구문학, 특히 많은 영국 낭만주의 시 및 러시아 투르게네프의 산문시 그리고 이란의 오마─카이얌17)의 '루바이얏' 시편들과 연구에 이르기까지 방대한 분량의 작품과 연구논문을 발표했다.

2) 월파의 시작활동─창작시와 번역시편들

월파가 처음으로 시작품을 발표한 것은 릿쿄대학 학부 4년 때이다. 1926년 10월 ≪동아일보≫에 발표된 <일어나거라>가 바로 그것이다.

아침의 대기는 우주에 찼다.
동편하늘 붉으레 불이 붙는데
근역槿域의 일꾼아 일어나거라
너희들의 일때는 아침이로다.
………<중략>………
아침의 대기를 흠신 마시며
공고鞏固한 의지가 꿋꿋한 육체로
팔다리 걷고서 일터에 나오라
혈조血潮의 전선에 힘 있게 싸우자.

— <일어나거라>에서

근역槿域, 곧 우리나라의 젊은이들에게 근면하게 일할 것을 강조한 노래라 할 수 있다. 해가 동편하늘에 솟아오르는 아침에 일찍 일어나 일터에 나와서 굳건한 의지와 강건한 육체로 열심히 일할 것을 권고하고 있다. 월파는 이 작품을 시발점으로 시집『망향』이 출간된 1939년 5월까지 많은 시를 발표한다.

<일어나거라> 이후 1929년 말부터 ≪조선일보≫에 민요조의 <나의 꿈>과 시조작품을 발표하기 시작하여 1930년에 이르면, ≪조선일보≫와 ≪동아일보≫ 그리고 이화여전의 교지 ≪이화≫ 등에 20여 편의 시작품을 발표한다. 이외에도 <백운대白雲臺를 찾아서>와 같은 산문과 기타 해외의 시를 번역해서 발표한다.

이후로 월파는 중간기에 해당되는 1931년도부터『망향』이 출간된 1939년 5월까지 60여 편의 시를 발표한다. 물론 이들 가운데는『망향』의 시편들도 포함되어 있다. 한편 많은 해외시를 번역한 것도 이 기간에 해당된다. 영국의 낭만주의 시인들, 특히 바이런·키츠·테니슨 등의 시편들을 위시하여 기타의 에드가 앨런 포·랜더·브라우닝·데이비스·워

즈워드 등과 러시아의 투르게네프와 이란 오마―카이얌 등 이외에도 몇 사람 더 있다.

이들 번역시편 가운데서 특히 투르게네프의 산문시 번역은 그 분량도 많지만, 월파의 강한 의도가 반영된 것으로 보이기도 한다. 그리고 영국의 낭만주의 시인들의 시 번역은 그의 전공과목과 연관된다 할 수 있다. 다만 이란의 시인이자 천문학자이며 철학자이기도 한 오마―카이얌의 『루바이얏』 시편들의 번역과 연구는 독특한 것으로 오일도가 주재했던 《시원》지에 몇 차례 연재되기도 했다. 그 시대로 보아서는 아주 생소하고 이색적인 시인의 작품에 대한 연구라 하지 않을 수 없다.

어두운 인생로라 되나된 그 비탈을
나홀로 외작지로 얻어듬 앞을 찾아
반이나 이울었다 이십二十이오 유팔有八을

어휘여! 어찌어찌 내 지나를 왔노라

지나온 그 뒷길을 내 돌아다 볼까나
이십팔二十八년 하움에 짙음이 그 무엔고
조각배 큰 바다를 지나감도 갓하야
창랑滄浪만 넘실넘실 자취도 예 없에라.

외로운 들불이 지난 뒤도 갓하야
앞뒤는 다시 자욱 사방이 밤뿐이니
남은 생 그 얼매랴 헤며 가히 알 배로되
어두운 이 인생로 어이 더듬 가랸고.

내뿐이랴 동모야 그대 어이 가랸고
고달픈 저 몸으로 어이 이 길 가랸고

그 무건 짐을 지고 강마른 저 다리로
돌 많은 이 높은 재 어이 넘어가랴고.

　　　　　　　　　　　　　－<어이 넘어 갈거나>의 전문

　이 시는 월파가 30에 이르러 지나온 삶을 되돌아보고 앞으로 어떻게
살아갈지 염려하는 것을 내용으로 한다. 그의 시력으로 보면, 시작활동
이 가장 왕성했던 1930년도 말에 발표된 초기 작품이다. 그런데 또 다
른 한편, 일본에게 나라를 빼앗긴 아픔과 암담한 민족적 현실에 대한 안
타까움과 개탄이 짙게 깔려 있기도 하다. 그 시대를 살았던 지식인들이
이토록 암담했던 민족적 현실에 대해서 탄식하거나 개탄조차 하지 않
는다는 것이 과연 가능할 것인가.

3) 북한산과 백두산 등반기와 관동팔경의 답파기

　월파는 젊어서부터 산을 좋아했다. 친구들이나 혹은 산악인들과 함
께 자주 산에 오르곤 했다. 전국 도처의 명산을 거의 등반한 전문 산악
인이라 할 수 있다. 산행을 거듭하면서 등반 과정에서 느껴지는 감동과
호연지기浩然之氣를 시로 노래하고 산문으로 발표했다.
　월파가 친구 두 사람과 함께 백운대白雲臺에 오르기 위해 가을 산행
길에 나선 것은 1929년의 일이다. 산행을 마치고 돌아와 그 등반 과정
에 있었던 감상을 경외감敬畏感으로 기술한 「백운대를 찾아서」[18]에 보
면, 월파는 이미 그 이전에도 몇 차례 오른 적이 있었다고 한다. 월파에
게 북한산은 갑갑할 때는 갑갑한 맛에 오르고, 시원할 때는 시원한 맛에
오르는 너무나도 친숙한 대상이었다.
　백운대 정상까지 왕복이 꽤나 멀고 험한 등산길이지만, 월파는 산과
물이 너무나도 좋아서 자주 찾았다. 꽃과 풀 사이로 이어진 산길을 걷다

보면 가는 곳마다 새로운 풍경들이 펼쳐지고 산새들도 그들을 아름다운 노래로 맞이한다. 이렇게 험로를 헤치고 백운대 정상에 올라 한눈 안에 들어오는 서울—그곳을 둘러싼 높고 낮은 산과 산, 그리고 광활하게 펼쳐진 넓고 누런 들판 한 가운데를 굽이돌아 흐르는 푸른 강물은 그에게는 장관壯觀이 아닐 수 없었다.

　　이것이 우리나라와 우리민족의 상징이라면 어떠하겠습니까? 형이여! 이 산들이 과연 아름답지 않습니까? 이 물이 과연 맑고 이 들이 과연 화평하지 않습니까? 그 누가 우리나라를 쓸쓸타던고, 그 누가 우리나라를 황막하다고 하던고, 저 산과 물위에 어린 안개와 산 위에 푸른 하늘과 물 위에 흰 돛대들을 보십시오. 저 강 저 언덕으로 비스듬히 누운 비단 같은 들과 그 들을 뚫고 구불구불 내려가는 냇물의 굴곡을 보시오19)

　월파는 수려하고 유현幽玄한 강산에는 아름다운 사람들만이 살아야 한다고 강변한다. 그 곳에는 아름다운 사람들만의 이야기가 있어야만 하고 아름다운 그림과 아름다운 시와 노래만이 있어야 한다고 강조한다.

　월파가 <적벽부赤壁賦>의 작자 소동파蘇東坡가 되고 싶은 마음을 비울 수 있었던 것도 자주 오르는 북한산 정상에 올랐을 때라고 한다. 누구라도 정상에서 내려다보는 자연의 장엄한 경관景觀에 압도당할 수밖에 없으며, 당연히 모든 욕심을 버리고 맑게 불어오는 바람과 어두운 밤하늘을 환히 비치는 달을 마음껏 소유하게 된다고 한다. 그는 산마다 붉게 개화한 온갖 꽃과 푸른 풀, 그리고 새 소리와 흐르는 물소리, 거기에 맑은 바람과 밤하늘을 환히 비치는 달에 심취했던 것이다.

　월파가 백두산의 등반길에 나선 것은 1930년에 있었던 일이다. 민족의 영산靈山이라 할 수 있는 백두산 정상에 올라 내려다 본 장관에 취해

시조로 노래했다.

> 수석水石을 무심無心타랴 저 돌을 보사소라
> 북한北塞 풍설風雪에 단성丹誠 아니 갸륵한가
> 의義 잊고 절節 고친 사람 볼낯없어 하려니
>
> 이끼옷 둘러입고 오늘 아직 남았나니
> 알괘라 고국한故國恨을 전傳코저 함이로다.
> 옛소식 듣는 양하여 가슴아파 하노라.
> ─<정계석축定界石築을 보고>의 전문
>
> 발밑에 천지영담天池靈潭 눈앞에 만리천평萬里天坪
> 위이연산逶迤連山이 천애天涯에 둘렸는데
> 일변日邊에 유유백운悠悠白雲은 공배회空徘徊를 하더라
> ─<백운산정白頭山頂에서>의 전문

위는 1930년 10월호 ≪신생≫에 발표된 '백두산음白頭山吟五首' 중에 속한 시편들이다. 월파가 우리 민족의 영산인 백두산 산정에 처음으로 올라 그 감동과 경외감을 시로 읊은 것이다. 민족의 상징 영산에 올라 나라를 잃고 암흑 속에서 살아가는 슬픔과 회오悔悟를 가득 담아냈다.

월파는 오늘날처럼 중국을 우회해서 백두산에 오른 것은 아닐 것이다. 그 당시만 해도 국토가 분단되지 않았기 때문에 경의선 아니면, 함경선을 타고 가서 등정했을 것이다. 이처럼 월파는 원래가 산과 강을, 아니 자연을 너무나 좋아하여 전 국토를 차례로 탐방하면서 거기에 담긴 민족혼과 아름다운 풍경을 시와 산문으로 발표했다. 전 국토를 연이어 탐방하면서 그 산하山河의 아름다움은 물론, 만나는 사람들의 투박한 말씨 속에서 느껴지는 인정과 풍속을 꼼꼼히 적어서 우리들에게 전해준 것이다.

월파가 관동팔경關東八景 답파踏破 길에 나선 것도 이와 거의 같은 시기이다. 1931년 7~8월, 폭염이 위세를 떨치는 한 여름, 길을 나섰다. 친구와 함께 여장旅裝을 무겁게 꾸려 열차를 타고 대전 추풍령을 거쳐 대구와 경주에 이르러 차를 갈아타고 목적지인 포항에 도착했다. 그리고 도보로 영일만迎日灣 백사장에서 며칠을 보내고 돌아오기도 했다.

그는 무변 장대하게 펼쳐지는 동해의 맑고 파란 물결에 월파는 크게 감동한다. 수많은 어선들이 넘나들고 어부들의 투박한 욕 타령 속에서 벌어지는 광경은 너무나 낯선 것이 아닐 수 없다. 그러나 우리 민족은 이런 투박한 욕 타령 속에서 따스한 인정을 나누면서 그 명맥을 끈질기게 이어서 오늘에 이른 것이다. 그래서 월파는 이들이 일상 나누고 있는 욕 타령이라 하더라도 우리들에게 소중하지 않을 수가 없다고 강조한다.

'개 같은 놈' 소리를 들었으니 가만히 있을 리가 있습니까? 그래 그 욕먹은 친구가 이번에는 대꾸로 '저런 강아지 같은 놈 봐라' 하고 먼저 욕한 친구를 노려봅니다. 이 소리를 듣고 또 일동이 하하 합니다. 아 하하 하는 동안에 어느덧 그물이 한두 발 끌려 들어오는 것입니다. ……<중략>……우리가 보는 동안에 그들은 무수천백어無數千百語의 욕을 주고 받았을 것입니다. 그런데 그 천백 어를 주고받는 동안에 그물이 두 번 바다에 드나들고 그물이 두 번 바다에 드나드는 동안에 그들의 옷이 되고 밥이 될 근 백 원의 기름 멸치가 잡혔던 것입니다.[20]

이 답파기는 1931년 7월 25일부터 같은 해 8월 29일까지 《조선일보》에 연재되었다. 그런데 제목과는 다르게 영일만 백사장에서 머문 것만 담고 있다. 그렇다면, 혹여 또 다른 관동팔경의 답파가 빠졌거나, 아니면 다른 지면에 발표되었을 것으로 추정된다. 아무튼 원초적原初的인

어촌의 투박한 생활의 단면을 그려냈다는 점에서 독특하다 할 것이다. 주고받는 욕설들이 그리 크게 거스르거나 심한 갈등으로 확대되지는 않는다. 그저 한바탕의 웃음으로 회화해서 힘겨운 노역勞役의 고통을 해소하고자 했던 그 시대 어촌의 한 풍경이라 할 수 있다.

4) 광태狂態 · 광행狂行 · 광언狂言의 방랑기―'인생은 요강 같다.'

『무하선생방랑기無何先生放浪記』는 1950년 2월, 수도문화사에서 출간되었다. 『망향』이 생전에 출간된 유일한 시집이라면, 이것은 그의 유일한 산문집이라 할 수 있다. 월파는 많은 시와 산문을 각 지상에 발표하고서도 이 두 권의 책자만 내고 떠나갔다.

『무하선생방랑기』는 단행본으로 출간되기 훨씬 이전, 그러니까 1934년 11월 6일부터 동년 12월 27일까지 2개월간 총 30회에 걸쳐서 ≪동아일보≫에 연재된 것을 수록했다. 따라서 이것은 월파의 작품 활동이 가장 왕성하였던 1930년대 중반에 쓴 것이라 할 수 있다. 이 작품들을 하나의 책자로 엮어 출간하면서 서문[21]에서 말하기를,

> 우리에게는 한때 마음 놓고 울지도 웃지도 못하던, 신단재申丹齋 선생이 말씀한 '임정가곡역난의任情歌哭亦難爲' 하던 시절이 있었다. 가슴에 넘치는 비통에 우리는 벙어리(狂夫)가 아니 될 길이 없었다. 무하無何는 이렇던 한 시절의 소산이었으니 그는 곧 필자의 모습이자 독자제언의 모습이 아니었던가? 그는 미쳐, 혹은 거짓 미친 채로 천외척구天外隻軀, 가엾은 나귀 하나를 벗 삼아, 방랑의 길을 떠났던 것이다. 그의 광태와 광행과 광언을 웃어야 할지 울어야 할지? 군자君子는 다만 그의 광중 속에 그의 고하려던 울분과 비애를 읽어주시면 필자의 소망은 이루었다 하리라.[22]

라고 하고 있다. 여기에 등장하는'무하無何'는 아무 부끄럼이 없이 강태狂態를 부리면서 살아가면서도 마음 놓고 울지도 웃지도 못하고 비통의 세월을 보내고 있다. 그는 미쳤거나, 아니면 거짓으로 미친 척 하면서 광태狂態, 아니 벙어리로 '요강尿鋼'같은 인생을 살고 있는 것이다. '무하'라는 인물은 해박한 지식을 바탕으로 한 원색적인 욕설과 장황한 요설饒舌, 그리고 때로는 섬광처럼 번득이는 재담才談과 해학諧謔으로 요강과도 같이 건건 찔찔한 세상을 살아가는 인생을 거침없이 희화戱化화 했던 것이다. 산문집은 월파의 회심작으로 독자들에게 많은 것을 일깨워 가르쳐주기도 한다.

그렇다면, 나귀 하나를 벗 삼아 방랑의 길을 떠나는 '무하無何'는' 누구를 두고 한 말일까? 아무래도 나라를 빼앗기고 캄캄한 암흑의 세상을 미쳐서 벙어리로 비통한 삶을 살아가는 우리 민족을 두고 한 말로 추측된다. 그래서 '벙어리', 곧 미친 사람(狂夫)로 살아가는 '무하'는 너도 되고, 또한 나도 된다. 아니 이 방랑기를 쓴 월파 자신도 되고, 그것을 읽는 독자뿐만 아니라, 이 세상 요강과도 같은 인생을 살아가는 모든 사람들이 되기도 한다.

'요강'과도 같은 인생을 살아가는 무하無何, 곧 월파 그 자신에게는 이 세상 모든 것이 '요강' 아닌 것이 없다. 그가 살고 있는 서울도 요강이고 가는 곳마다 요강 아닌 곳이 없다. 어디 이뿐이랴. 그에게 보이는 것도 들리는 것도 모두가 요강과도 같이 덧없고 허무하다.

> "인생이 구름 같지도 않고 물 같지도 않고, 또한 불같지도 않으면 인생은, 그러면 무엇과 같으냐? 네 인생은 요강 같다 하오. 요강밖에 같은 것이 없다 하오" "어째 요강 같으냐? 그 이유 이러하오.", "인생 이란 멀리서 볼 때 그럴 듯한 것이오. 매어놓고 생각하면 인생 속에

온갖 재미있는 것, 아름다운 것, 이상한 것이 숨은 것 같단 말이오. 우리가 여럿을 만날 때 얼마나 큰 기대를 두었었어요. 우리가 젊었을 시절, 얼마나 큰 행복을 인생 속에 기다리오." "그러나 우리가 필경 인생의 참맛을 알았을 때, 인생의 참속을 우리 눈으로 들여다 볼 때 우리의 인생은 어떠하오. 결코 우리가 멀리서 볼 때, 매어놓고 생각할 때의 그 인생이 아니란 말이오. 건건 찝찝하단 말이요. 지린내가 난단 말이오. 어두컴컴하다 말이오." "멀리서 보면, 그럴듯하되, 급기야 마주 당해보면 건건 찝찔하고 어두컴컴한 것이 무엇이오. 꼭 요강 밖에 그런 것이 없단 말이오. 결국 인생이 요강밖에 할 것이 없소." "이미 인생 자체가 요강 같으니 그 속에 사는 사람 놈들도 요강 밖에 같을 것이 없단 말이오. 사람 놈들을 자세히 봐보오. 깡그리 요강 같단 말이오. 요강의 어느 부분 하고나 같지 아니한 놈이 없단 말이오."[23]

이렇게 보면, 인생은 그야말로 건건찝찔하고 더럽기만 한 요강이라고 해도 과언이 아니다. 아름답고 보람차다고 한 인생을 돌이켜보면 욕심으로 차 있을 때가 많다. 죽기를 무릅쓰고 취하고 싶은 재물과 권력에 대한 욕심, 그리고 명예욕을 버리면, 그 무엇이 남겠는가? 오직 생로병사의 과정밖에, 또 다른 아무것도 없다. 사람들은 삶이 덧없고 허무하다는 것을 잘 알면서도 부질없는 욕심을 버리지 못한다. 그렇게 살다가 막바지에 후회하고 떠나는 것이 아닐까.

무하는 한동안 살았던 요강과도 같은 서울이 싫어져서 유일한 벗인 나귀만을 데리고 방랑길에 나설 수밖에 없었다. 어디 뚜렷한 행방行方이 있었던 것도 아니고 발길 닿는 데까지 가다가 해가 지면 여인숙에서 자고 혹은, 떼를 써서 민가에서 자기도 한다. 가는 곳마다 별별 사람들을 만나서 세상 이야기를 재미있게 하다가도 이따금 틀어지기도 한다. 말

싸움도 서슴지 않다가 심한 욕설이 난무하기도 한다. 기행奇行과 광태狂
態, 광행狂行, 광언狂言을 거침없이 하다가 사람들에게 빈축嚬蹙과 조롱嘲
弄을 받기도 한다. 그러다가 만나는 사람에게 신세를 지지 않고서는 단
한 순간도 살 수 없는 신세가 되고 만다.

급기야 무하는 그렇게 아끼고 사랑했던 당나귀조차 싼 값으로 팔아
야 하는 지경에 처하게 된다. 구걸하는 것도 한계에 이른 것이다. 그래
서 유일한 벗인 나귀조차 팔수밖에 없었다. 아끼고 사랑했던 나귀를 팔
고 매정하게 돌아온 무하는 자신이 너무나도 싫어졌다. 아무리 절박한
상황이라 하더라도 수족처럼 부리던 나귀를 팔고도 아무렇지 않게 돌
아서 오는 자신의 삶 자체가 요강일 수밖에 없었다. 그래서 무하는 온
세상이 요강과도 같고, 우리들이 살아가는 인생 자체가 요강 아닌 것이
없다고 강변한 것이다.

이를 통해서 우리는, '무하선생방랑기'에서 '무하'라는 인물이 월파의
자전적 경험에서 발상법을 두고 창출한 인물이라는 것을 알게 된다.

> 듣건댄 그는 이러한 인생을 걸어왔다. 그는 63년 전 저 축동 안 말
> 에서 났다. '깨—' 하고 그의 만종수萬種愁의 막이 열렸다. 요강 같은
> 그의 생이 시작되었다. 그는 4살부터 쇠꼴을 뜯겼다. 7살에 지게를 지
> 고 9살에 호미를 잡았다. 그는 밭을 매고, 논을 쓰렸고, 풀을 깎았다.
> 그는 장가를 갔고, 자식을 낳았다. 어머니가 죽고 아버지도 마저 갔
> 다. 유산으로 다리 부러진 지게 하나와 삼간초막을 받았다. 그는 삼간
> 초막을 지탱해야 한다. 아내와 자식들을 먹여 살려야 한다.[24]

월파가 태어나 유년시절을 보낸 '축동'은 연천읍에서도 멀리 떨어진
왕림리旺林里의 언덕 너머 후미진 산간에 위치한 마을이다. 지금은 집들
이 모두 헐려 상전벽해 했지만, 한때는 월파의 가족들이 대를 이어서 살

았던 곳이기도 하다.

무하가 태어난 곳이 축동이라 함은 월파와의 관련성을 드러내는 대목이다. 무하가 63년 전에 태어났다는 것은, 이 방랑기의 주제에 맞추기 위하여 조정한 것이라 할 수 있다. 이 방랑기가 제작되었을 때 월파는 30세를 조금 넘었다. 월파가 유족한 집안에 태어나서 신교육을 받기 위해 고향을 떠나 상경하지 않았더라면, 그도 어려서부터 논과 밭을 갈아야만 하고 초가 3칸을 지키면서 가족들을 먹여 살려야만 하는 요강과도 같이 허무한 인생을 살아야만 했었을 것이다.

5) 첫 시집의 『망향望鄕』의 출간과 기타의 산문

월파의 첫 시집이 출간된 것은 1939년이다. 제자 김일순金─順의 오빠인 김연만金鍊萬이 설립한 문장사에서 출간했다. 시를 발표한지 10년도 넘어서야 첫 시집을 발간했는데, 이는 이화여전에서 그에게 배웠던 제자들보다도 뒤늦게 첫 시집을 출간한 것이다. 그의 제자들인 모윤숙毛允淑이나 노천명盧天命은 그에 앞서 시집들을 출간하고 있었으니 말이다.

그렇다고 월파에게 시집으로 엮어낼 작품들이 없었던 것이 아니다. 시집 『망향』이 출간되기 이전까지 각 지상에 발표된 시와 산문들이 무수히 많았다. 시작품들만 해도 수십 편에 이르고 있었다. 『망향』에 수록된 27편은 극히 그 일부에 지나지 않는다. 그렇다면, 왜 이렇게 많은 시작품을 발표했으면서도 그 중간기, 1934~1939년에 걸쳐서 지상에 발표된 것들에서도 그 일부만을 시집에 수록한 것일까? 그것도 아주 뒤늦게 첫 시집을 내게 된 것일까? 그가 8·15 해방 이후 『망향』을 3판까지 간행했으면서도,[25] 무엇 때문에 많은 작품들을 수록하지 않고 생을 하직했을까? 그 까닭은 아무도 모른다. 오직 월파 자신만이 알고 있을 것이다.

괴로운 이 사바娑婆에 먼저 간 네가 붉다.
붉은 네 신세라 굳이 잊자 하건마는
눴던 네 자리 볼 때면 가슴 먼저 막히누나.

동삼삭冬三朔 바람 차고 북망에 눈 덮이면
가엾다 어린 네가 지하에 어이 자련
오늘도 흙바닥 짚고 우는 줄을 아느냐.

머리맡 등만 봐도 좋다 둥둥 하던 네가
호올로 지하칠벽地下漆壁 어두워 어이하랸.
이제는 달만 솟아도 갑창 굳이 닫으리라.

불 없다 설어말고 달 밝건 달을 보고
서산에 달이 지건 머리 맡 별을 보라
비구름 별마저 덮건 고이 잠이 들거라.
— <어린 것을 잃고>의 전문

　이 시는 월파의 첫 시집 『망향』이 출간되기 직전인 1938년 11월호 ≪여성≫지에 발표한 것이다. 아마도 태어난 지 얼마 되지 않은 어린 것을 잃고 그 참담한 마음을 이렇게 쓴 것으로 보인다. 그러나 사실 관계는 확인된 것은 아니나, 이 무렵 자녀 중에 하나를 잃은 것은 아닌가 추정케 된다. 그렇지 않고서는 이런 시를 쓸 수도 없고, 또 쓰지도 않았을 것이다.

　첫 시집 『망향』의 머리에서 월파는 내 생에서 가장 진실하게 느낀 시편들만 수록했다고 사정을 밝힌 바 있다. 그렇다면, 여기에 수록되지 않는 나머지 시편들은 그의 진실한 느낌이 담겨져 있지 않는다는 말인가? 물론 그것은 아닐 것이다. 나머지 시편들에서도 월파의 시작세계를 살피는데 중요한 작품들이 적지 않다. 그 주제나 내용 그리고 시의 스타일과 시기별에 구분법으로 편성하면 좋을 것이다. 당시는 오늘날과 같이 많은 시편들을 모아서 시집을 엮은 것이 아니기 때문에 얼마든지 가능하다고 본다.

시집 『망향』에 수록된 시편들에서 고향을 주제로 한 향토적 자연과 '마음의 조각'처럼 시편들 외에 것들이라면, 나머지 <굴뚝 노래>나 <태풍>처럼 모더니즘을 실험한 작품도 발견된다. <남으로 창을 내겠소>와 <서그푼 꿈>과 <노래 잃은 뻐꾹새> 등과 같은 시편들에서는 원초적 자연과 향토성, 그리고 관조적 시작태도를 찾아볼 수가 있다. '마음'의 시편들은 주로 인간의 삶과 죽음을 주제로 한 시편들이라 할 수 있다. <글뚝 노래>나 <태풍颱風>은 현대의 문명과의 갈등을 모더니즘적 시법으로 실험한 작품이다. 이것은 당시 정지용이나 김기림, 김광균 등을 중심으로 세차게 일고 있었던 모더니즘 시운동과도 연관된다 할 수 있을 것이다.

　　　생의 '길이'와 '폭'과 '무게' 녹아
　　　한낱 구슬이 된다면
　　　붉은 '도가니'에 던지리라.

　　　심장의 피로 이루어진
　　　한 구의 시가 있나니―

　　　'물'과 '하늘'과 '님'이 버리면
　　　외로운 다람쥐처럼
　　　이 보금자리에 쉬리로다.
　　　　　　　　　　　　　　　―<마음의 조각(8)>의 전문

위는 '마음의 조각'의 마지막 시편이다. 월파는 이 작품에서 삶의 '길이'와 '폭', 그리고 '무게'를 통해서 마음의 깊이를 파고든다. 그 결과 인간의 삶을 구성하는 그 어느 것도 소중하지 않는 것이 없다고 토로한다. 한 구句의 작은 시라 할지라도 심장의 피로 이루어진 것이라 하면 그것을 어찌 소홀히 할 수 있겠는가? 그것을 이루기 위해서 정성된 마음가짐과 끝없는 사색으로 인생의 깊이를 들여다보아야만 하지 않을까?

이 기간, 월파는 작품 활동이 가장 왕성했던 중간기라 할 수 있는 1930~39년까지 첫 시집『망향』의 출간 이외에도 많은 시와 산문을 발표하고 있다. 먼저 해외시, 곧 영국 낭만주의 시인들의 작품들을 번역하여『해외서정시집』에 수록한 것을 예로 들 수 있다. 이 시집은 인문사를 주간했던 영문학자 최재서가 1938년 6월에 같은 출판사에서 펴낸 것이다. 월파는 워즈워드·바이런·테니슨 등과 같은 영국낭만주의 시인들의 작품 8편을 번역하여 싣고 있다. 그리고 산문으로는 앞에서 논의한『백운대를 찾아서』와『무하선생방랑기』를 제외하고도 많은 산문들을 발표하고 있었다.

이들 가운데서 몇몇을 들어보면, 수필유형으로「봉창산필篷窓散筆」은 1934년 8월22~8월 31일까지 몇 차례로 나누어 발표하고 있는데, '가상소감街上所感'·'외식外飾과 진정眞情'·'용이 지렁이를 낳고'·'다람쥐의 현명' 등과 같은 많은 소제목으로 구분하여 기술하고 있다. 그리고 평문으로는「세계적인 문예가열전」과 '빈궁퇴치'를 역설중인 작가 업톤 싱클레어」와「오—마—카이얌의 루바이얏 연구」등이 있다.「세계적인 문예가열전」26)에서는 1934년에 60세를 맞는 작가들을 소개한다. 앙리 바르뷔스와 길벗 키드, 체스터톤과 존 메이스필드 등의 삶과 문학에 관계된 것이다.「'빈궁퇴치'를 역설중인 작가 업톤 싱클레어」27)는 미국의 소설가 싱클레어의 삶과 문학에 관한 것이다. 싱클레어의 삶과 문학은, 이보다 앞서 「대전 영향으로 통속화」에서도 그 소개한 바 있다. 끝으로 「오마―카이얌 '루바이얏' 연구」[28]는 페르샤, 곧 이란의 시인이자 천문학자이고 철학자이기도 한 우마르 하이얌의 작품 「루바이얏」 시편들을 번역하면서 그 내용을 해설한 것이다. 영역문英譯文을 제시하고 그 주해註解와 의역意譯, 그리고 시조역時調譯 및 중국어역中國語譯(郭沫若 역)까지 첨부했다.

이제까지 논의된 것들은 모두 월파의 전성기라 할 수 있는 시집 『망향』이 출간되기 이전, 그러니까 월파의 시력으로 보면 중간기에 발표된 것들이다. 이외에도 많은 산문들을 당시의 신문이나 잡지에 발표하고 있다. 산문들을 통해서 그의 문학적 역량을 짚어볼 수가 있는데, 동서의 문학서를 비롯한 인문서적들을 섭렵해서 풍부한 어휘와 문장력으로 당시의 사회현상을 냉엄하게 풍자하는 것이 주된 특징이라 하겠다. 재담才談과 예리한 독설毒舌, 그리고 끊임없이 이어지는 요설饒舌과 원색적 표현으로 세상을 희화戲化하여 독자들의 흥미를 유발한다.

4. 일제 말의 수난과 '장안 화원花園'의 경영—월파의 장년 시절·1

월파의 시집 『망향』이 출간된 1939년은 태평양 전쟁이 발발하면서 일제의 억압정책이 가중된 시기이다. 일제는 쌀 공출은 물론, 쇠붙이까지 강제로 수탈했고 징병徵兵과 징용徵用, 그리고 정신대挺身隊에 이르기까지 갖은 만행을 저질렀다. 각종 언론기관을 폐쇄하고 당국이 주관하는 언론사를 통하여 사실을 은폐하고 조작을 일삼았다.

당시 조선의 언론사에 종사하는 사람들 그리고 사주 일부가 전향하여 친일전선에서 적극 활동하기도 하였다. 이런 친일행각은 이들 뿐만은 아니었다. 당시의 일부 문인들을 포함하여 많은 사회지도층의 인사들의 친일행각도 비일비재했다. 이런 행태는 오랫동안 드러나지 않고 있었다. 그런데 참여정부가 들어서면서 식민치하의 친일인사들의 행적들을 밝혀야 한다는 여론에 따라서 그 실체가 밝혀지기 시작했고 큰 사회적 파장波長을 낳기도 했다.

1) 이화여전의 퇴출과 '장안화원'을 경영

첫 시집 『망향』이 출간되었던 기쁨이 채 가시기도 전에 태평양전쟁이 발발했는데 이는 월파에게 뿐만 아니라, 우리 민족적인 차원에서도 고통스러운 사건이 아닐 수 없었다. 일제의 수탈정책은 날로 가중되어 기아飢餓와 빈곤 속에서 허덕이다 죽어가는 사람들이 속출하였다. 농민들은 밤낮없이 쉬지 않고 농사를 지어도 강제적인 '공출'로 식량은 바닥이 났고 초근목피로 연명했다. 그 시대 우리 민족은 피골상접 고통스러운 삶을 살았다.

월파도 태평양전쟁이 일어나자, 그가 담당했던 영문학강의가 폐강돼 이화여전에서 동료교수들과 함께 쫓겨나야만 했다. 갑작스런 퇴직으로 가족의 생계가 위협받았다. 그래서 동료 교수였던 김신실金信實과 공동투자하여 종로 2가 장안빌딩 자리에 '장안화원'을 개업해서 경영하기도 했다. 일곱 자녀들을 둔 월파로서는 가족의 생계를 위해서는 무엇이든지 하지 않을 수가 없었던 것이다.

월파가 서대문구 행촌동에서 성북구 돈암동으로 이사한 것도 이 무렵이고, 이즈음 막내이자 3남인 충호忠浩가 1942년 출생했다. 이 시기 그렇게 왕성했던 월파의 작품 활동도 많이 위축됐고 8·15해방이 될 때까지 4~5편의 시를 발표하고 있을 뿐이다. 몇 편 안되는 작품의 발표조차도 1941~42년에 국한되어 있을 뿐이며, 8·15해방이 되기까지 그는 단 한 작품도 발표하지 않았다.

하늘과 물과 대기에 길려
이역異域의 동백나무로 자라남이어.
손 없는 향연饗宴을 벌리고
슬픔을 잔질하며 밤을 기다리도다.

사십 고개에 올라 생을 돌아보고
적막의 원경遠景에 오열嗚咽하나
이 순간 모든 것을 잊은 듯
그 시절의 꿈의 거리를 배회하였도다.

소녀야, 내 시름을 간직하여
영원히 내 가슴속 신물信物을 삼으되.
생의 비밀은 비 오는 저녁에 펴 일고
묻는 이 있거든 한 사나이
생각에 잠겨 고개 숙이고

멀리 길을 간 어느 날이 있었다 하여라.
　　　　　　　　　　　　　　－<손없는 향연饗宴>의 전문

이 작품은 월파가 학교에서 사퇴할 무렵에, 일본 여행 중 쿄토京都에서 쓴 것이라고 한다.[29] 40 고개 들어선 월파가 과거 젊었던 유학시절을 떠올리고 있다. 마치 자신이 손 없는 향연饗宴을 벌리고 있는 것과도 같이 슬픔을 잔질하면서 밤을 기다리고 있다고 한다. 요약하자면 이 시는 나라를 빼앗기고 암울한 식민시대를 살아가는 지식인의 고뇌를 형상화한 것이다.

오랫동안 몸담고 있었던 이화여전 교수직에서 강제로 물러나야만 했을 때 월파의 심정은 어떠했을까? 나라를 빼앗기고 살아가는 아픔과 설음은 말할 수 없었을 것이다. 같은 동포를 괴롭히면서 친일했던 사람들을 제외하고는 주변의 많은 사람들이 고통 속에서 살아갔다. 이런 현실을 목도하고 참담함을 느끼지 않을 수가 없었을 것이다.

2) 산행山行과 등산기록의 총정리─『등산백과』의 발표

월파의 등산에 대한 열정은 그 누구보다도 강했다. 이화여전 교수 재직 시 산과 물을 찾아 수시로 전 국토를 탐방했다. 등반기登攀記라 할 수 있는 「백운대를 찾아서」를 1929년도에 발표했고 1930년, 영산靈山 백두산을 등반하고 그 산의 위용偉容에 감복하여 시조 다섯 수를 발표하기에 이른다. 그리고 바로 이듬해인 1931년에는 경북 포항의 영일만을 탐방하고 「관동팔경답파기關東八景踏破記」를 발표할 정도로 자연에 대한 애착이 강했다.

월파의 산행과 등반은 이에 그치지 않는다. 그것들이 기록으로 남지 않아서 그렇지 서울근교의 관악산과 북한산 일대는 틈만 나면 등반했고 금강산을 찾은 것도 헤아릴 수 없을 정도이다. 이와 같이 그는 전문 산악인처럼 전국 곳곳의 명산을 두루 탐방했다. 자주 등산한 만큼 그것과 관련된 글들 역시 많이 발견된다. 「여름과 등산」·「등산백과서登山百科書」·「가을 원족지지침遠足地指針」·「조선朝鮮의 산악미山岳美」·「하이킹 예찬禮讚」·「산악山岳」·「잃어진 소리—산창만화山窓漫話」 등을 통해서 한국의 명산과 등반에 관련된 요령과 주의사항을 구체적으로 설명한 것이 좋은 예이다.

「조선의朝鮮의 산악미山岳美」에서 독자에게 산에 오를 것을 권고하기를,

> 산에 오르라. 조선의 산에 올라 얼마나 큰 부가 있는 것을 것을 아는 이 적되 그대 둘레에 들어 있는가를 알라. 혹 산에 오르려면 먼저 '어느 산'을 할는지도 모른다. 그러나 산악의 선택을 그리 괘념할 것이 없다. 어디를 가든지 산 없는 곳이 없는 우리나라다. 또 어느 산 치고 올라 무미한 산이 없다고 그러므로 처음부터 군이 명산을 택해 오를 것이 없다. 우선 집 뒤 봉을 오르라. 내 고을의 큰 산에 오르라. 그리고 나서 차차 도의 명산에 오르고 내 나라의 명산에 오르라.30)

라고 말하면서 백두산과 한라산 외 주변의 산을 찾는 즐거움을 언급한다. 서울 근교의 경우 백운대白雲臺와 인수仁壽에서 북한산 일대와 관악冠岳과 불암佛岩에 이르기까지, 그리고 멀리로는 북쪽으로 백두白頭와 한라漢拏 사이에 위치한 묘향妙香·낭림狼林·구월九月·천마天磨·금강金剛·설악雪岳·속리俗離·계룡鷄龍·지리智異·태백太白 등 많은 명산을 적시하고 있다. 동양인, 특히 조선족이 산을 좋아하는 것은 이처럼 아름다운 산들이 주변에 산재해 있기 때문이다. 이런 까닭에 그의 시와 산문 대부분은 산과 산을 흐르는 물과 산봉우리와 산봉우리를 걸쳐서 싸고 도는 구름에

대한 전문가적 식견으로 가득하다.

「가을 원족지 지침」과 「등산백과서」에서는 산과 물을 찾아서 소풍을 하거나 산악을 등반할 때의 코스와 장비와 준비물에 이르기까지의 주의사항을 낱낱이 설명하고 있다. 「가을 원족지 지침」에서는 서울 근교의 노정路程과 비용 곧 '북한산'의 풍경과 노정, 그리고 비용 및 시간대를 비롯하여 우이동牛耳洞·동구릉東九陵·소요산逍遙山·행주幸州·관악산冠岳山·수원水原·도봉산道峯山·진관사津寬寺 등의 풍경을 약도로 그려 안내하고 있을 뿐만 아니라, 산행에 드는 비용과 시간대를 낱낱이 적고 있다.

끝으로 『등산백과서』는 1942년 8월호 ≪춘추≫지에 발표했는데 내용은 등산에 대한 방법과 요령 그리고 주의사항을 총체적으로 정리한 것이다.

> 등산이 분명 일종의 '스포츠'이기는 하나, 이것이 스포츠이면서도 스포츠 이상의 일면과 의의를 가진데서, 본시 나의 산에 대한 동경은 시작되었었다. 류색에 한 끼 먹을 것을 지고, 자그마한 언덕을 오르는 것을 비롯해 몇 해 혹 몇 달의 시일을 허비하여 지구의 용마루를 오르는 본격적 탐험에 이르기까지, 먼저 신체의 근골筋骨이 싸워지는 것이오. 근골이 싸워짐으로 자연 단련의 결과를 나타내는 점에 있어, 등산의 스포츠적 성격은 나타난다. 그러나 등산의 단련과 아울러 수도적 한 과정과 같이 어떤 철학적 분위기로 우리의 심령을 정화해 주는데, 스포츠 이상의 매력을 우리에게 느끼게 하는 것이 아닌가. 등산가의 한 가지 긍지로 다변을 피하는 일벽이 있으니, 이는 육안은 산봉과 하늘을 보고 오르되, 이 순간 심령은 조용히 고개를 숙여 안으로 성찰하는 겸허를 지키고 있는 때문이다.[31]

위는 「등산백과서」의 도입부를 인용한 것인데, 주로 '등산의 정신적

의의'를 언급하고 있다. 등산은 육체를 단련하는 스포츠의 기능도 하지만, 그에 못지않게, 심령을 정화하는 기능 역시 중요하다는 것이다. 따라서 우리의 눈은 높은 산의 봉우리와 하늘을 보지만 고개를 숙여 안으로는 자아를 성찰하는 겸허謙虛한 자세를 가다듬어야 한다는 것이다. 월파는 '등산의 절기'·'반도의 산악'·'준비·대의 조직과 지도자'·'입산에 관한 주의' 등과 같은 항목을 통해 등산의 노정과 요령 및 주의사항을 치밀하게 기술하고 있다.

3) 친일적인 행적의 단서들―
「님의 부르심을 받들고서」/「성업의 기초완성」

월파가 직장에서 물러나기 직전 ≪동아일보≫와 ≪조선일보≫가 모두 폐간됐다. 이 무렵 그가 ≪매일신보≫에 발표한 <님의 부르심을 받들고서>와 평문 「성업聖業의 기초완성」 그리고 「영혼靈魂의 정화淨化」는 친일성향이 강하다. 어쩔 수 없이 쓴 것으로 보이기도 한다. 이것들이 후에 친일의 단서가 된다는 것은 월파 자신도 몰랐을 것이다.

『친일인명사전』이 기획되면서 당시에 적극적으로 친일행각을 한 사람들의 명단이 밝혀져 사회적으로 크게 파문이 일었었다. 인터넷 등에 당시 친일행각을 했던 문인들의 명단들이 수없이 열거된 바 있다. 그 동안 우리는 이들의 친일행적에 대해서 잘 모르고 살아온 것도 사실이다. 그런데 민족문화연구소에서 펴낸 친일인명사전의 출간을 계기로 이들의 친일행적이 적나라하게 드러났던 것이다. 후손들이 크게 반발할 정도로 『친일인명사전』 출간은 사회적으로 파장이 컸다.

월파도 앞에서 말한 한 편의 시와 두 평문이 문제가 되어 친일문인에 포함됐다. 그러나 시를 제외한 두 평문의 내용으로 보아 월파의 친일행적이 적극적이었다고는 할 수가 없을 것 같다. 그리고 편수도 적지만 내용에서도 크게 문제될 것이 없다고 본다. 적극적 실천으로 문제의 소지가 있었다면 몰라도, 월파의 친일을 크게 지탄할 것만은 아니라는 판단이다.

꿈결 깨어지는 절벽 이마 위,
가슴 헤치고 서서 청천淸天 향해 휘파람 부는 듯
오랜 ㅇㅇ 이룬 이 날의 기쁨이어!
말 위에 칼을 들고 방가邦家의 간성干城됨이
장부壯夫의 자랑이어늘, 이제 불리니
젊은이들아 너의 나의 더 큰 광영光榮이드에랴

·········<중략>·········
독신이 타, 일가에 빛은 넘치고
소아小我 멸滅해, 대아大我 거듭 남이 있다.
충忠에 죽고, 의義에 살은 열사烈士의 ㅇㅇ
피로 네 이름 저 창공에 새겨
그 꽃다움 천천만대에 전하여라
　　　　　　　　　－<님의 부르심을 받들고서>에서

이 시는 월파가 적극적으로 친일을 표명한 유일한 작품이라 할 수 있다. 이 시의 제목인 '님의 부르심을 받들고서'는 친일 작품을 게재한 ≪매일신보≫에서 기획한 것이기도 하다. 아무튼 이 시는 태평양전쟁이 발발하면서 우리의 젊은이들을 강제로 징병과 징용으로 동원했던 시기에 제작됐다. 일제는 당시 문인들을 총동원하여 이런 유형의 시와 산문을 쓰게 했다. 그 일부는 친일행각에 적극적으로 가담하여 활동하기도 했고, 또 다른 일부는 마지 못해서 강요에 의해 쓴 사람도 있다. 그러나 오늘날 밝혀진 친일문인들의 명단으로 미루어 소극적인 문인들보다는 적극적인 문인들이 훨씬 많았던 것으로 보인다.

이러한 관점에서 보면, 월파는 적극적이었다기보다는 소극적인 편에 속해 있었다. 전쟁터로 동원되는 젊은이들에게 국가, 곧 일본에 충성하라고 한 것이 지금까지 밝혀진 유일한 시편이라 할 수 있다. 아마도 이것도 자의에 의한 것이 아니라 어쩔 수 없는 환경에서 발표된 것이 아닐까 한다. 월파의 친일행적의 증거로 거론되는 평문인 「영혼의 정화」와 「성업의 기초완성」도 이런 관점에서 이해할 수 있을 것이다.

◇ 그러기에 고뇌와 비애는 마침내 영혼을 정화하는 '도가니'가 된다. 광석이 고열도의 '도가니'를 지나온 뒤에 그 광석의 품질이 판명되는 것과 마찬가지로, 사람은 고뇌의 '도가니'에 들어, 그 인품이 진가가 결정된다. 불타의 육년 고행은 그의 영혼정화의 어려운 과정이었다. 애욕愛慾의 업화業火가 식은 다음 각覺의 빛나는 신생은 전개된 것이다.……<중략>……청사에 남은 위인의 생애로 고뇌에 피를 들지 아니할 것이 있는가? 광휘光輝 있는 피안彼岸의 대성을 바랄진대 먼저 고뇌의 고개를 넘으라.32)

◇ 동아민족東亞民族 착취의 거점인 신가파新嘉坡 함락이 목첩目睫에 처하여 그 함락의 축하 준비가 다되었고 인제는 최후의 일일 됨을 기대企待한다. 동아민족의 모든 광영을 무시하고 모멸하고 그 생장을 억제하며 심지어 그 생존권까지 부정하던 동아백년 착취의 아성 함락이 최후일이 극極일하였다. 동아의 광영을 복구하는 지민족의 기쁨이 얼마나 크냐. 동아여! 길이 영광이 있을지어다.33)

앞의 인용은 「영혼의 정화」에서 한 월파의 말로 그의 친일행적과는 무관한 내용이라 할 수 있다. 인간이 자신의 영혼, 곧 정신을 정화할 때 반드시 고뇌가 수반될 수밖에 없다는 상식적인 내용을 기술한 것이기 때문이다. 고열도의 '도가니'를 경유하지 않고서는 광석의 품질을 판명할 수 없는 것과도 같이 어떤 위인偉人의 대성도 '고뇌의 도가니'를 경유하지 않고서는 불가능하다는 것이다. 한마디로 말해서 이 평문은 '고뇌'를 피해서는 안 된다는 것이 주 내용이다. 그래서 월파의 친일행적과는 무관한 것이라 할 수 있을 것 같다.

그리고 뒤의 인용은 「성업의 기초완성」의 결미 단락이다. 이 평문은 태평양전쟁이 발발하고 3년째 싱가포르(新嘉坡)의 함락을 눈앞에 두고 쓴 글이다. 당시 일본의 기세가 하늘을 찌를 듯 했고, 비례해서 많은 지식인들의 친일행적도 폭주했던 시기가 아니었을까 한다. 월파도 동아민족東亞民族의 일치단결과 오늘의 승리와 그 광영光榮이 영원하기를 기원한다.

이것은 월파에게만 국한된 현상이 아니다. 그 시대를 대표하는 우리의 많은 문인들이 ≪매일신보≫를 비롯한 친일성향의 잡지를 통해서 이런 유형의 글들을 많이 발표했고 오늘날 지탄을 받고 있는 것이다. 그들은 한때 이런 것이 쟁점이 되었을 때마다 변명하기를, 호구지책糊口之策으로 불가피 했다거나 아니면 일본이 그렇게 쉽게 패망할 줄 몰랐다고 하기도 하지만, 그런 변명들이 우리들을 납득시키지를 못한다. 그것은 무엇 때문일까? 그들은 친일행적에 대해서 아무런 해명이나 사과도 하지 않고 해방 이후 여전히 기득권을 누리다가 떠났을 뿐만 아니라, 그 후손들은 권력을 이어가고 있기 때문이기도 하다.

다시 월파로 돌아가 보자. 오늘날까지 밝혀진 월파의 친일행적의 증거로 제시한 작품은 3편인데, 이들 중에서 「영혼의 정화」를 제외한다면, <님의 부르심을 받들고서>와 「성업의 기초완성」 두 편이 존재할 뿐이다. 이것만으로 월파를 친일행적을 크게 지탄할 것은 아니라는 판단이다. 전술한 것처럼, 이 두 편 외에 적극적인 실천을 감행한 사실이 아직 발견된 바 없기 때문이다.

이 시기에 발표된 친일성의 글들이 그 내용을 파악할 수 없을 만큼 애매하게 표현하고 있는 것도 상당수 있다. 그리고 이러한 것은 월파에게만 국한된 것만도 아니다. 정지용을 비롯한 몇몇의 문인들에서도 애매한 내용을 찾아볼 수가 있다. 이에 반하여 적극적으로 친일전선에 뛰어들어 젊은이들의 징병을 독려한 문인들이 많이 있다. 친일의 소극성이나 적극성을 가리기에 앞서 우리들은 이런 현상을 통해서 국권상실의 아픔과 망국적 비애를 뼈저리게 느끼게 된다.

5. 8·15해방과 이화여대 복직 이후의 삶—월파의 장년시절·2

일제의 악랄하고 지독했던 만행도 종말을 맞이했다. 1945년 8월 15일, 그렇게도 처참했던 전쟁은 일본의 패망으로 막을 내렸다. 우리 민족은 빼앗겼던 나라를 되찾게 되었고, 징병과 징용으로 강제 동원되었던 젊은이들은 벅찬 감격과 기쁨을 안고 고국으로 귀국했다. 그러나 기쁨도 잠시 남과 북이 분단되고 각자 독자적으로 정부를 수립하고 서로 대립해서 오늘에 이르게 되었다. 6·25전쟁은 우리 민족사로 보아 커다란 죄악이 아닐 수 없다.

월파에게는 이 기간이 장년기일 뿐만 아니라, 그의 삶의 노정으로 보아 말기에 해당되기도 한다. 일제 말 태평양전쟁 때에는 직장에서 쫓겨나기도 했고, 해방 직후에는 아주 잠시 동안이지만, 그가 평생을 몸담았던 이화여대 교단을 떠나기도 하였다. 그런 까닭일까. 그렇게 왕성했던 작품 활동도 이 기간에 크게 위축되었던 것도 사실이다. 그리고 그는 전술한 것처럼 6·25전쟁 당시 피란지 부산에서 사망한다.

1) 8·15해방의 감격과 이화여대 교수로 복직

1945년 8·15해방이 되자 곧바로 월파는 이화여대 교수직으로 복직하여 학무처장의 일을 맡게 되었다고 한다. 퇴직한 김신실金信實과 공동으로 투자하여 경영하였던 '장안화원'은 복직과 동시에 바로 정리한다. 그리고 해방 직후 미군이 관장했던 군정軍政 하에서 강원도지사로 임명됐으나, 업무가 적성에 맞지 않아서 수일 만에 사퇴하고 다시 교수직으로 복귀했다고 전한다.

산에 올라 요운妖雲 덮인 골,
눈물로 굽어보며
그 음암淫暗 걷히라고
소리 없는 애국가에 목매어,
흐득이든 그날을 기억느냐, 동무야.

여러 굴 메이고
생명 샘 파 탁한 벗 태워가리
복락福樂의 천만년 배달의
답으로 닦으라든
그때를 회상느냐, 형제야.
·········<중략>·········
때는 오라, 아―피로 산 그날이 오다.
물 다리고, 장부대, 터 닦을 날이 오다.
군색건, 작건, 내 살림
우리 차려볼 갈망의 날이 오다.
어깨 펏고, 노래 처,
그저 나아갈 그날이오다.
삼천만, 묶어야 한줌이 안 넘는
우리의 피의 겨레로다.
바다와 학을 닮은 백두白頭
무궁화 피는 뜰에
아― 형제야
그저 웃으며 세울 그날이 오다.

　　　　　　　　　　　　―<그날이 오다>에서

　이 시는 월파가 연구차 도미渡美를 앞두고 1946년 12월 15일자 ≪경
향신문≫에 발표한 것이다. 아마도 이 시가 신문에 발표되기 이전에 그

는 떠난 것인지도 모른다. 이 시에는 8·15해방의 벅찼던 감격과 환희歡
喜는 사라지고 암운暗雲으로 휩싸인 혼란된 정국에 대한 경계와 우려憂慮
가 짙게 깔려 있다. 그렇다면, 월파에게는 8·15해방과 함께 되찾은 나
라에 대한 감격과 환희를 노래한 시편들이 없을까? 그 당시 많은 시인
들이 앞 다투어 그 감격과 환희를 노래하고 있는데, 월파는 무엇 때문
에 침묵하고 있었을까? 아마도 그가 일제 말에 영문학 폐강으로 물러
났다가 복귀하고 강원도지사로 부임했다가 사임하고 재차 복귀한 사
실에서 확인하듯이 시를 제작할 겨를이 없었거나, 아니면 ≪매일신보
≫에 시 1편과 평문 2편을 썼다는 죄책감이 원인이었는지도 모른다.

2) 보스턴대학에서의 대망의 꿈—2년간의 연구생활

월파는 그의 전공인 영문학을 연구하기 위하여 도미渡美한다. 그는 미
국의 보스톤대학에 적을 두고 2년여를 연구하고 1949년에 귀국해서 다
시 이화여대 학무처장의 직을 맡아서 복직한다.

> 퍽 따뜻하다. 봄이 확실하다. 공부시간에 한참 동안 눈이 아물거
> 려 책을 읽을 수가 없었다. 너무 과히 머리를 쓴 탓인가 보다. 오늘은
> 쾌히 쉬기로 하자. 트루만의 대소정책확실요구對蘇政策確實要求의 중
> 대 연설이 발표되었다. 전쟁이 일어서는 조선은 쑥밭이다. 어린 것
> 들이 걱정이다. 인류는 또 대참극大慘劇을 일으키려는가? 집과 김신
> 실 씨에게 편지를 보냈다.[34]

위는 월파가 보스턴대학에 머물러 있었을 때, 고국과 가족들을 그리
며 작성한 일기이다. 그런데 눈에 띠는 것은 미국 트루만대통령의 대소
정책對蘇政策 연설에서 한국 전쟁의 징후徵候를 감지하고 그런 커다란 참

극慘劇이 일어나서는 안 된다고 우려를 표명한다는 점이다. 그런데, 그 예측이 그가 귀국한 바로 이듬해에 발생했다. 월파의 예지叡智에 감탄하지 않을 수가 없다.

> 이 좋은 강산, 어찌 인걸이 뛰어남이 없으랴.
> 조국이 지금 우리 일기를 목메어 부르니
> 차라리, 피의 임리淋漓를 잔 가득 부어
> 비장悲壯, 울분鬱憤을 노래로 마실까.
> ─<꿈에 지은 노래>에서

이 시 역시 월파가 미국에 체류하고 있을 때, 꿈속에서 조국을 그리면서 지은 작품이다. 고국을 떠난 지 반년 남짓한 1947년 7월 25일 새벽에 꿈에 창작했다고 전해진다. 하얀 '은銀결'로 잔잔하게 출렁이는 한강 가의 한 주막에서 흐르는 강물을 바라보면서 고국을 그리워하는 것을 내용으로 하고 있다. 물질문명의 풍요를 누리고 있는 선진화된 미국인들을 선망하고 있는가 하면, 빈곤과 고통 속에서 살아가는 우리들의 자책감과 비장함 그리고 끓어오르는 울분을 토로하고 있다.

3) 6·25전쟁과 피란지 부산에서의 죽음

보스톤대학에서의 2년 연구 활동을 접고 학무처장의 직을 맡게 된 것은 월파가 그만큼 학교에서 신망이 두터웠다는 반증이기도 하다. 이후 월파는 강의와 학무처장의 업무를 수행하면서 그 동안 중단하다시피 했던 문단활동도 재개하게 된다. 이 시기에 발표된 시작으로는 <하바라기>·<향수>·<여수>·<스핑크스>·<고뇌>·<점경點景> 등 이외에도 몇 편 더 있다.

부질없이 향수는 왜 밀려옵니까?
고독이 샘물로 가슴에 솟쳐 옵니다.

그 사람의 은근한 귓속말에 젖어
비바람 골에 궂으나
담뿍 복스럽던 그날을 그리워하노니―

―<향수>에서

이 작품은 그가 미국에 체류하는 동안에 착상했거나, 아니면 그때를 회상하여 쓴 것으로 추정된다. 부질없는 향수에 휘말려 뼈저린 고독 속에 잠기는 자아의 모습을 이렇게 표현 한 것이다. 사랑하는 사람의 귓속말에 한껏 젖어 즐거웠던 그날을 그리워한다고 아쉬워 한다. 그리워하는 대상이 고국이어도 좋고, 가족이어도 좋다. 그는 극도의 외로움 속에서 돌아가지 못하는 고향을 잊지 못하고 깊은 향수에 빠져있었던 것이다.

<스핑크스>도 미국 체류기간에 썼거나, 아니면 그때를 회상하여 쓴 것임에 틀림없다. 세계적 호화도시로 물질의 풍요를 한껏 누리고 있는 '뉴욕'을 소재로 했기 때문이다.

물질의 호화를 여기 쌓았구나.
'네온'에 어지러운 '뉴―욕'아
달빛이 저처럼 멀리 여웠다.

샘물 지절대는 숲 깊은 산 아래
내 꿈은 짙었거니
님아, 거기서 너와 고요함을 누리며,

넋을 늙히리라.

밤새도록 번화의 물결에 떠서
'스핑크스'로 나는 외로웠다.

―<스핑크스>의 전문

이 시는 우리들의 가난한 삶과는 대조적으로 물질적 풍요를 만끽하면서 살아가는 미국인들에 대한 부러움과 선망은 물론, 그 속에서 소외된 자신의 외로움과 고독을 노래한다. '밤새도록 번화繁華의 물결에 떠서'외로워했다는 것에서 그의 심사가 잘 전달된다.

이 기간에 월파는 1939년 5월에 출간되었던 첫 시집『망향』의 3판본을 이화여대 출판부에서 출간하고, 동년 2월에는 산문집『무하선생방랑기無何先生放浪記』초판본을 수도문화사에서 출간한다. 앞에서도 말했듯이, 첫 시집『망향』은 3판까지 출간하면서도 그 이전에 각 지상에 발표된 많은 시편들은 정리하지 못한 이유가 궁금하다. 산문집『무하선생발랑기』도 1934년 11월 6일로부터 같은 해 12월 27일까지 30회에 걸쳐서 《동아일보》에 연재했는데 이를 정리해서 출간한 것은 16년 후인 1950년이다.

한편 1950년 6월, 월파가 예견하고 우려했던 한국전쟁이 발발했다. 아무런 준비도 없이 당한 침략이라서 우리 국민들은 당황할 수밖에 없었다. 그래서 결국 우리 정부는 밀리고, 또 밀려서 부산까지 이르게 됐다. 대구와 부산을 제외한 나머지는 북한군에게 점령당할 정도로 위급했다.

월파는 미처 피란하지 못하고 지하에서 숨어 지냈다. 그러다가 9·28 수복으로 당시 공보처 장관이었던 김활란金活蘭과의 인연으로 공보처의 고문을 겸하여 영자신문 코리아 타임스 사장에 취임했다.[35] 그러나 그 것도 잠시였고, 같은 해 겨울, 중공군의 개입으로 전세가 다시 역전되자 월파는 가족들을 이끌고 부산으로 피란했다. 그곳에서 임시로 개설된 전시연합대학에서 강의를 담당한다.

그러다가 1951년 6월, 공보처 장관인 김활란의 집 필승각必勝閣에서 벌어졌던 연회宴會에서 게를 잘못 먹고 식중독을 일으킨 후 건강이 급속 도로 악화됐다.[36] 처음에는 심각성을 인지하지 못하고 집에서 간단히 치료했지만 어처구니없게도 사망한 것이라고 한다. 요즈음 같으면, 더 왕성하게 일할 장년의 나이라 할 수 있는, 만 49세를 일기로 아깝게 생 을 하직했다. 그것도 비명에 갔다고 해도 과언이 아닐 만큼 애석하게 세 상을 떠난 것이다. 그렇게 산을 좋아하여 자주 올랐던 그가, 산을 오를 때마다 등산 배낭을 메고 나서는 산악인의 건장한 그의 모습은, 아쉽게 도 더 이상 볼 수 없게 됐다.

6. 월파의 사후에 개최된 갖가지 기념행사들

월파가 생을 마감한지 70년이 멀지 않았다. 이 긴 세월 동안에 월파를 기념하기 위한 행사가 언제부터 있었던가? 월파는 그 시대 다른 시인들과 같이 환대를 받지 못했던 것 같다. 지방자치 시대가 열리면서 각 지자체에서는 많은 시인들의 기념사업이 이루어진데 반해서, 월파의 고향에서는 최근에서야 기념행사가 시작되고 있다.

상화·영랑·육사·지용·만해·노작·미당 등 이외에도 많은 시인들의 기념사업들에 비해서 월파의 경우는 2010년 이후, 그것도 고작 시낭송회와 백일장 정도의 행사에 그치고 있다. 월파가 고향을 일찍 떠났고, 또 그의 집조차 헐려 자취조차 찾을 수 없게 되어서 그런지도 모른다. 그가 태어나서 자란 고향은 분계선 가까이에 위치하여 전쟁으로 마을의 원주민들은 모두 떠났고, 그 이후에 새 주민이 정착해서 월파를 아는 사람들이 거의 없었기 때문일 것이다.

1) 망우리의 묘소와 초라한 빗돌—있지도 않은 고향을 그리워하며

월파는 1951년 6월 22일 사망했다. 만 49세라는 아까운 나이에 피난지 부산에서 사망했다. 부산에 임시로 가매장되었다가, 서울 근교의 망우리로 이장하게 된 것은 1956년 2월 30일이다. 그러니까 사망한지 5년이 지나서야 서울로 오게 된 것이다. 그가 평생을 몸담고 있었던 이화여대가 주관하여 이장했다고 전해진다. 그래서 그런지, 당시 이화여대 총장이었던 김활란의 묘소도 그 가까이에 있다. 이렇게 이화여대와 월파는 밀접한 관계로 맺어져 있던 것이 사실이다.

월파의 유해遺骸가 묻힌 망우리 묘소에는, 1954년 2월에 작고한 부인 박봉애도 함께 묻혀있다. 묘소에 세워진 비석은 월파의 5주기를 맞아 '월파선생 장의위원회'가 주관하여 세운 것인데, 비면의 뒤편에는 그의 <향수>의 전문이 새겨져 있다.

인적人跡 끊긴 산속
들을 베고
하늘을 보오.

구름이 가고,
있지도 않은 고향이 그립소.

―<향수>의 전문

월파는 고향을 왜 그렇게 못 잊어 했을까? 존재하지 않기 때문에 그리움이 더했는지 모른다. 월파의 고향 '축동' 마을은 온통 논과 밭으로 바뀌어져 이곳에 집이 있었다는 것을 아는 사람도 별로 없었다. 남아 있는 마을조차도 전란으로 원주민들은 모두 어디론가 떠나갔고, 거의가 새로 들어와 정착한 주민들이라서 그런지, 월파를 아는 사람도 없었다.

월파의 시와 산문이 정리된 것은 1983년의 일이다. 그 동안 시집『망향』과 산문집『무하선생방랑기』만이 전해지고 있었는데, 1980년에 새문사에서 펴낸 필자의『월파 김상용전집』에서 월파가 살아서 각 지상에 발표된 시와 산문을 수집 정리한 바 있다. 시집『망향』에 수록된 27편 이외에도 80편 가까운 시편들과 많은 번역시편들, 그리고『무하선생방랑기』이외의 수십 편에 이르는 수필과 평론 그리고 기타의 설문답設問答에 이르기까지 수집해서 수록했다. 앞으로 추가되는 것들은 이 전집을 기준으로 보완하면 될 것으로 생각한다.

2) 월파 탄신의 백주기 기념행사 — 시낭송과 음악회

우리 근대문학이 태동되어 본궤도本軌道에 오른 1920~30년대에 활동했던 만해·노작·상화·지용·영랑·육사 등의 시인들에 대해선 전술한 것처럼 기념사업이 많이 개최되고 있다. 최근 관광과 교육의 장으로 인식돼 많은 사람들이 어린 자녀들과 함께 찾는다고 한다. 그러나 월파의 겨우는 그렇지가 못하다.

그러다가 월파의 탄생 111주기를 맞이한 2013년 월파의 기념사업회가 발촉됐다. 월파의 출생 111주기를 맞아 연천문인협회가 주재하여 2013년 10월 11일 전곡읍 야외무대에서 시낭송과 음악회를 개최한 것이 큰 계기가 됐다. 이것을 시발로 하여 2014년 10월에는 연천역 금수탑 광장에서, 그리고 2015년 10월에는 연천군립도서관에서 시 낭송회가 열렸다. 그리고 연천 향토문학발굴위원회가 주관하여 월파의 시 전집을 출간하기도 했다고 한다.

이렇게 소박하게 출발된 월파의 기념사업은 앞으로도 계속 전개되길 기대한다. 월파의 생가도 복원하고 문학관도 건립해서 연천주민들이 수시로 출입하면서 독서도 하고 토론도 하면서 문학수업을 쌓았으면 한다. 그 결과 월파와도 같은, 아니 그 이상의 시인들을 배출하여 연천군민들에게 그야말로 소중한 문화의 장으로 발전하게 되기를 기원한다.

여러 굴 메이고

생명 샘 파 탁한 벗 태워가리

복락福樂의 천만년 배달의

답으로 닦으라든

그때를 회상느냐, 형제야.

—〈그날이 오다〉中에서

제2부

허무사상과 정관靜観의 시세계

—시작세계의 통시적 고찰

허무사상과 정관靜觀의 시세계

―시작세계의 통시적 고찰

I. 서론

월파月坡는 시집『망향』에서 "내 생의 가장 진실한 느껴움을 여기 담는다"라고 말한 바 있다. "그는 생에 대하여 가장 진실하게 느끼는 시인으로, 생에 대한 진정성이 월파의 시다"37)라고 한 김환태金煥泰의 말과도 같이, 진실함은 월파의 대 인생태도이고, 동시에 대시적對詩的 태도라 할 수 있다.

> 시집이 있었음직 하였고, 없었기로서니 한이랄 것이 아니었고,
> 에라 평생 없어도 부끄러울 것이 있으랴. 시인 상용尚鎔으로서 능히
> 하는 말입니다.38)

월파는 이보다 일찍 시집을 출간해도 될 만큼 많은 시작품들을 당시의 신문이나 잡지에 발표하고 있었다. 그럼에도 그가 시집을 출간하지

않았던 까닭은 무엇일까?『망향』의 시편들은 그의 시력으로 따져서, 중간기에 해당하는 작품들로 편성되어 있다. 그래서 정지용도 월파에 대하여 이렇게 조심스럽게 말한 것인지도 모른다.

월파의 시는 1926년 10월 5일자 ≪동아일보≫에 처음 발표한 <일어나거라>에서 출발한다. 이후 그는 시를 본격적으로 발표하는 1933년 이전의 작품들도 선별해서『망향』시집을 편성했다. 월파가 어떤 기준에 의거해서 시집에 수록했는지 구체적으로 알 수 없다. 월파는 그 시대 많은 시인들이 유파를 중심으로 활동한 것과는 달리 독자적으로 활동했다. 시에 대한 소양과 지식과 재능이 있었음에도 겉으로 자기를 내세우는 것을 꺼려했다.

그 동안 월파의 시작 전반에 대한 종합적인 논의는 그리 많지 않았다. 1983년 필자가 펴낸 전집이 나오기 전까지만 해도 그의 유작들이 거의 정리되지 않았었다. 이전에 단편적 인상기인 이태준의「김상용의 인간과 문학」39)을 비롯, 몇몇 평전이 있기는 하지만, 그것들은 모두『망향』의 시편들을 중심으로 한 단편적인 논의에 머물고 있었다고 해도 과언이 아니다. 40)

월파 연구가 진척되지 않은 이유는 무엇일까? 아마도 월파가 자신의 작품들을 수집 정리하지 못하여 시집의 출간이 늦어졌기 때문이기도 하고, 또 다른 한편으로는 시에 대한 깊은 소양과 재능이 있어도 그것을 겉으로 내세우지 않던 성격 탓도 있을 것이다. 그리고 자료조사나 수집과 같은 기초적인 연구를 등한시한 연구자의 태도도 거론할 수 있을 것이다.

월파의 초기 시편들은 나라를 빼앗긴 암울한 시대상을 반영한 죽음과 허무적 관념이 대세라면,『망향』의 시편들과 함께 제작 발표된 중기와 말기로 이어지는 시편들은 향토적 서정성과 주지적 경향이 나타나는 것이 특징이다. 지적 고뇌와 주지적 경향은 중기로부터 월파가 사망하기까지 이어진 말기시의 특징이기도 하다.

2. 시 형식의 다양화와 주제의식-초기의 습작과정

월파는 대학 재학중인 1926년 첫 작품을 발표한다. 이후 보성고보에서 이화여전으로 전임轉任됐다. 근무지를 옮기며 바쁜 일상을 보낸 탓인지 첫 작품 <일어나거라>를 발표하고 3년이 지난 1929년에야 발표작이 조금씩 증가했다. <나의 꿈>과 시조작품, 그리고 산문으로「백운대를 찾아서」를 ≪동아일보≫와 ≪조선일보≫ 등에 발표했는데, 이는 초기에 해당하는 작품들이라 할 수 있다.

그 이후 1930년에 이르면, 20편이 훨씬 넘는 시작품을 집중적으로 발표한다. 시조나 가사 및 민요풍의 시 그리고 불규칙한 자유시 형식에 이르기까지 다양하게 실험했다. 그런데 행연법이나 음보 및 음수율의 규칙성에서 크게 벗어나지 못하고 있는 것들이 훨씬 많고, 자유시 형식의 실험은 극히 제한적이다. 아마도 이것은 1920년대 중반부터 일기 시작한 시조부흥운동과 연관된 것인지도 모른다.

당시 폐허파와 백조파의 동인들이 서구의 시에 대한 지나친 경도에서 탈피하고 전통성을 회복하자는 국민문학 운동과 맞물려 새로 등장한 신인들이 거기에 편승한 것으로 보이기도 한다. 이 무렵 새로 등장하는 신인들은 습작기에 시조와 민요조의 시를 연습했는데 노천명이나 월파는 물론, 현구玄鳩 등 이외의 많은 신인들에서 이러한 것을 찾아볼 수 있다.

1) 시가 유형의 다양한 형식적 실험과 주제의식

앞에서 말하였듯이, 월파의 첫 작품 <일어나거라>는 월파가 대학 재학 시절인 1926년에 발표한 것이다. 전체가 3연으로 구성된 짧은 습작품이다. 3(4)·3(4)·5(6)조의 3음보 4행연으로 구성된 규칙적 정형성의 작품이라 할 수 있다.

> 아침의 대기는 우주에찼다.
> 동편하늘 붉으레 불이붙는데
> 근역槿域의 일꾼아 일어나거라.
> 너희들의 일때는 아침이로다.
> ·········<중략>·········
> 아침의 대기를 흠씬 마시며
> 공고한 의지가 굿굿한 육체로
> 팔다리 걷고서 일터에나오라
> 혈조血潮의 전선에 힘있게 싸우자
>
> —<일어나거라>에서

이 시는 3·3·5조의 음수율에 의한 3음보가 4행을 단위로 연이 구분됐다. 3연 4행의 6음절은 3·3 또는 4·2조의 음수율로 음보수를 하나 더 해볼 수 있겠지만, 6을 하나의 단위로 합쳐서 3음보로 보았다. 이 시는 젊은 일꾼들에게 아침 일찍 일어나 일할 것을 독려하는 것을 내용으로 한다. 일할 때가 바로 아침이라는 것이다, 상쾌한 아침의 공기를 마시면서 굳센 의지와 건강한 육체로 일터에 나와서 열심히 일해야만 한다는 것이다. 우리가 후진성에서 벗어나지 못하고 나라를 빼앗기고 궁핍해진 것도 부지런히 일하지 않았기 때문이라는 것이 그 기저에 깔려 있다.

월파는 이 시를 시작으로 3년 뒤인, 1929년에 <나의 꿈>과 시조작품을 발표했다. 그리고 바로 이듬해인 1930년에는 20편이 넘는 많은 작품들을 《조선일보》·《동아일보》·《신생》·《이화》 등에 발표했다. 이것들은 그의 시력으로 보면, 습작기에서 초기에 걸쳐진 기간이고 다양한 시가 형식을 실험한 시기이다. 작품들은 음보 음수율의 규칙적인 정형성과 시조형식, 그리고 불규칙한 자유시 형식으로 구분된다.

구분	행연-음보 음수·	작품
정형성	4행연-2 3·4	실제
	4행연-3 3·3·5	일어나거라/ 지는 꽃
		무제[41]/ 떠나는 노래/
		찾는 맘
	4행연-4 3·4·3·4	어이 넘어 갈가나
	5행연-3 3·3·5	무상/ 나는 북을 울리네.
	6행연-3 3·3·5	그 무덤 푸른 풀의 뿌릴 잔이니
	6행연-4 3·4·4·4	나의 꿈[42]
반정형성	4행연 불규칙	이날도 앉아서 기다려 볼까
		내 사랑아[43]
	6행연 불규칙	동무야[44]
	7행연 불규칙	내 마음
시조	3행연-4 3·4·4·4	시조사수[45]/ 춘원
		백두산음오수/ 시조육수[46]
자유시	불규칙	내 마음/ 내 넋의 웃음/ 나는
		노래 부르네/ 반갑다고 할까/
		모를 일/ 그러나 거문고 줄은
		없고나/ 살처인殺妻囚의 질문

3·4·5조의 음수율은 고시가나 민요처럼 정확하게 지켜지고 있지 않다. 한두 시행에서 3(4)·4(3)·5(6))와도 같이 한 음수가 줄거나, 아니면 늘어 3·3 또는 2·4의 음수율로 되기도 하다. 그런데 이러한 음수율의 변화는 이미 개화기시가, 곧 최남선을 비롯한 1910년대 시인들의 개화가사 유형이나 신체시 유형에서 찾아볼 수 있다. 그리고 분연의 단위에서도 어떤 것은 전체에서 1행이 늘었거나, 또는 2행이 줄여진 것도 있다. 이런 현상은 극히 드물다. 그리고 시조형식은 각 행을 2행으로 하여 6행으로 창작한 것도 있고, 세 번째의 행을 2행으로 구분하여 전체를 4행으로 제작한 작품들도 발견된다.

분연의 단위나, 또는 음수율을 변화시키는 것은 시대의 흐름에 따라 새로움을 찾는 시도로 이해할 수 있다. 규칙적인 정형성을 탈피한 자유시의 시도는 이런 과정을 밟아서 이루어진 것이다. 월파의 경우도 습작부터 시가의 다양한 형식적 실험을 통하여 중기와 말기까지 시작세계를 지속해 간 것이라 할 수 있을 것이다.

2) 암울한 민족적 현실에 대한 비애와 회고懷古의 정서

월파가 <일어나거라>에 이어서 두 번째로 발표한 것은 <나의 꿈>과 <시조 4수>이다. 앞의 <나의 꿈>이 3·4·4·4조의 4음보 6행연의 장시라면, 뒤의 시조작품은 3·4·3·4조의 시행을 2행으로 나누어 총 6행을 1연으로 한 작품이다. 그런데 이런 구성은 작자의 의도와는 다르게 신문사에서 그렇게 한 것일 수도 있다.

> 물맑고 골깊은데 일간초옥 집을짓고
> 사랑는 님더불어 한가평생 좋을시고
> 울뒤에 푸른봉은 우리부엌 때일숲이오
> 뜰앞에 사흘밭은 둘의몸을 기르나니
> 천하를 내것이라 팔두르는 더벅머리
> 제어이 철모르고 나를다려 오라는다.
>
> ─<나의 꿈>에서

<나의 꿈>은 1929년 11월 3일자 ≪조선일보≫에 발표된 작품이다. 이 시는 마지막 7연을 제외하고 나머지 1~6연까지는 6행연이고, 각 행이 3·4·4·4조의 음수율과 4음보로 구성됐다. 마지막 7연은 시행을 4음보 6행연으로 조정할 수 있다.

어느 산간벽지의 가난한 마을의 부부가 열심히 일하면서 단란하게 살아가는 모습을 그린 이 작품은, 마치 전통 민요나 가사歌辭 작품을 읽는 것 같은 느낌을 준다. 남편은 단 한 칸밖에 안 되는 조그마한 초가집을 짓고 논과 밭을 열심히 갈면서 닭도 치고 소도 기르고 누에를 친다. 사랑하는 아내가 지어주는 밥을 먹고 술을 마시면서 행복하게 살아가는 농민들의 소박한 삶을 노래하고 있다.

> 천년이 남은 가지
> 새순이 어인일고
> 반생을 젊은혼에
> 춘흥이 헛돌아올제
> 잔위에 남은한싫어
> 전춘餞春하려 허노라.
> ……<중략>……
> 인생이 그무엔고
> 한바탕 꿈이로다
> 꿈임이 분명커늘
> 그아니라 하는고야
> 두어라 깰날이있거니
> 다를줄이 있으랴.
>
> —《시조 4수》에서

흐르는 세월 속에서 허무하게 살아가는 인생을 회고하는 이 시조는 1929년 11월 5일자 《조선일보》에 발표된 월파의 세 번째 작품이다. 이 작품에서 우리는 월파의 형식적 실험이 민요나 가사 그리고 시조의 범주에까지 미치고 있다는 것을 알 수가 있다. 이후 월파는 1930년에 이르러 20여 편이나 되는 많은 작품을 발표하는데, 다양한 형식적 실험을 하고 있는 것이 특징이다. 음보와 행연법行聯法의 규칙적 정형성이 특징인 시조와 가사 그리고 민요 등의 형식적 규제에서 탈피한다. 작품의 주제는 다음의 세 가지 로 구분해 볼 수가 있다.

첫째, 사랑의 심상과 주제의식이다. <나의 꿈>은 아무리 가난한 삶을 살더라도 사랑하는 사람과 단란하게 사는 그 이상의 행복만큼 소중한 것이 없다는 것을 강조한 작품이다. 다소 체념적인 서민들의 정서는 비가 오기를 목마르게 기다리는 <이날도 앉아서 기다려볼까>나, 떠나가서는 돌아오지 않는, 아니 죽어서 돌아온 임을 주제로 한 <그 무덤 푸른 풀의 뿌릴 잔이니>에서도 발견된다.

> 님뫼시고 고대턴 삼삼구년에
> 반갑다 저북소리 들리어오며
> 나아가잔 만인의 함성이인다
> 멀고먼 천리험지 님은가시니
> 이루고 돌아오소 비는마음의
> 정성껏 드리려는 잔을밝소라
> ………<중략>………
> 셋째잔 이몸께 두고가소라
> 이가슴 고이고이 간수하였다
> 님이두고 천릿길 다시오시면
> 눈물어린 웃음으로 드리랴하나
> 못오시고 청산에 홀로계시면
> 그무덤 푸른풀에 뿌릴잔이니

위는 이 시의 첫 연과 마지막 연이다. 화자는 천리험지로 떠나가는 님이 소원을 이루고 돌아오기를 간절히 빌면서 마음의 잔을 바치고 있다.

첫 잔은 떠나는 님을 만류하려는 애처로운 마음의 잔이고, 두 번째 잔은 떠나가는 님께 보내는 반가운 잔이다. 그리고 세 번째 잔은 죽어서 돌아와 홀로 청산에 누워계신 무덤 위 푸른 풀에 뿌릴 잔이다. 나라의 부름을 받고 떠나간 님을 두고 쓴 것으로, 당시 일제의 식민치하를 살아야만 했던 민족적 현실을 개탄한 것으로 이해할 수 있다.

이외에도 '사랑'을 주제로 한 작품으로 <떠나는 노래>와 <찾는 맘> 등을 예로 들 수 있다. 길고 긴 세월 깊어진 사랑을 잊으려는 마음을 노래한 <떠나는 노래>는

> 못 터진 화산 속 물어 어이리.
> 못 이룬 사랑의 불꽃이 크지.
> 더욱 큰 이 가슴 사랑이언만
> 구태여 그 사랑 잊으려 하네.
>
> 다 함께 저 고개 넘는 몸이라
> 구태여 사랑도 잊으라 하네
> 잊으란 쓰린 맘 그대도 알지
> 아시기 그대도 잊으려 하네.

와도 같이, 실패한 사랑에도 불구하고 아직도 화산의 불꽃처럼 타오르는 마음을 버리고 떠나야만 하는 안타까운 마음을 드러낸다. <찾는 맘>은 어디 있는 지조차 모를 사랑을 애타게 찾는다는 것을 내용으로 한다.

> 산에 없는 사랑을 어디 찾을까.
> 바다 없는 사랑을 어디 찾을까.
> 모인데도 없으니 찾지도 말까

그래도 내 영혼은 헤매고 있네.

'내 영혼', 화자가 알뜰히, 그리고 애달프게 찾고 있는 사랑은 그 어디에도 없다. 그래서 그의 영혼은 사랑을 찾아서 헤매고 있다는 것이다.

둘째, '밤'과 봄으로 이어진 민족적 현실을 주제로 하는 작품이다. 예로는 <동무야>·<내 사랑아>·<춘원春怨>·<내 마음> 등이 있다. <동무야>에서는 '밤'을 절벽과 같이 어둡다고 표현한다.

절벽같이 어두운 밤 뚫고
가시덤불 얽힌 비탈길로
피 묻은 다리를 끌며
우리의 지나온 밤이
몇 번이런가?
몇 번이면 어떠랴!

월파는 절벽과도 같이 어두운 밤에 밝은 빛을 달라고 간절히 호소한다. 그 칠흑의 어둔 밤을 뚫고 가기 위해서 수없이 많은 날들을 피 묻은 다리를 끌면서 비탈길을 내려왔고 벼랑에서 떨어져 죽은 벗도 수없이 많다. 그러나 그런 무서운 밤을 헤치고 그곳에 가면 우리들이 잃은 벗, 아니 먼 조상들이 있을 것이고 그곳에서 종을 울리면 섧고도 즐거운 노래를 부르자고 호소한다. <내 사랑아>에서는 가지마다 잎이 지고 온 들판이 서리바람에 시들어 가도 혼자 붉게 핀 그 꽃, 그리고 봉우리에 우뚝 선 소나무를 통해서 사랑을 강렬하게 갈구한다.

이 땅에 난 우리 모두 울고
이 나라 모두 일어가려나 길모를 제

진실로 눈물 인도할 자 있다면
그는 맘 붉은 네가 아니냐 청년아

썩은 등걸에 목숨 없는 것 같이
봄 되면 새순 돋아 나옴 같이
이 겨레 다시 살게 할 귀한 싹은
힘 있게 팽이를 쳐라 아가야
나의 끔찍한 사랑인 네가 아니냐.

　　　　　　　　　　　　　　　　ㅡ<내 사랑아>에서

　땅을 잃고 모두 울고 어찌할 바를 모르고 있는데, 올바로 인도할 자는
오직 '너', 곧 젊은 청년밖에 없다. 목숨조차 잃은 썩은 등걸에서 새싹이
돋아나오는 것 같이 이 겨레, 이 민족을 살게 할 싹은 아가와도 같은 젊
은이들뿐이다. 그리고 그 마음은 언제나 붉은 마음, 오직 나라를 사랑하
는 단성丹誠인 붉은 마음이다.

　끝으로 <춘원>과 <내 마음>에서는 죽었던 등걸에 새싹을 피워낼
봄은 기다리고 있으나, 나의 마음은 죄 진 것처럼 칠흑의 밤을 어루만질
뿐이라고 탄식한다. '천도天道', 곧 자연의 이치는 지극히 공정해서 우리
들이 기다리는 봄은 반드시 언젠가는 올 것이지만, 우리 민족이 애타게
기다리는 봄은 언제나 오려는지 답답하기만 하다는 것이다. 우리 민족
이 그렇게 목마르게 밝아오기를 기다리는 밤, 아니 죄인들의 지옥과도
같은 밤은 두껍기만 하다고 한다.

땅덩이보다 두꺼운 밤이라니
그놈을 더듬어 알 길이 있을까.

　　　　　　　　　　　　　　　　ㅡ<내 마음>에서

우리들이 헤쳐야 할 그 밤은 어디에 존재하는가? 그것은 붉은데 있다고도 하고 흑백의 어디에 있을 듯 하지만, 실은 우리들의 마음에 있기 때문에, 땅덩이보다 더 두껍다. 나라를 빼앗기고 살아가는 민족적 현실이 어둡고 암담하기만 하다는 것이다.

셋째, '마음'과 '넋'과 '영혼靈魂'으로 이어지는 심상과 주제의식이다. 이는 <내 넋의 웃음>·<나는 노래 부르네>·<반갑다고 할까>·<내 마음>·<나는 북을 울리네> 등에서 발견된다. 이것들은 앞에서 소개한 '임'과 '사랑'의 심상과 연관되기도 한다. 먼저 내 넋을 '새'· ' 나뭇잎'· '꽃'· '눈물'· '섶'에다 비유하고 있는 <내 마음>은 전체가 5연으로 구성됐다.

　　　　내 넋은 새요
　　　　내 사랑은 봄이어늘
　　　　봄이 들 가에 와서
　　　　아리따운 웃음을 웃어도
　　　　이 새는 왜 노래할 줄을 모르는고.
　　　　아 이 가슴의 남은 불 켜
　　　　차라리 이 넋을 살라버릴까.

로 시작되는 이 작품은 각 연 1~2행의 '넋'과 '사랑(노염)'의 상징성을 '새—봄'·'잎—바람'·'꽃—이슬'·'눈물—설움'·'섶—불길' 등으로 대응시켜 볼 수 있다.

　　　　1연 '새—봄': 아리따운 웃음 — 노래할 줄 모르고
　　　　2연 '잎—바람': 흥겨운 춤 — 너울거릴 줄 모르고
　　　　3연 '꽃—이슬': 정다운 눈짓 — 낯붉힐 줄 모르고

4연 '눈물—설움': 허덕이어도 ─ 흐를 줄 모르고
5연 '섶—불길': 무섭게 타도 ─ 불붙을 줄 모르고

　이러한 대응관계는 사랑과 노염으로 남은 불을 켜서 넋을 불살라 버리겠다는 의지로 종결된다.

　이외에 비바람 실은 구름이 어른거릴 때마다 '삶'에 주린 내 넋이 그린 임을 본 듯하다는 <내 넋의 웃음>이나, 높은 산위에 올라 영혼의 목마름을 채우고자 끝도 모를 노래를 부른다는 <나는 노래 부르네>와, 그리워하는 사람을 찾는 혼이 새가 되어 노래로도 찾지 못하는 비통한 마음을 노래한 <반갑다고 할까>가 있고, <나는 북을 울리네>에서는 북채를 들고 계속 북을 울릴 뿐이라며 안타까움을 호소하고 있다. 이우는 성 머리에 앉아서 정성껏 북을 울리기도 하고, 적막한 천지간에 외로움을 달래기 위해 끝없이 북을 울리기도 한다. 그리고 한 많은 가슴을 풀길 없어 눈물지면서 북을 울리기도 하고, 애틋한 가슴 속을 헤매는 혼을 북소리로 모셔다가 두 혼이 함께 채를 들어 북을 울리자고 권하기도 한다.

　월파는 '마음'과 '넋'과 '혼'으로 이어지는 심상의 상징성을 엄격하게 구분해서 말한 것은 아니다. '몸', 곧 육신과의 대응관념으로 '마음'을 '넋'과 '혼'을 동일시하고 있는 것 같다. 여기서 이것들은 좀 더 확대하면 정신적 차원으로 연장할 수 있다. 그래서 『망향』의 '마음의 조각' 시편들과 연관된 것이 아닐까 추측하게 된다.

　넷째, 흐르는 세월과 허무를 주제로 한 작품이다. 인생을, '세월이란 바다'의 모래 벌을 적시는 물방울처럼 자취 없이 사라진다고 한 <무제無題·1>을 비롯하여 <무상無常>·<실제失題>·<어이 넘어 갈가나> 등에서 이런 주제를 발견하게 된다.

흐르는 듯 인생의 세월이 가네
백발만 남겨놓고 세월이 가네
백발만 남겨놓고 가는 청춘
세월 타고 흘러서 어디로 가나
때 되면 반드시 늙는단 말이

들 가에 잎 덧는 바람소리에
달 어린 가을밤을 홀로 새면서
백번이나 봄가는 곳 물어보았네.
그러나 내 말은 듣도 않는지
대답 없는 들 위에 바람만 불어

—<무상無常>에서

 이 작품이 발표될 때 월파의 나이는 30도 채 되지 않았다. 그런데도
흐르는 세월 속에 늙어가는 인생을 한탄하고 있다. 낙엽 지는 가을밤을
홀로 새우면서 봄이 가는 향방을 물었으나 대답조차 없이 바람소리만
요란하다는 것이다. 그저 향방도 없이 어디론가 향해서 가고 있는 것이
너무나도 안타깝다는 것이다. 흐르는 세월에 실려서 자꾸만 가다보면
각자에게 주어진 정박지에서 내리게 된다. 마침내 사라지는 허무함을
무상하게 표현한 것이라 할 수 있다.
 이외에도 허무사상을 주제로 한 작품으로는 <실제失題>와 <어이
넘어 갈가나>가 있다. 인생이 아무리 밉고 곱다 해도 백년 안의 일이
오, 아무리 높고 낮다 해도 하늘 아래 뫼를 넘지 못한다고 탄식한다.

 모두가 허탕함이/ 창해滄海의 일포一泡일세
 백년이 여춘몽을/ 속절없는 꿈이므로

크옵신 '절로' 속에/ 뜬 티끌 이 일생을
마음이 하자는 대로/ 울다 웃다 갈가나.

　마치 고시가를 읽는 느낌이다. 인생은, 넓고 넓은 바다의 포말泡沫과
도 같고 백년을 살아도 꿈처럼 덧없다. 그저 흐르는 세월 속에는 울다
웃다 마음이 이끄는 대로 가면 된다. <어이 넘어 갈가나>에서는 어둡
고 험준한 '인생로人生路'를 홀로 걸어온 것이 벌써 이십에다 팔을 더한
반평생이 되었다고 자탄하고 있다. 오늘날로 보면 한참 젊은 나인데도
당시의 월파는 삼십도 채 안된 나이를 반평생이 지났다고 하고 있는 것
이 아닌가? 그가 살아온 길이 마치 거친 창랑에 흔들리고 떠가는 조각
배와도 같이 험준하고 허무하다는 것을 강조하는 것은 아닌가 한다.
　흐르는 세월 속에서 살아가는 인생의 덧없음과 허무사상을 주제로 한
시편들에서 형식이나 내용에서 고시가와의 유연성을 짚어볼 수가 있다.
시어의 구사나 표현기법에서 고취古趣한 감각이나 어조는 물론, 그 회고
적懷古的 정서에서 그것을 느끼기 때문이다. 이것은 아직도 월파가 습작
기의 실험적 한계를 벗어나지 못하고 있다는 반증이 되기도 한다.
　다섯째, 회고적 정서와 민족적 관념을 주제로 한 작품이다. 시조유형
의 작품들을 예로 들 수가 있다. <어린것을 잃고>[47)와 <병상음이수病
床吟二首>[48)를 제외한 시조유형이 그것인데 모두 이 시기에 발표됐다.
<시조사수時調四首>·<춘원春怨>·<백도산음오수白頭山吟五首>·<시조
육수時調六首> 등이 이에 해당된다. 대부분이 고시조처럼 회고적 정서
로 민족적 기상과 화평의 세계를 노래하는 것이 특징이다.

　　목석을 무심타랴 저들을 보사소라
　　북한풍설北塞風雪에 단성丹誠아니 갸륵한가

의義잊고 절節고친 사람 볼낯없이 하려니
　　　　　　―<정계석축定界石築을 보고>[49]에서

'백두산음오수白頭山吟五首'는 <정계석축을 보고> 2편을 비롯하여 <무
두봉無頭峰에 올라>·<백두산정白頭山頂에서>·<천지天池가에서> 등으로
이어지면서 백두산의 명소를 노래하는 것이 특징이다. 민족의 영산靈山
으로서의 백두산의 웅장함과 민족정기와 기상을 환기한다. 그 이면에
는 나라를 빼앗기고 암울한 삶을 살아야하는 슬픔과 한탄을 그 기저에
짙게 깔고 있어서 가슴이 저린다. 연작시 <춘원>에서는 꽃피고 새우
는 봄철의 화사함을 노래하고 있다.

　　화단에 불밝혀라 꽃과같이 새랴노라
　　날새면 덧는것을 아끼어 함이로다.
　　이몸도 덧는꽃이니 임아 아껴주소라.
　　　　　　　　　　　　　　―<춘원春怨>에서

위는 <춘원>의 마지막 연이다. 꽃들이 반발한 화단에 불을 밝히라
고 호소한다. 이 시 역시 고시조의 한 대목을 읽는 느낌이다. 꽃이 지는
게 아까워서 함께 밤을 새우자는 염원에는 가는 세월에 대한 안타까움
과 한탄이 짙게 깔려 있다. 우리 민족이 애타게 '기다리는 봄'이 제1연의
내용이라면, 제2연에서는 산곡山谷을 흐르는 물이 무정하게 꽃을 실고
가고 있는 것을 원망한다. <시조사수>나 <시조육수>도 고취한 시어
들과 옛 시조의 어조가 부각되는데, 모두 회고조로 민족의식을 환기하
고 있다. 그런데 음풍농월吟風弄月의 한계를 벗어나지 못해서 아쉽다.

3) '줄 없는 거문고'의 심상과 '살처수殺妻囚'의 서사성 문제

이와 같이 월파는 습작과정에서 다양하게 시의 형식을 실험했다. 이 시기를 대표할 만한 작품으로 <그러나 거문고 줄은 없고나>와 <살처 수殺妻囚의 질문質問>을 들 수가 있다. <그러나 거문고 줄은 없고나>는 나에게 누군가 노래 불러주기를 소원하지만, 거문고 줄이 없음을 한탄 하는 것을 내용으로 한다.

　　　　바닷가 깨어지는 물결
　　　　산 모루 설레는 바람
　　　　들로 내리는 물 다함께
　　　　이 나라엔 노래하는 이 없느냐
　　　　있거든 나오라 외치는 고나

　　　　행여 날더러 그럼 아닐까?
　　　　그래 나는 가슴을 뒤지고 있네
　　　　그러나 아―거문고 줄은 없고나.

　　<그러나 거문고 줄은 없고나 >는 1930년 11월 16일자 ≪동아일보≫ 에 발표된 작품이다. 앞의 5행연(본절)과 뒤의 3행연(반복절)을 단위로 구분하여 네 개의 단락으로 이루어졌다. 두 번째 단락의 본 절이 6행연 으로 된 것을 제외하고는 3~4번째 단락은 첫 번째와 일치한다. 그리고 뒤의 반복 3행연에서 각 연의 1행이,

　　　　◇ 행여 날더러 그럼 아닐까?
　　　　◇ 아마 날더러 저럼 아닐까?
　　　　◇ 혹시 날더러 타람 아닐까?

◇ 내 너 위해 그 곡 타련다.

와 같이 상이하나 각 연의 2~3행은 서로 일치한다. 따라서 이 시는 그 앞의 본 절과 뒤의 반복 절을 하나의 단위로 해서 전체를 네 개의 단락으로 구분할 수 있다.

첫 번째 단락은, '바다―물결'과 '산 모루―바람'으로 이어진다. 노래하는 이가 있거든 나오라고 외친다. 노래 부르려 하지만, 거문고에 줄이 없어서 노래를 부르지 못하는 현실을 한탄하고 있다.

두 번째 단락은 성난 물결과 노염만이 가득한 이 세상이 배경이다. 풀잎과도 같이 흔들리는 난파된 작은 배 조각을 잡고 '삶'과 '죽음' 속에서 허덕이는 나에게 거센 풍랑을 재워줄 노래가 없느냐고 외치는 것이 그 내용이다.

세 번째 단락은 지독한 가뭄을 원망한다. 물조차 녹고 모래조차도 타버릴 만큼 가뭄이 극심하다. 마을 우물가에 빈 물동이를 이고 초조해 하는 아낙네들이 마음껏 길러갈 샘물이 끝없이 솟아나게 할 수는 없느냐고 외친다.

네 번째 단락은 말 못하는 설움을 안고 생을 영위하는 나에게 쌓인 한恨을 풀어줄 노래는 없느냐고 강변한다. 그러나 거문고 줄이 없어져서 그 노래를 불러줄 수 없다는 것이 이 시의 결론이다.

그렇다면, 월파는 무엇 때문에, 노래에 맞출 거문고의 줄이 없다고 했을까? 이것은 그 시대상황, 우리의 민족적 현실과 연관시켜 이해할 필요가 있다. 우리 민족의 삶 자체가 참혹하기 때문이다. 성난 물결을 타고 요동치는 난파된 '배 조각'과도 같고, 극심한 가뭄으로 메마른 우물가에서 물을 기다리는 아낙네들의 마음처럼 초조하다. 궁핍한 식민지 민족적 현실을 이렇게 표현한 것이다. 참을 수 없는 아픔과 고통을 안고도 말할 자유조차 잃고 살아가는 우리 민족의 가슴 찢기는 설움과 눈물을 마르게 해서는 안된다고 호소하는 것이다.

<살처수의 질문>은 1930년 11월 30일, 동년 12월 1일 ≪조선일보≫에 발표된 시이다. 월파는 이 작품에서 의도적인 시적 실험을 시도하며 한국인의 처참한 궁핍을 노래한다. 화자인 '나'의 삶을 매우 길고 장황하게 서사화해서 현실을 잘 살려내고 있는 것이 특징이다.

비록 내 손이 내 목 조를 자유가 없고
내 발로 물에 뛰어들 틈이 없으나
나흘 굶은 내 앞날이 길면 얼마나 길고
'어둠'이 내 앞에 어른거리고
나를 구하려는 '죽음'의 발자욱이
문밖에 들어오거늘
구태여 말한들 무엇하리.
그러나 나는 들 가는 몸
뒤에 날 같은 운명에 우리들을 위하여
옳고 그른 것을 밝게 가린다는 법과
박애와 정의를 파는 그대들에게
나는 두 번째 옳고 그름을 물으랴 하네.

나도 희망의 헛손질을 하던 날이 있었네
앞날의 북을 꿈꾸며
고요한 바다 향하는 어부와 같이
구릉 속 숨은 바람
섬 뒤 모여선 파도를 잊고
노래하며 인생의 첫 노를 저어본 일이 있네.

를 1~2연으로 하고 있는 이 시는 전체가 19연으로 된 장시이다. 여기에 등장하는 '나', 곧 시적화자는 죽을 자유조차 없다고 한다. 나흘이나 굶은 자신이 얼마나 더 살게 될 것인가를 스스로에게 묻고 있다. 그의 눈앞에는 '어둠'이 어른거리고 그를 구하려는 '죽음'의 발걸음 소리가 문밖에서 들려온다. 그런데 내가 할 말이 무엇이 있겠는가고 반문한다. 그리고 이 세상 옳고 그른 것을 가린다는 법이나, 박애와 정의를 팔고 사는 목자牧者들에게도 도대체 옳고 그름이 무엇인가를 재차 묻는다.

한때는 고요한 바다를 향하는 어부와도 같이 희망을 갖고 행복한 삶이 있었다. 그때 바람도 없고 거센 파도조차 없는 바다를 큰소리치면서 배를 저어보기도 했다. 그러나 그것은 잠시였고, 그 뒤로는 계속 고통과 아픔의 삶이었다는 것이 이 시의 간추린 내용이라 할 수 있다.

첫 번째 단락은 3~6연이다. 3연은 아름다운 섬이 뒤를 이어 나타난다. 첫 번째 섬에서 쌀을 얻었고, 두 번째 섬에서는 어여쁜 아내를 얻었으며, 세 번째 섬에서 귀여운 딸과 아들을 얻어, 순풍順風에 돛을 달고 떠나가듯이 행복한 삶을 살았다고 한다. 그러나 그것도 잠시, 4연에서는 높은 풍랑으로 모든 희망은 사라지고 앞을 가로막는 장벽과 싸우지 않으면 안된다고 절망한다. 물결 높은 인생의 바다에서 몇 해를 싸우고 또 싸웠으나 결국은 패배했다고 탄식한다. 그래서 자신을 구원해 달라고 형제와 친구, 그리고 이웃과 동포들에게 호소했지만, 모두들 모른다고 하면서 비웃고 떠나가는 것을 보고 참담함을 느끼게 된다(5~6연). 마치 하늘과 땅조차도 그를 버린 것과도 같은 그런 심정일 수밖에 없었다.

두 번째 단락은 7~10연이다. 7~9연은 화자가 아내와 어린 것들을 데리고 땅과 집을 모두 버리고 눈보라치는 밤에 쫓겨나와 눈 쌓인 벌판을 헤매며 고생하는 것이 내용이다. 그들은 조상도 동족도, 아니 예의나 염치는 물론 신앙 같은 것도 모두 잊고 오직 주린 배를 채우고자 동서남

북으로 정처없이 유랑한다. 그러나 희망은커녕 차디찬 눈만 쌓이고 세찬 바람만이 무섭게 불어오고 있을 뿐이다. 절명絶命의 경지에 이르게 된 화자는 결국 10연에 이르러 아내조차 할 수 없이 묵인한,—'잘 넘는 (丈餘) 담'을 뛰어넘다 잡혀서 감옥에 갇히게 된다.

세 번째 단락은 11~14연까지로, 11연에서 화자는 옥중에 갇혀서도 두고 온 아내와 아들딸을 생각한다. 12~13연에서는 옥중생활을 마치고 나와 거리를 헤매면서 아내와 어린 것들을 부른다. 거리에는 아내도 딸도 많다. 그러나 그의 아내와 딸은 없었다. 그러다가 14연에 이르면 거적을 쓰고 울음 반, 웃음 반으로 말을 하는 아내를 만나게 된다. 아내는 어린 것들을 모두 잃고 실성한 채로 '인해중人海中'을 떠돌고 있었다.

네 번째 단락은 15~17이다. 15연에서는 우여곡절 끝에 만난 아내를 안고 다리 밑에 숨는다. 그때 아내는 잠깐 맑은 정신이 들어 '죽음의 부러움'을 말하게 된다. 딸은 굶어 죽고 아들은 얼어 죽었다고 통곡하면서 그저 죽고 싶을 뿐이라고 한다. 아내의 이런 마음은 16연에 이르러 더욱 간절해진다. 17연에 이르러 시적화자는 아내의 소원을 들어주기로 하고 결행한다. 그리고 자신도 목을 매어 다리에 매달았으나, 죽지 못했다는 것이다.

다섯 번째 단락은 18~19연까지로, 이 시의 결론 부분이라 할 수 있다. 먼저 18연에서 화자는,

> 진실로 내 목을 매어 다리에 달았드라니
> 그러나 나를 속인 세상은
> 다시 나를 구한다는 미명美名으로
> 내 마지막 길을 막았었네.
> 그리하여 내 손이 내 목 조를 자유를 잃고
> 내 발이 물에 뛰어들 틈이 없는 동안

마른 가랑잎 같은 내 목숨은
이 썩은 등걸에 달려 있는 것일세.
그러나 나는 얼마 아니하여 내 길을 가리라니.

와도 같이 죽을 것을 다짐하고 있다. 아내의 간청을 못 이겨 목을 졸라 죽이고 자신도 목숨을 끊기 위해 다리에 매달렸다. 그러나 나를 속인 세상이 내 마지막 죽음의 길조차 막았고 원통해 한다. 그래서 죽을 자유조차 잃은 고통의 세월을 살아가고 있는 자신을 혐오하기도 한다. 그럼에도 불구하고 떠나기 전에 이 세상에다 묻고 싶은 것이 있다고 호소한다. 옳고 그른 것을 가린다는 법, 그리고 박애와 정의를 파는 목자들에게 자신이 진실로 '죄인罪人인가'를 확인해 달라는 것이 그것이다. 같은 형제를, 아니 같은 동포를 자처하면서도 우리들이 막다른 절벽 앞에 섰을 때에 비웃고 외면하는 세태世態와 인심을 신랄하게 비판하고 있다.

이제까지 월파의 초기, 곧 습작기의 실험시를 대상으로 검토했다. 1930년 한 해 집중적으로 발표된 20여 편이 그 대상이었다. 이것들은 형식과 내용 및 주제의 면에서 다양하게 나타났다. 형식적 면에서 시조나 가사 및 민요조 행연법行聯法에서 크게 벗어나지 않고 있는 점이 특징이다. 정형에서 벗어난 자유시 형식은 뒷부분에서 살펴본 <그러나 거문고 줄은 없고나>, <살처수殺妻囚의 질문> 등 극히 일부에서 발견된다. 내용과 주제의 면에서도 자유시의 사적 고뇌나 아픔보다는 고시가에 나타난 회고적 정서를 통해서 민족관념을 환기시키고자 하는 것들이 대부분이라 할 수 있다.

3. 허무사상과 민족관념—중간기의 시작세계와 주제의 다양성

월파의 중간기는 습작기의 실험적 단계를 벗어난 1931년부터 첫 시집 『망향』의 시편들이 발표된 1939년도까지로 한정할 수 있다. 가장 많은 시편들이 발표된 것도 바로 이 기간이라 할 수 있다. 그런데 『망향』에는 이 기간에 발표된 일부만이 수록되어 있다. 오히려 시집에 수록되지 않는 작품들이 양적으로 훨씬 더 많다.

그런데 그가 습작기에서 벗어나 제작한 <내 생명의 참시 한 수>가 발표된 1931년부터 헤아려보면 40편이 넘는 시편들이 시집에 수록되지 않았다. 아마도 이 숫자는 이제까지 정리된 시편들을 기준으로 한 것일 뿐, 앞으로의 보완작업을 통해서 그 숫자는 더욱 늘어날 것으로 생각된다.

1) '촛불'을 통한 죽음과 '삶'의 회의와 허무적 관념

여기서는 <내 생명의 참시 한 수>와 <무제無題>를 중심으로 시세계의 특징을 살피고자 한다. 두 작품은 『망향』의 시편들 이전에 발표된 것들로, <내 생명의 참시 한 수>는 1931년 12월 19일자 ≪동아일보≫에, <무제>는 1932년 7월호 ≪동방평론≫에 발표된 것이다. 이외에도 시의 제목을 '무제無題'로 한 것들이 많다. '무제음無題吟'등을 포함해서 10여 편에 이르고 있는데, 이것들은 각기의 게재지나 발표연월로서 구분할 수밖에 없다.

먼저 생명을 '촛불'의 상징성으로 표현한 <내 생명의 참시 한 수>를 살펴보자.

> 그대 앞 깜박어리는
> 내 생의 촛불도 꺼질 때가 올 것이 아닌가.

그때 아— 이 촛불이 꺼지랴 할 그때
거룩한 그대여 내 마지막 자리로 오게
그리하여 내 마지막 선물을 받게
오직 그대만을 주려하여
가장 깨끗한 때 피와 눈물로 써 두었던
내 생명의 참시 한 수를
마지막 선물로 받게.
·········〈중략〉·········
내 촛불 꺼진 후
그 선물 펴보아 주게
그대 홀로 읽어주시게
그대 우시랴는가 눈물도 고마우리.
그대 웃으려나 웃음도 반가우리.
아—다만 '알았노라' 웨쳐주게.
　　　　　　　　—〈내 생명의 참시 한 수〉에서

이 시는 전체가 5연으로 되어 있는데, 위의 인용은 첫 연과 마지막 연에
해당된다. 그러니까 시적 발상의 첫 도입부와 마지막 결론이라 할 수 있다.

월파는 깜박이는 촛불의 꺼짐을 통해서 시적 자아의 죽음을 확인하
고 있다. 말하자면, 유서遺書인 '내 생명의 참시'를 가장 깨끗한 때에 피
와 눈물로 썼다는 것이다. '깜박이는 촛불'이 죽음을 눈앞에 둔 약하고
약한 생명의 상징이라면, 꺼짐은 '죽음'을 상징한다. 화자가 죽어가는
그때, 그 자리에 와야만 할 '그대', 이 시에서 계속 반복되고 있는'그대'
는 누구를 말하는 것일까? 그것은 가장 친한 벗이나 사랑하는 사람이라
해도 좋고 구체적 대상이 아니라 초월적인 대상이라고 해도 무방하다.

인간은 자신만의 촛불을 켜고 산다. 그 불은 언젠가 소멸하기 마련이
다. 그래서 '촛불'은 인간의 삶과 죽음을 경계 짓는 비유로 인용된다. 그

렇다면, 이 시의 화자가 죽음의 순간에 '그대'에게 주고자 하는 '생명의 참시', 그것도 그가 가장 깨끗한 피와 눈물로 썼다는 거기에는 무엇이 적혀져 있을까? 넋의 설움과 넋의 목마름과 넋의 원한이 담겨져 있지 않을까? 그래서 이것을 반드시 내 촛불이 꺼진 뒤에야 그대 홀로 펴보고 울어도 좋고 웃어도 좋은데, 아무튼 '알았노라'고 외쳐달라고 하고 있는 것은 아닐까 한다.

<무제>는 그 전체가 69행으로 이루어진 장시라 할 수 있다.[50] 그런데 이 작품이 잡지에 발표될 때 행과 연의 구분이 잘못된 것 같다. 이에 대해서는 차후 작품론에서 구체적으로 논의하기로 한다.

> 그대는 그대 발밑에
> 썩은 등걸 같이
> 산산이 부서진
> 시커먼 뼈 조각들을 보지 않나.
> 아─그리고 저것이
> 제 평생 살고 간 한 사람의
> 이 세상 남기고 간 모든 것인 줄을
> 그대도 아시지 않나
> 저 뼈마저 없어질 것 아닌가.

이 작품은 크게 세 단락으로 구분해 볼 수가 있다. 첫 번째 단락은 사람이 죽어서 뼈 조각으로 바뀐 험악한 모습을 보고 허무감을 느끼는 부분이다. 사람이 살고 간 자취는 모두 지워지고, 오직 뼈 조각만이 남아 있다는 것이다. 두 번째 단락은 사라짐에 관한 내용이다. 남아있는 뼈 조각에 어웅하게 뚫린 구멍들은 우리 인간들이 살았을 때, 보고 듣고 맡고 먹고 하던 눈과 귀와 코와 입술이 있었던 곳으로 이것도 언젠가는 무화될 것이라 하고 있다. 그리고 세 번째 단락은 이 시의 결론이라고 할 수 있는데, 우리 인생이 백년을 산다고 할지라도 그것은 한 순간에 불과하다는 것을 강조하는 부분이다.

우리와 저 사람 사이를 백년이라 하세
일순一瞬이지
때 되면 그대도 가리 나도 가리
달 밝은 공산자규空山子規 슬퍼 울 제
그대 그곳에 저러히 되리.
나도 그곳에 저러히 되리.
적막寂寞한 일일세.

그러나 나 네 기다리는 사람이 있다면서
어서 가보게
벌써 해지는 줄을 자네 모르나.

　　　　　　　　　　　　　　　−<무제無題>에서

　사람의 한 평생을 백년을 잡는다 해도 지나놓고 보면 단 한 순간에 불과하다. 사실 월파가 생존했던 시대 백년을 산 사람이 몇이나 되겠는가. 대부분이 그 반을 살고 생을 마치는 것이 일반적이었다. 월파도 이 시를 쓰던 나이가 겨우 30이고 실제 50 짧은 생을 마감하지 않았던가.

　아무튼 월파는 덧없고 허무한 인생을 너무나도 일찍 깨달은 것이 아닐까 한다. 누구나 할 것 없이 때가 되면 가게 마련이다. 결국 우리 인생들이 이승을 하직해서 적막강산寂寞江山에 들고 나면, 온 세상이 고요해질 수밖에 없다. 무無에서 나서 무無로 돌아가는 것, 바로 이것이 인간의 무상無常이고 허무虛無라 할 것이다. 그래서 선가에서는 일체의 모든 것을 버리라고 한 것인지도 모른다.

위에서 논의한 <내 생명의 참시 한 수>와 <무제>는 월파의 시력으로
보면, 습작기의 다양한 실험이 있은 직후에 제작된 것이다. 첫 시집『망향』
의 시편들이 발표되기 직전에 발표된 작품들이라 할 수 있다. 살핀 것처럼
이 작품들은 사람이 죽어서 백골이 되었다가 그것마저 무화되는 허무사상
을 주제로 한다. <내 생명의 참시 한 수>에서 '촛불'로 상징되는 인간의
생명이 꺼지는 것으로 인간의 종말을 암시한다면, <무제>는 사람이 죽어
서 백골이 되고, 그 백골마저 무화되는 허무사상을 더욱 강조한다.

2) 국권상실의 망국적 비애와 민족관념

여기서는 시집『망향』의 시편들과 같은 기간에 발표되었으나, 시집
에는 수록되지 않는 작품 40여 편을 중심으로 시세계를 살피고자 한다.
몇 개의 항목으로 구분하여 그 주제의식을 유형화하여 살피는 것은 의
미가 있다고 판단된다. 빼앗긴 나라에 대한 민족적 울분이나 비애는 초
기의 습작과정에서도 잘 찾아볼 수가 있었다. 암울한 민족적 현실에 대
한 분로와 슬픔으로 표상된 바 있다. 저항감이나 울분을 겉으로 크게 노
출하지 않고 식민치하의 민족적 비애와 울분이 비애와 슬픔의 정조를
드러낸다.

> 젊은 기쁨에 뛸 너희가 아니냐.
> 꽃다운 웃음에 넘쳐야 할 너희가 아니냐.
> 즐거워하여야 할 너의
> 오월의 노래를 불러야 할 너희들이 아니냐.
> 기쁨의 노래 불러
> 이 강산 웃겨야 할 너희들이 아니냐.

이 강산 웃겨야 할 너희어늘
꽃과 향기로
이 강산 웃겨야 할 너희어늘
너희들은 눈 오는 이 저녁
바람을 맞으면서
눈물의 노래 부르는구나.

—<무제>51)에서

이 작품은 그 부제가, '만보산萬寶山참살동포조위가 연습하는 것을 듣고'이다. 1931년에 식민치하에서 살 수가 없어 만주로 이주한 우리 동포들과 중국인들과의 분쟁을 시발로 국내의 중국인들과의 심한 갈등에 의해 발생한 사건을 내용으로 한 작품이다. 이 사건은 일본인이 우리 동포들을 조정하여 일어난 분쟁인데, 이 사건을 계기로 중일전쟁으로까지 확대된 것이라 할 수 있다. 중국인들과 우리들 사이에는 큰 문제가 없었는데, 일본인들이 중간에서 교묘한 수단으로 분쟁을 야기해서 많은 희생자를 내게 한 사건이다.

이러한 불행한 사건은 결국 우리가 일본에게 나라를 빼앗겼기 때문에 발생한 것이라 할 수 있다. 간악한 일본인들이 국제간의 분쟁을 일으켜 중국까지 지배하려는 음모와 야욕에서 비롯된 것이다. 우리들은 일본인들에게 이용되어 온갖 희생을 감수해야 했다. 그래서 더 더욱 망국민의 비애와 울분이 비통하게 느껴진다.

무엇이 기쁨에 넘쳐야 할 젊은이들을 서럽게 울게 하였던가? 싱그러운 오월의 노래를 불러야 할 너희들이 눈바람 속에서 눈물의 노래를 부르고 있으니 비통하지 않은가. 죽은 형제들의 이름을 외치면서 눈물의 조위가弔慰歌를 부르다가 목이 메여 노래조차 끝맺지 못하는 까닭은 무엇인가? 그것은 우리들이 나라를 빼앗겼기 때문인 것이다.

너희들 노래듣고
저 산이 울고
저 바다가 울고
마른 풀이 울고
굳은 땅이 울고
온 누리가 울고
아니 울 이 누구랴.
나도 울거니와
기쁨의 노래 불러
이 따 웃겨야 할 너의
왜 눈물의 노래로
이 강산 울려야는가.

— <무제>에서

위는 이 시의 마지막 연이다. 기쁨의 노래가 아니라 산도 땅도 바다도, 아니 온 천지를 울리는 너희들의 노래가 애통하다고 눈물짓는다. 우리가 나라를 빼앗기지 않았다면, 너희들이 이런 눈물의 노래를 부르지도 않았을 것이라며 몹시 안타까워하는 작품이다.

이처럼 일제 식민치하, 망국민의 비애와 울분鬱憤을 안으로 삼킨 작품들은 <무제>·<무지개도 귀하건만>·<무제음이수無題吟二首> 등과 같은 시편들에서 찾아볼 수가 있다. "십년을 공들여 기른 지성수至誠樹를 베어서 지은 집을 불살라 버리고 빈 터전에서 회고의 눈물을 짓는다"는 <무제>[52]나 "무지개 스러진 검은 하늘을 쳐다보는 이 눈에 눈물이 고인다"고 한 <무지개도 귀한 것만은>, 그리고 "버려진 귤껍질을 줍는 오류 세밖에 안 되는 헐벗은 아이들을 보고 눈물지으며 주의主義와 도덕道德과 인정人情을 떠들었던 지난날을 부끄러워한다"는 <무제음이수>[53]

는 나라를 빼앗기고 비애와 울분鬱憤 속에서 살아가는 우리들의 슬픈 자화상이기도 하다. 여기서 '지성수至誠樹'를 베어서 세운 집은 온 정성을 기울여 가꾼 나라를 의미하고, '무지개가 스러진 검은 하늘'은 우리 민족이 가꾸어야 할 꿈과 이상을 상실한 암흑세계를 상징한다. 그리고 버려진 굴껍질을 줍는 어린아이들을 보고서 눈물지으면서 현실성도 없는 공리공론을 일삼으면서 살아가는 화자의 모습은 식민시대를 살아가는 우리 지식인들의 자화상이기도 하다.

> 우리 겨레는 왜 기력이 없나
> 왜 그리 죽은 상밖에 하지를 못하나
> 왜 그리 무표정한가.
> 동무야, 이런 탄식을 그만두게
> ·········<중략>·········
> 내 어린 것이
> '배고파 밥 주어' 운다면
> 내 독하다는 마음이 무엔가
> 그 자리에 엎어져
> 뼈가 녹아내릴 걸세.
>
> 저들이 하루도 몇 번이나
> 이런 무서운 소리를 듣나
> 무기력 무표정은커녕
> 살아만이라도 있는 그들의 심장이
> 철석보다 굳지 않는가.
>
> ─<무제음無題吟 2수>에서

월파는 식민치하를 살아가는 우리들의 위선을 신랄하게 비판하고 있다. 수난의 시대를 이기적으로 살아가거나 민족애나 동포애를 모두 져버리고 오직 자기만을 위해서 살아가는 치욕스러운 현실을 고발한다. 무기력하고 무표정하게 오로지 자기 자식, 아니 자기 가족밖에 모르고 살아가는 사람들을 통렬하게 비판하고 있는 것이다.

월파의 이러한 민족관념이나 울분은 '단상일속斷想一束'54)의 시편들에 이르러서 직설적으로 표현된다. '단상일속' 4편 가운데서 그 첫 번째 작품은 이유를 알 수 없으나, 그 제작과정에서 전문이 삭제되고, <펜>과 <저놈의 독수리>와 <빌어먹을 놈> 등만이 수록되어 있다. 그런데 이것들은 제목에서부터 월파의 다른 시작들과는 아주 다른 특색을 보인다.

> 절름발이 '펜'의 멱살을 잡고
> 캄캄한 작조作造의 칠야漆夜를 끌고 나와
> '잉크병' 아갈바리에 태뱅이를 치다.
> 오늘도 새벽부터
> 게(蟹)침 같은 설움
> 불평의 이지랑 개미
>
> 꺼진 고불통 울분을
> 원고지장原稿紙場터에 버려놓고
> 시들어 넘어진 장돌뱅이
> 불상한 내 늙은 친구여!
>
> —<펜>의 전문

저돌적이고 풍자적인 표현으로 가득하다. '펜의 멱살'이니 '잉크병 아갈바리'를 비롯한 '게침 같은 설움'·'깨진 고불통 울분' 등과 같은 원색적인 비속어를 구사해서 어둡고 암울한 현실을 과격하고 저돌적으로 풍자한다. '깨진 고불통 울분'을 원고지에다 버려놓고 시들어 넘어진 장돌뱅이 불상한 늙은 친구를 통해서 부조리한 사회를 고발한다. 독수리가 날자 병아리 숨길 데를 찾는다고 한 <저놈의 독수리>나, '힘들여 쌓은 탑을 헐려다가 똥밖에 못 들었다'고 한 <빌어먹을 놈>도 당시의 시대상을 풍자한 것이라 할 수 있다. '저놈의 독수리'나 '똥밖에 못 든 대가리를 가진 빌어먹을 놈'은 당시의 일본 관헌이나 그에 동조하는 친일인사들을 상징하고 있다. 독수리가 날면 병아리들은 모두 숨을 곳을 찾아야만 했고, 우리들이 힘들여 쌓은 탑, 요컨대 우리의 문화유산이나 민족정기를 하나하나 파괴하고자 했던 일본인들의 만행을 규탄한 것이라 할 수 있다.

3) '나'··'너'··'그'의 의미

월파의 시에서는 '나'·'너'··'그대(그)'의 의도적인 설정을 보게 된다. <내 생명의 참시 한 수>와 같은 작품에서의 '그대'는 '나', 화자의 상대이지만, <그대가 누구를 사랑한다 할 때>의 '그대'는 '나', 곧 시적화자로 환원된다.

> 그대가 누구를 사랑한다 할 때
> 그대는 결국 그대를 사랑하는 걸세.
> 그대 넋의 그림자가 그리워
> 알뜰히 알뜰히 따라가는 걸세
>
> 그대 넋이 헤매지를 않겠는가.
> 헤매다 그 사람을 찾았다 하세

그 사람은 그대의 거울일세.
그대 넋을 비치는 분명한 거울일세.

그대는 그대 그림자를 보고
그 그림자를 거울만 여겨 사랑하네.
그래 그 거울을 사랑한다 하네.
그 사람을 사랑한다 맹서하게 되네.
그러나 그대 그림자 없으면
그대는 돌아서 가네.
　　　　　　　　　　―＜그대가 누구를 사랑한다 할 때＞에서

'그대'는 사랑의 대상으로 호칭되지만 그 본질은 자신, 곧 근원으로
환원된다. 현상적 자아인 '나'가 본질적 자아인 '나'로 환원될 때 비로소
사랑은 완성되는 것이다. 객체의 자아가 주체화되어 본질적 자아, 곧 근
원에서의 합일이 완성되는 것이다. 시적화자는 "그대가 누구를 사랑한
다 할 때/ 그대는 결국 그대를 사랑할 수밖에 없다"고 하는 것은 이 때문
이다. 우리가 서로 사랑한다고 하는 것은 결국 나를 사랑하는 것이 된
다. 아무리 객체화되었다 하더라도 그 대상을 주체화하여 결국 자아로
합일시키게 마련이다.

사람은 누구나 '넋', 곧 영혼의 그림자를 추구한다. 현상적 자아인 '나'
가 본질적 자아인 근원인 '나'로 회귀하기 위해서는 '거울'을 통해야만
한다. '거울'의 투사작용이 없이 본질적 자아를 추구할 수가 없다. '거울'
의 투사를 통해서 자아의 합일에 도달하는 것을 객체의 주체화라 한다.
이런 경지에 이르러 사랑은 완성된다. 이 시에서 '그대'는 그래서 거울
에 투사된 자아이다.

이와 같이 월파는 심혼의 세계에 깊이 파고들어 인생이 무엇인가 찾

고 고뇌한다. <무제삼수無題三首>⁵⁵)는 이를 주제로 한 시로,

> 바다의 규방閨房의 고요한 이 새벽에
> 헛것이 또 나를 끄노니
> 고뇌苦惱의 가시밭 위에
> 핏자국 치는 불상한 마음이여.

를 1연으로 하고 출발한다. 고요함이 바다와 규방과도 같다는 것이다. 고요함의 크기를 이렇게 표현해서 고독의 광대함을 강조했다. 헛것이 이끈다고 함은 그것이 허황된 것이라는 것을 잘 알면서도 그 헛것에 끌려 살고 있는 일상의 모습을 표현한 것이다. 오히려 인지하면서도 이렇게 헛것에 끌리지 않고서는 잠시도 살 수 없는 기혹한 현실을 부각한다고 할 수 있다. 그래서 인생을 고뇌의 가시밭길이라 했고, 그 위를 걸어가야만 하니 핏자국이 남지 않을 수가 없는 것이다.

그렇다고 깊은 심혼心魂의 세계에서 자아를 추구하는 것이 해답은 아니다. 어딘지 모를 미궁迷宮 속으로 자꾸 빠져드는 것이 삶이고 그래서 빠져들 뿐이며, 명쾌한 해답이 없는 것이 바로 인생로人生路라는 것이다. "그저께 나의 넋이 기절하고 또 다음 날도 그렇게 하다가 저녁이 되면 조종弔鐘으로 바뀌게 마련이다. 마치 베를레느의 『가을의 노래Chanson d'Autonne』를 읽는 느낌마저 든다.

> 저녁 되면 조종弔鐘으로 변할
> 새벽의 저 쇠북소리
> 구는 가랑잎 같은
> 가련한 내 혼백이어!
> 문을 두드리다

대답 없이 그날이 가고
또 문을 두드리다
역시 대답 없는
오늘이 갑니다.

　해가 진 가을날 어스름이 깔리고 저녁 종소리가 울려 퍼진다. 그 거리 위를 구르는 낙엽처럼 나의 혼백, 곧 영혼은 닫힌 문을 두드린다. 그러나 그 닫힌 문들은 좀처럼 열리지 않는다. 그래서 시적화자는 마지막으로 "가라……웃어 보내고……혼자 울었노라"고 하고 끝맺는다. 거리 위에 흩어지는 내 혼백은 가랑잎으로 비유된다. 사람이 죽어서 우주공간으로 흩어지는 혼백을 거리를 구르는 낙엽, 곧 가랑잎으로 형상화하고 있는 것이다. 결국 '나'와 '너'와 '그대(그)'는 자아 추구의 과정에서 설정한 대상으로 이것들이 혼동된 상태로서의 자아, 아니면 각각 분리된 상대성을 갖게 되는 것이다. 이것은 <우리 길을 가고 또 갈까>와 <나>와 <무제無題> 등에서 찾아볼 수가 있다.

꽃을 다 어떻게 찾아가나
별의 창 뒤의, 별의 창 뒤의, 별의 창 뒤의, 별의 창.
다 어떻게 '넋'하나
샘의 '나'와 '너'와 '그'가 모두 부르는데……
모래알과 모래알의 통로가
안개 같이 자욱이 얽혔네.
　　　　　　　　　　　　　—<우리 길을 가고 또 갈까>에서

　우주를 가득 메운 사물, 그 하나하나를 찾는다는 것은 별의 뒤에, 또 별의 뒤에 무한히 숨겨진 꽃을 찾는 것과도 같다. 샘물처럼 그득하고 무한한 '나'와 '너', 그리고 '그'가 어떻게 그것들을 다 찾아갈 수가 있겠는

가. 더구나 수많은 모래알로 통로가 안개처럼 그 깊고 깊은 샘물로 가득한 '나'와 '너'와 '그'를 어떻게 불러낼 수 있단 말인가? <나>에서는 나를 반기는 꽃송이에다 입 맞추면, 품에 있는'그대'도 저 편의'나'를 찾을까 의문이라며 회의한다. 그러나 "기억과 망각忘却의 거리에서 명멸明滅하는 수많은 '나'에서 누가 진정한 '나'인가 외치기도 한다. 끝으로 사람들이 오고가는 거리에서 본체만체 하면서 아침에 산기슭에서 '나'를 보고, 바닷가 흰 모래 벌에서도 '나'를 보지만 '나'를 안 보는 곳이 어디냐고 <무제無題>56)에서 반문한다.

> 그는 일기 속에
> 벌써 오─래 오─래 전
> 나를 잊었다 적었습니다.
> 그러나 이는 그의 비탄悲嘆입니다.
> 그의 심장 벽에 피로 새겨진 내 이름을
> 지우라는 헛된 노력의
> 애달픈 시입니다.
>
> 그는 몸을 없이 해
> 슬픔과 괴로움과
> 이루지 못할 동경憧憬을
> 벗어났습니다.
> 그날 물론, 내 화단에도 어둠이 내려
> 힘과 희망의 남은 싹이 스러졌습니다.
> 그래 그는 죽음 속에 삶을 얻고
> 나는 '이름' 속에 완성된 것입니다.
>
> ─<무제>에서

여기서 '나'는 '그'가 항시 지켜보는 '나'이다. '나'와 '너'와 '그'의 관계가 서로 합일되든, 아니면 상대성을 갖든지 자아성찰은 월파의 시에서 전환점을 이루는 커다란 계기가 된다. 이런 과정을 통해서 그는 인간의 삶과 죽음을 초월할 수 있었고, 마침내 '우주宇宙와 나'에 이르러 더욱 심화 확대된다.

'우주와 나'는 <반역>·<패배>·<동경> 등 3편으로 편성되어 있다. "독자적 존재로서 '나'가 냉혹한 세태에 시달리다 맥이 풀렸다"는 것이 <반역>의 간추린 내용이라면, <패배>에서는 우주의 공간을 찢다가 힘이 다하여 소진된 것을, <동경>은 한 자그마한 돌로 거대한 산이 형성되기를 소망하다가 깊은 골자구니에 피어 있는 꽃송이를 지나쳐 온 것을 후회하고 있다. 그래서 이 3편의 시는 별개로 독립시켜서 해석할 수 없다. '우주와 나'를 함께 연계해야 한다. 이들 작품들은 무한대의 시간과 공간, 무궁한 천체의 운행, 사시의 순환 그 속에 잠시 깃들었다 가는 인간의 '반역'이며 '패배'를 주제로 하기 때문이다. 그러나 그 '반역'과 '패배'만으로 우주와 나와의 관계가 끝나는 것은 아니다. 넋의 손은 볼 수 없지만 '동경'은 '우주'와 '나'의 존재를 가능케 해주는 근원적 향수로 이어지기 때문이다.

> 왜 내 넋의 손은
> 못 보신 것처럼
> 오늘도 거저 지나가오.
>
> —<동경>에서

이외에도 월파의 시 전반에 녹아있는 낭만성과 서정성의 기조도 가장 중요한 시적 요소로 언급할 수 있다. 이 기간에 발표된 일부 시편들에서도 이런 특징을 찾아볼 수가 있다. 이에 관해서는 뒤에서 논의할 시집『망향』의 시편들을 검토할 때 구체화될 것으로 생각한다.

　월파의 낭만과 서정성의 기조는 번역시편들과도 연관된다. 그가 번역한 워즈워드·바이런·테니슨 등의 영국 낭만주의시인들과의 시와 상관관계를 엿볼 수 있기 때문이다. 이는 초기 시로부터『망향』이후의 후기시편들까지 이어지고 있다. <찾는 맘>·<모를 일>·<무상>·<실제>·<그러나 거문고 줄은 없고나>·<내 생명의 참시 한 수> 등과 이외의 시조를 비롯하여, <무지개도 귀하것만은>·<그대가 누구를 사랑한다 할 때>·<무제3수>·<고적孤寂>·<즉경卽景> 등 이외에도 많다. 달빛조차 잠들은 고요한 바다 위에 발자국을 남기고 떠나간 사람을 그리워하는 <고적>이나, 밤새 내린 하얀 눈길을 망치고도 하얀 눈덩이를 문 강아지의 목을 안고 구르고 싶다고 한 <즉경>과도 같은 작품에서 우리는 서글픔과 외로움, 그리고 자연의 서정성과 낭만성을 찾아볼 수가 있다. 이 작품들은 맑고 고요한 밤하늘, 텅 비어서 쓸쓸한 바다 풍경, 그리고 눈이 내리는 아침의 하얀 설경雪景을 즉물적으로 소묘하고 있다. 이것들은 어떤 심오한 주제의식을 형상화한 것은 아니지만, 서정성이 잘 드러난다 하겠다.

4. 전원적 자연의 정관과 주지적 태도—중간기의 시작세계

이제부터 『망향』의 시편들을 살피기로 한다. 물론 이 시편들은 앞의 장에서 논의한 작품들과 같은 기간에 제작된 것이다. 그럼에도 불구하고 그가 『망향』이라는 시집에 수록한 의도가 무엇인지 밝히기 위해 구분했다.

시집 『망향』의 시편들은 ≪신가정≫에 발표된 <한잔 물>에서 시작해서 1939년 2월호 ≪문장≫지에 발표된 <어미소>와 <추억>까지 이어진다. 그런데 같은 기간에 발표한 시편들 중에 시집에 실리지 않는 것이 30편에 가깝다. 그래서 시집에 수록된 시편들은 어떤 기준으로 선정됐는지 궁금해진다. 수록시편들의 경우 전원적 자연이나 자연사물에 대한 정관적 태도를 발견할 수 있고, 김기림, 김광균, 이상 등의 젊은 신인들이 펼쳤던 모더니즘의 경향도 발견한다. 따라서 시집에 수록된 시편들을 향토적 자연의 서정성, 삶의 회의와 행려의식, 그리고 산업화의 도시문명과 주지적 경향으로 구분해서 검토하는 것이 유용해 보인다.

1) 향토적 자연과 정관靜觀의 시작 태도

『망향』의 시편들이 표방하는 자연에 대한 관조적 태도는 앞에서 언급한 중기의 작품들에서도 확인할 수 있었다. 이는 중기의 시편들이 『망향』의 시편들과 거의 같은 기간에 제작됐다는 점에서 당시 그의 관심사가 반영된 것이라고 추측할 수 있다. 아무튼 월파는 이 시기에 이르게 되면, 향토적 자연과 사물에 대해 깊은 관심을 보였고 정관적 태도로 응시하는 모습을 보인다. 세상과 대립하고 갈등하기보다 순리대로 사는 방법에서 나름 타개책을 마련한 것은 아닌가 한다.

시집 『망향』의 첫머리에 실린 <남으로 창을 내겠소>는 그의 대표 작으로 오늘날도 널리 읽혀지고 있다. 1934년 2월호 ≪문학≫지에 <우리 길을 가고 또 갈까>·<자살풍경 스케취> 등과 함께 발표되면서 얼굴을 드러냈다.

> 남으로 창을 내겠소
> 밭이 한참 갈이
> 괭이로 파고
> 호미론 풀을 매지요.
>
> 구름이 꼬인다 갈 리 있소
> 새 노래는 공으로 들으랴오.
> 강냉이가 익걸랑
> 함께 와 자셔도 좋소.
>
> 왜 사냐 건
> 웃지요.
> 　　　　　　　　　　　　－<남으로 창을 내겠소>의 전문

이 시는 월파가 고향을 추억하고 쓴 것으로 추정된다. 이와 같은 향토성의 시편들을 대부분 『망향』의 앞부분에 편성하고 있는데, '남으로 창을 내겠다'는 발상처럼 자연의 순리를 따라 살겠다는 의지가 대체적이다. 남으로 창을 내야만 햇볕을 받아 한겨울에도 따스하게 살 수 있다. 한 가족이 생존할 정도의 밭을 매고 괭이로 땅을 파고 호미로 풀을 매면서 소박하게 사는 것을 욕망한다. 새 노래는 공으로 듣고 강냉이가 익으면, 친한 친구들과 함께 먹는 삶의 초연함을 희구한다. 풍요로운 삶에

대한 욕구는 지나치면 탐욕을 부른다. 그래서 월파는 그저 먹고 살만큼의 땅을 갈고 자연의 순리대로 살아가기를 소원한다. 세속적인 욕망에서 벗어나 산과 물에 기대어 자연의 가르침대로 살다가 생을 마치면 그만이다. 이처럼 월파는 모든 욕심을 버리고 고향의 산과 물, 자연을 관조하면서 마음을 텅 비운 허심의 경지에서 살기를 희망했다.

이 시의 마지막 연인 "왜 사냐 건/ 웃지요"는 마치 이백李白의 시 '소이부답심자한笑而不答心自閑'을 연상케 한다. 마음을 비운 무욕의 상태, 자연을 관조할 수 있는 사람만이 갖는 그런 삶, 자연의 이치를 따르는 순리順理의 삶을 살고자 했던 월파의 심정을 읽을 수가 있다. 고향을 떠나 도회에 살면서도 자신이 자랐던 고향을 그리워한다. "인적人跡조차 끊긴 산속 깊이에서 돌을 베고 하늘을 바라보면서 있지도 않은"57) 고향에는 공으로 들을 수 있는 새 노래도 있고, 친구와 함께 먹을 강냉이도 풍족하지 않은가.

> 뒤로 산
> 숲이 둘리고
> 돌 새에 샘솟아 작은 내 되오
>
> 들도 쉬고
> 잿빛 멧부리의
> 꿈이 그대로 깊소.
>
> 폭포는 다음 골(谷)에 두어
> 안개낭 정적靜寂이 잠기고
> 나와 다람쥐 인印친 산길을
> 넝쿨이 아셨으니

나귀 끈 장꾼이
찾을 리 없소

　　　　　　　－<서그픈 꿈>에서

　이 작품은 『망향』의 시편 중 <남으로 창을 내겠소>에 이어서 두 번째로 실린 작품이다. 이 시 또한 월파의 고향 마을을 연상케 한다. 마치 월파가 살았던 집이 있었던 마을과도 같은 풍경이다. 산과 숲 그 사이를 실개천이 흘러내리고 논과 밭을 지나 잿빛 봉우리가 멀리 보인다. 그 속에 폭포가 흐르고 칡넝쿨이 얽혀진 사이를 다람쥐들이 재바른 걸음으로 오르내린다. 마을은 온통 비어 정적靜寂과 적막寂寞 속에 잠겨 무서운 느낌마저 든다.

　월파는 무엇 때문에 시의 제목을 '서그픈 꿈'이라고 했을까? 그것은 가지도 못하고 있지도 않은 오직 꿈속에서 볼 수 있는 고향이기 때문이다. 고향으로 돌아가 자연에 기대어 무욕의 상태에서 살고자 하나 그것은 꿈에서나 가능할 뿐이다. 어쩌면 도심의 한복판에서 세속적인 삶을 탈피하지 못한 삶을 영위하는 자신에 대한 불만이기도 하다. 그래서 월파는 "세월이 흐르고 흘러서 추억마저 빼앗기게 되면, 풀잎들이 눈물을 흘리는 아침에 혼자서라도 가겠다"고 토로한 것인지도 모른다.

　고향과 향토적 자연에 대한 그리움은 <노래 잃은 뻐꾹새>58)에서도 마찬가지다. 그는 언제나 고향의 아름다운 자연으로 돌아가고 싶어 했다.

나는 노래 잃은 뻐꾹새
봄이 어른거리건
사립을 닫치리라.
냉혹한 무감無感을
굳이 기원한 마음이 아니냐.

장밋빛 구름은
내 무덤 쌀 붉은 깊이이니
이러한 나는
소라(靑螺·청라) 같이 서러워라.

때는 짓궂어
꿈 심겼던 터전을
황폐의 그늘로 덮고……

물 깃는 처녀 돌아간
황혼의 우물가에
쓸쓸히 빈 동이는 놓였다.
　　　　　　　　　　─＜노래 잃은 뻐꾹새＞의 전문

'노래 잃은 뻐꾹새'는 화자, 곧 '나'이다. 노래를 잃은 것은 '뻐꾹새'가
아닌, 자신이다. 뻐꾹새의 노래를 고향에 두고 자신만이 떠나온 것이다.
그래서 월파는 봄이 어른거리면 사립문을 닫으라고 한다. 봄이 되어 뻐
꾹새가 울면, 떠나온 고향이 더욱 더 그리워지기 때문에, 그것을 외면하
고자 한 것이다. 봄 하늘에 장밋빛 구름이 흘러갈 때 자신은 소라, 고둥
과도 같이 몹시 서럽다고 한다. 그 이유는 고향이 황폐의 그늘로 덮여
있기 때문이다. 여기서 '짓궂은 때'라 함은 다의적이다. 황폐해진 월파
의 고향 땅이나, 나아가 국토의 황폐화를 가중시킨 시대상을 말한 것이
기 때문이다.

　사립문을 닫고 냉혹한 무감無感을 기원하겠다는 결의는 현실과 타협
하기를 거부하려는 단호한 의지로 읽힌다. 마침내 자신을 외계로부터
차단시키려고 한다. 이렇게 외계와 차단하고 나서자, 화자의 심안心眼에

비쳐진 하늘에는 장밋빛 영롱한 구름이 떠있다. 더구나 아름다운 자연 속에 묻히게 될 자신을 생각하니 소라와도 같이 서럽다는 것이다.

이 시의 마지막 "물 긷는 처녀들이 모두 떠나가고 황혼의 우물가에 놓여 있는 빈 동이들"은 우리들이 농경시대를 상징한다. 흐르는 물을 그대로 마셨던 시대가 있었다. 급격한 산업화 이전, 소로 밭을 갈고 호미로 풀을 매던 시대가 그것이다. 산간에 흐르는 물이나, 냇물은 전혀 오염되지 않고 맑고 깨끗했다. 그래서 아낙네들은 물을 기르기 위해서 우물가에 모였고, 한가하게 빈 물동이를 옆에 두고 머물기도 하였다. 황혼녘 노을 어스름 속에 쓸쓸하게 놓인 빈 물동이, 이것은 얼마나 안온安穩하고 서정적인 전원풍경이 아니고 무엇일까?

월파가 '순박성', '정밀감' 그리고 '담백함'을 추구하자 삶은 외롭고 쓸쓸하지 않을 뿐만 아니라 가난조차 부끄럽지 않다. 시류와 세태에 휩쓸리지 않고 자신에게 주어진 삶을 그대로 수용해서 안분지족하는 것에서 평안을 맛본다. '왜사냐 건/ 웃지요'와도 같이, 그는 일체의 모든 것을 그대로 수용해서 '자재自在'하고 자연의 이치를 따라 순리대로 살아가고자 했다. 자연의 순리를 거스르지 않는 원초적인 삶을 살면서 자연을 정관하고 화평의 세계를 추구한 것이다. 『망향』에 수록된 전원풍의 자연 시편들은 이처럼 자연의 순리에 따라 무욕의 상태를 지향한다. 자연스럽게 물욕과 명리에 얽힌 세속적 삶에서 탈피한 안분지족의 삶을 노래할 수 있었다.

이외에도 이런 향토적 자연과 자연에 대한 관조적 태도를 보인 작품인 <한잔 물>·<반딧불>·<괭이>·<어미소> 등이 있다. 자연을 '너' 또는 '그로' 의인화하여 대화하면서 그 깊이를 관조하고 그들을 하나의 생명체로 관념화하기도 한다.

2) '삶'에 대한 회의와 행려의식

'마음의 조각'의 시편들은 월파가 기획해서 창작한 연작시라 할 수 있다. 시집『망향』에 수록되기 이전에 ≪시원≫과 ≪신세기≫에 발표되었던 것을 개고했다. ≪신세기≫에 실린 <마음의 조각>은 ≪시원≫ 3호에 발표된 <마음의 조각>(1~3)을 하나로 다시 발표했다. 그리고 시집『망향』에 실린 <마음의 조각>(1~8)은 ≪시원≫ 3호에 실린 <마음의 조각>(1~3)을 재편 보완했다. 한편 <여수旅愁> 2편은『망향』이후의 작품으로 ≪문장≫지 2권 9호와 ≪신천지≫ 4권 10호에 각기 발표한 것들인데, <마음의 조각>의 시편들과 기획의도는 다르지만 인생의 노정路程을 주제로 했다는 점에서 함께 논의하게 됐다.

월파는 무엇 때문에 이들 시편들을 '마음의 조각'이라고 했을까? 여기서 '조각'은 '단편斷片'의 뜻인 것 같다. 때때로 발상돼 적은 것이란 뜻으로 이해된다. 아무튼 이들 시편들은 1·8번을 제외하고는 거의가 2행 또는 4행의 단형으로 구성됐다.

> 허공에 스러질
> 나는 한 점의 무無로—
>
> 풀 밑 벌레 소리에,
> 생과 사랑을 느끼기도 하나
>
> 물거품 하나
> 비웃을 힘이 없다.
>
> 오직 회의懷疑의 잔을 기울이며
> 야윈 지축地軸을 서러워하노라.
>
> —<마음의 조각>(1)의 전문

위는 '마음의 조각' 중 첫 번째로 편성된 작품이다. '나'의 존재를 허공 속에 스러질 하나의 작은 '점'으로 무화시키고 있다. 인간이란 우주공간 이나 무한대의 시간의 차원에서 보면 하나의 아주 작은 점, 그것도 곧 스러져 무화될 존재에 불과하다. 우린 인간은 자신의 존재를 과신하기 도 하고 풀 밑에서 잘 들리지도 않는 벌레 소리에도 생과 사랑을 느끼면 서 살고 있다. 그러나 인간은 저 무한대의 우주 공간의 위력 앞에서는 아주 작은 물거품조차 비웃을 힘이 없다. 이 시는 이를 자각하고 깊은 회의의 늪에 빠져들면서 지축을 흔들 만큼 서러워하고 있는 것이다.

인간이란, 너무나도 허무한 존재이다. 무한대의 공간과 시간 속에 잠 시 깃들다 자취도 없이 허무하게 사라지기 때문이다. 인간이 끊임없이 추구하는 명리名利나 영욕榮辱 같은 것도 결국엔 물거품과도 같다. 일체 의 모든 것이 무화되어 소멸되고 마는 것, 이것이 바로 인생이다.

월파의 이런 고독의식이나 허무적 관념은 또 다른 <마음의 조각> 시편들로 이어진다. "썩은 진흙 골 죽음의 거리에서 맑은 샘물을 찾는 다59)고 한 것이나, "고독을 잔질하고 난 밤을 눈물 속에서 밝혔다"60)는 것, 또한 "내 넋은 이미 암흑과 짝을 진지 오래였다"61)고 한 것이 그것 이다. 이외에도 "향수조차 잊고 오늘부터 혼자서 가겠다."62)고 다짐하 기도 한다.

> 생의 '길이'와 폭과 '무게' 녹아
> 한낱 구슬이 된다면
> 붉은 '도가니'에 던지리라.
>
> 심장의 피로 이루어진
> 한 구句의 시가 있나니―

'물'과 '하늘'과 '님'이 버리면
외로운 다람쥐처럼
이 보금자리에 쉬리로다.

—<마음의 조각>(8)의 전문

이 시는 <마음의 조각>의 마지막 부분이다. 인간의 '생명'은 삶의 시간적 길이와 공간으로서의 '폭'과, 얼마나 보람되고 유의有意한 삶을 살아왔느냐에 따른 가치로 판단된다. 그런데 이런 것들이 하나의 구슬이 된다면, 자신은 그것을 붉게 달은 '도가니'에다 던져서 무화시키겠다고 한다. 왜냐하면 인생의 외적 조건은 모두가 부질없는 것이기 때문이다. 제2연은 이런 세속적인 것들보다는 심장의 피로 쓴 한 구의 시가 소중하다고 한다. 끝으로 제3연은 인간은 '물'과 '하늘'없이 단 한 순간도 생존할 수 없다고 강조한다. 거기에 '님', 곧 사랑하는 사람마저 나를 버린다면, 외로운 다람쥐처럼 자연으로 돌아가 소박하게 살겠다고 소원한다. 세속적 욕망에 사로잡혀 각박하게 살기보다는 자연에 기대어 순리대로 살다 가겠다는 것이다.

사람은 누구나 주어진 한 생애를 살고 이승을 하직한다. 그 길이 험하면 험한 대로 행복하면 행복한 대로 살도록 운명 지어진 것이다. 이런 자연의 순리는 그 누구도 거역할 수 없다. "오고 가고/ 나그네 일이오.// 그대완 잠시/ 동행이 되고."[63] 와도 같이 인생은 나그네의 여정旅程에 오른 것과도 같다. 잠시 누구와 동반한 삶을 영위하기도 하지만 결국은 혼자서 떠나갈 수밖에 없는 것이다.

'가고 오고/ 오고 가고' 하는 것, 이것은 사람에게만 국한된 현상이 아니다. 이 세상에 살아있는 크고 작은 모든 것, 아니 자연 사물의 하나하나가 생멸의 법칙을 따른다. 생겨나서 존재하는 모든 것은 그들에게 주어진 운명에 따라 존재하다가 소멸하기 마련이다. 아무렇지 않게 살아 가다 죽어가는 물고기에게 '나그네 될 운명'이라 한 것도 바로 이 때문 이라 할 수 있다.

웅덩이에 헤엄치는 물고기 하나
그는 호젓한 내 심사心思에 길렸다.

돌 새, 너겁 밑을 갸웃거린들
지난 밤 져버린 달빛이
허무로이 여겨 비칠 리야 있겠니?

지금 너는 또 다른 웅덩이 길을 떠나노니
나그네 될 운명이
영원 끝날 수 없는 까닭이다.

　　　　　　　　　　　　　　　－<물고기 하나>의 전문

이 세상 존재하는 것은 모두가 뜻이 있다. 모두 주어진 운명을 산다. 물고기가 웅덩이에서 또 다른 웅덩이로 옮겨 가는 것이나 사람들이 '오 고 가고/ 가고 오고' 하는 것이 같다는 것이다. '지난 밤 달빛이' 어찌 허 무하다고만 할 수 있 있겠는가? 모든 것이 주어진 운명에 따라 '오고 가 고/ 가고 오고'하는 것이 당연한 것이다. 생멸의 법칙을 자연의 순리로 보고 사물을 정관하는 태도를 취한 작품이라 할 수 있다. 그래서 그는 이해의 저편에 있는 나를 찾고자 하였으나, 그러나 그것도 허사임을 깨 닫게 된다. 급기야 기억과 망각의 거리에서 명멸明滅하고 수없이 교차하 는 '나'는 누구인가 묻지 않을 수 없게 된다.64)

3) 낡은 것의 혁파와 모더니티—'태풍'과 '굴뚝'의 심상

『망향』의 시편들에서 이질적인 경향을 보인 작품으로 <태풍颱風>과 <굴뚝 노래>를 예로 들 수 있다. <태풍>은 1935년 1월호 ≪신동아≫에, <굴뚝 노래>는 1936년 5월호 ≪조선문학≫에 처음 발표됐다. 그런데 <굴뚝 노래>는 '연돌煙突의 노래'라는 제목으로 이미 발표된 바 있다. <태풍>이나 <굴뚝 노래>를 위시하여 앞에서 언급한 '마음의 조각' 시편들의 일부와 『망향』의 시편들은 거의 같은 시기에 발표됐다.

> '죽음'의 밤을 어지르고
> 문을 두두려 너는 나를 깨웠다.
>
> 어지러운 병마兵馬의 구치驅馳
> 창검槍劍의 맞부딪힘
> 폭발爆發, 돌격突擊!
> 아—저 포효咆哮와 섬광閃光!
>
> 교란攪亂과 혼돈混沌의 주재자主宰者여,
> 꺾기고 부서지고
> 날리고 몰려와
> 안일安逸을 향락하던 질서는 깨진다.
>
> —<태풍颱風>에서

위는 <태풍>의 앞부분이다. 마치 김기림의 『기상도氣象圖』와 유사하다. 김기림도 '어둔 밤'을 부정하고 새 아침 밝은 태양이 활기찬 출발을 알리는 것으로 마무리한다. 이 작품에서도 '밤'을 '죽음'으로, 아침을 '구슬처럼 빛나는' 것으로 형상화한다. '문을 두드리는 너'는 태풍의 내

습을 비유한다. 그리고 이 태풍은 2연에 이르러 창검이 맞부딪히고 폭발과 돌격, 포효와 섬광의 번쩍이는 사나운 모습으로 진군해 온다. 태풍은 교란과 혼돈의 주재자로서 안일安逸 속에서 향락하는 낡은 질서를 모두 깨부수기 시작한다. 그리고 중반부인 제4~7연까지 낡은 보수와 더러운 항만을 비질하여 물결을 일으키고 진흙 구덩이에 쏟아 붓기도 하고, 때로는 세척과 갱신의 역군이 되어 허접 쓰레기를 쓸어가기도 한다. 조애阻碍의 추명醜名을 날리던 썩은 무덤을 깨버린 것이 제4연의 내용이라면, 제5연은 풀뿌리와 나뭇잎 등 온갖 오예汚穢로 뒤덮인 항만을 청소하고 숨 막히던 물결을 일으키면서 진군하여 제6연으로 이어진다. 이렇게 달려온 물결은 소낙비가 되어 단 샘물을 솟아나게 해서 사람들을 미소 짓게 하기도 한다. 그리고 제7연에 이르러서는 태풍은 파괴의 폭군과 갱신의 역군이 되어 지저분한 허접 쓰레기의 퇴적堆積을 깨끗이 쓸어간다. 끝으로 마지막 제8연에 이르면 날카로운 칼날로 심장을 헤치고 사특한 것, 오만방자한 것, 미온적인 것, 머뭇거리는 것……이것들을 모두 칼로 베어 버리고 구슬처럼 빛나는 새아침을 맞이하자고 한다. 한마디로 온갖 낡은 것의 파괴 뒤에 새로운 창조적 세계를 기원하는 것이다. 이런 현상은 시류에 대한 혐오와 괴리감에서 빚어지는 갈등에서 비롯된 것이다. 그리고 이러한 의식은 초기의 낭만과 서정성, 그리고 관조적 태도에서 벗어나 현실을 직시하면서 보다 강조된다.

그리하여 태풍은, 오랜 전통과 낡은 인습으로 어둠속에서 살았던 우리들을 깨우치는 상징으로서 기능한다. 태풍으로 낡은 보수와 인습을 모두 쓸어버리고 서구의 과학문명으로 밝은 새 아침을 맞자는 것이다. 이런 점에서 김기림의 장시 『기상도』와 유사하다. 다른 게 있다면 김기림은 책 한 권 분량의 장시로, 태풍이 불어오는 장면이 보다 구체적이고, 또 중국 대륙까지 휩쓸고 있는 규모에서 차이를 보인다 하겠다.

<굴뚝 노래>는 4연으로 구성됐다. 이 작품은 『망향』의 시편들 가운데서 <태풍>과 함께 긴 편에 속할 뿐만 아니라, 시상의 전개나 용어구사에서 또 다른 특색을 보이고 있다.

맑은 하늘은 새님이 오신 길!
사랑 같이 아침 별 밀물 짓고
'에트나'의 오만한 포—즈가
미웁도록 아롱져 오르는 흑연黑煙
현대인의 뜨거운 의욕이로다.

위는 <굴뚝노래> 서두의 제1연이다. '맑은 하늘'을 새님이 오신 길이라 하고 있다. 여기서 '새님'은 새로운 것을 가지고 오는 사람, 아니 사랑하는 사람이라 해도 좋다. 사랑과도 같이 아침 별들이 무리 짓고 있다는 것이다. 그러나 화자 앞에 이탈리아 에트나의 활화산이 오만한 포즈로 등장한다. 화신이 분출하는 연기는 현대인의 뜨거운 의욕과 같다. 산업사회의 추세에 시적 관심을 맞추겠다는 의도적 반영이라 할 수 있다.

여기에 등장하는 '굴뚝'은 산업화 이전의 농촌 굴뚝에서 솟아오르던 하얀 연기와는 사뭇 다르다. 해질 녘에 파란 하늘로 치솟던 하얀 연기는 그 느낌이 부드러울 뿐만 아니라, 소박하고 서정적이었다. 산업화 이후에 대단위의 주택들이나, 대형공장의 굴뚝에서 대량으로 뿜어대는 연기와는 질도 다르고 느낌조차도 다르다고 할 것이다.

이 시의 제2에서 시적 화자는 '로맨스'의 애무愛撫를 아직도 그리워하느냐고 타박하고 창백한 꿈의 신부는 골방으로 보내라고 한다. 시적 낭만성이나 서정성을 버려야 할 때가 되었다는 것이다. 그래서 제3연은 기중기起重機의 무게를 어깨로 버티면서 노호怒號하는 목소리가 지층地層을 뚫을 기세이다. 히말라야 낭떠러지의 길을 무거운 메로 내려치면서 승리의 희열을 느끼기도 한다. 산업화의 현장에서 열심히 일하는 노동자의 모습을 이렇게 표현한 것이다.

> 동무야 네 위대한 손가락이
> 하마 깡깡이의 낡은 줄이나 골라 쓰랴?
> 천공기穿孔機의 한창 야성적인 풍악風樂을
> 우리 철강 위에 벌려보자
> 오 우뢰雨雷 물결의 포효咆哮 지심地心이 끓고
> 창조의 환희! 마침내 넘치노니
> 너는 이 '심포니—'의 다른 한'멜로디—'로
> 흥분된 호박湖泊빛 세포 세포의
> 화려한 향연饗宴을 열지 않으랴느냐.
>
> —<굴뚝 노래>에서

위는 이 시의 마지막 네 번째의 단락이다. 월파는 깡깡이의 낡은 줄이나 타면서 무위도식無爲徒食을 일삼는 한량閑良들의 행태를 비판하고 있다. 깡깡이 줄을 타면서 부른 노래 소리보다는 천공기로 내려치는 산업 현장의 소란한 소음을 심포니의 멜로디라고 찬양한다. 산업 현장에서 막강한 체력으로 일하는 노동자의 모습을 호박 빛의 강건한 세포들이 펼치는 '화려한 향연'으로 형상화하고 있는 것이다.

<굴뚝 노래>는 '흑연黑煙'·'기중기起重機'·'장철長鐵'·'작열灼熱'·'철강鐵鋼'·'천공기穿孔機'·'심포니—'·'멜로디—'·'세포細胞'처럼 산업화를 미화하는 용어를 강하게 부각한다. 월파는 '천공기', '기중기'등을 전면에 등장시켜 산업화와 도시문명을 예찬한다. 아마도 이는 월파가 김기림이나

김광균이 폭넓게 사용한 용어에서 자극을 받았고 이들의 영향을 받아 시적인 정단을 보인 것은 아닐까 싶다.

<태풍>이나 <굴뚝 노래>는 정지용에서 비롯된 심상의 시각화나 김기림이나 김광균의 회화성을 기조로 한 모더니즘 시운동과 무관하지 않다. 월파 역시 문명화와 함께 도시화의 물결에 자연스레 편승한 것이다. 김기림의 <기상도>는 물론, <태양의 풍속>과 김광균의 <와사등> 그리고 이상의 <오감도>를 비롯한 많은 시편들이 모더니즘을 예시한 바 있다. 월파의 <태풍>이나 <굴뚝 노래>가 거의 같은 시기에 제작된 것이라는 점에서 영향관계를 추측할 수 있다. 원래 모더니즘 시운동은 신이나 감성에 의존하기보다는 이성을 근거로 한다. 그래서 그것이 계속 진화하여 과학이 도입되었고 일상의 건강한 생활에서 활력을 발견했던 것이다. 김기림이나 김광균 등이 펼치게 된 우리 근대시의 운동 역시 이런 성향을 나타내고 있었다.

5. '손 없는 향연'과 스핑크스의 고뇌

시집『망향』이후 월파가 사망하기까지 발표된 말기시가 이에 속한다. 그런데 월파는 이 기간에 그렇게 많은 작품을 발표하지 않았다. 전체가 15편에 불과하고, 그것도 8·15해방까지는 6편에 불과했다. 그 이후 미국으로 건너가서 보스턴대학에서 2년간 연구생활을 하고 귀국해서 사망하기까지 발표한 작품 역시 9편밖에 안 된다. 물론 완벽한 편수는 아니다. 앞으로 새로 발굴 정리될 작품들이 더 있을 것으로 추정되기 때문이다. 아무튼 여기서는『망향』이후 8·15해방까지 발표된 작품들과 그리고 8·15해방으로부터 그가 사망하기까지 발표된 작품들을 대상으로 그 주제의식을 몇 가지로 유형화하여 살펴보기로 한다.

1) 손 없는 향연과 천지가 기르는 '삶'

월파가 이 시기에 발표한 6편은 <여수旅愁>·<고궁古宮>·<손 없는 향연饗宴>·<산에 물에>·<병상음이수病床吟二首>·<임의 부르심을 받들고서> 등이다. 이것들 가운데서 <병상음이수>는 시조이고, <임의 부르심을 받들고서>는 친일적인 시라 할 수 있다. 그런데 이런 친일성의 글은 <영혼靈魂의 정화淨化>와 <성업聖業의 기초완성基礎完成>에서 잘 드러난다.

『망향』이후 6년간에 걸쳐서 6편만의 작품을 발표한 것은 무엇 때문이었을까. 첫째, 태평전쟁의 발발과 함께 어수선한 정국이다. 둘째, 전공인 영문학이 폐강해서 학교를 사직하고 동료교수와 함께 화원을 경영한 것과도 연관된다. 교단에서 물러나, 한 번도 체험하지 못했던 사업에 종사하면서 시 창작에 관심을 크게 갖기 어려웠을 것이다.

<여수旅愁>는『망향』이후에 나온 첫 번째 작품으로 오랜만에 찾은 일본 여행에서 쓴 작품이다.[65] 일본의 명승지 비예산比叡山과 비파호琵琶湖를 바라보고 걸으면서 창작한 작품이다. 지난날 대학시절을 회상하면서 쓴 것이기도 하다.

　　　　생은 짐짓 외로운 것
　　　　고개 숙여 호젓이 걷거늘
　　　　너는 왜 물새처럼
　　　　추억의 바다로 나를 인도해
　　　　아득히도 돌아갈 길을 잊게 하나뇨.

　　　　　　　　　　　　　　　　—<여수旅愁>에서

인간의 삶이란 외롭기 그지 없다. 그런데 비파호琵琶湖 마저 자신을 추억의 바다로 이끌고 가서 외로움을 심화시킨다. 더구나 지금은 전쟁으로 가중되는 억압정책에 억눌려 본의 아닌 일을 강요당하며 고통 속에서 삶을 영위하고 있지 않은가. 그래서 월파는 '고궁古宮'의 고요함을 깨칠까 눈마저 조심조심 내리는 뜰 안을 홀로 걸으면서 상념에 잠긴다. 헤아리지 못할 만큼 많은 세월을 산 늙은 행자수杏子樹, 아니 은행나무에 기대어 인생의 무상함과 하염없는 고독감에 사로잡히기도 한다.[66]

　아무래도 이 시기를 대표하는 작품은 기다리는 손님조차 오지 않고 혼자서 '슬픔을 잔질' 해야만 한다는 <손 없는 향연饗宴>일 것 같다.

　　　　하늘과 물과 대기에 길려
　　　　이역異域의 동백나무로 자라남이어
　　　　손 없는 향연饗宴을 벌리고
　　　　슬픔을 잔질하며 밤을 기다리노라.

사십 고개에 올라 생을 돌아보고
적막寂寞의 원경遠景에 오열嗚咽하나
이 순간 모든 것을 잊은 듯
그 시절의 꿈의 거리를 배회하도다.

소녀야, 내 시름을 간직하여
영원히 내 가슴속 신물信物을 삼으되
생의 비밀은 비 오는 저녁에 펴 읽고
묻는 이 있거든 한 사나이
생각에 잠겨 고개 숙이고
멀리 길을 간 어느 날이 있었다 하여라.
　　　　　　　　　－<손 없는 향연>의 전문

　이 세상 모든 살아있는 모든 것은 하늘과 땅, 그리고 물과 대기가 길러내지 않는 것이 없다. 월파는 멀리 떨어진 이역異域 땅의 동백나무처럼 기다리는 손님조차 없는 '향연을 벌리고' 슬픔을 잔질하면서 홀로 외롭게 밤을 지샌다. 그러나 기다리는 손님은 영원히 오지 않는다.

　월파는 세속에 유혹되어선 안 된다는 40고개를 맞아 지나온 세월을 되돌아본다. 그러자 멀고 아득하기만 한 적막寂寞의 원경遠景에 오열하고 있는 자신을 발견하게 된다. 지난 세월, 모든 것을 잊은 것처럼 꿈같은 거리를 배회하고 있었다고 한다. 그래서 이 시의 마지막 제3연에서 사랑하는 소녀에게 간절하게 부탁한다. 나의 시름을 소중하게 간직하고 사랑의 징표로 삼되 가슴속에 영원한 신물信物, 내 생의 비밀은 비 오는 저녁에 펴 읽으라고 한다.

　그렇다면, 그가 말하는 생의 비밀은 무엇일까? 그것은 한 외로운 사나이가 삶을 깊이 성찰하고 외로이 먼 길을 걸어가는 것으로 비유된다.

사람은 누구나 홀로 외롭게 길을 걷는다. 아무리 친하고 가까운 사이라 하더라도 저승길을 함께 할 수는 없다. 각 개인은 신 앞에 단독자일 뿐이다. 월파는 이 시기에 이르면 끝없이 고독과 마주하여 싸운다. 40고개를 넘어서 살아온 역정을 되돌아보니 인생이 허무함뿐이다. 결국 사람은 죽음과 마주하게 마련인데, 그렇다면 삶은 또한 무엇일까? 이렇게 생각하면 인생 그 자체가 무상하고 허무해질 수밖에 없다. 이처럼 이 시기 월파는 고독 속에서 끝없이 고뇌하며 작품을 창작했다.

2) 8 · 15해방의 감격과 요운妖雲으로 덮인 어둠의 길

8·15해방 이후 월파가 사망하기까지의 기간에 해당된다. 그는 이 무렵 약 2년간 미국 보스턴대학에서 연구생활을 하고 귀국했다. 그런 까닭에 고국을 그리워하면서 쓴 시가 많은 편이다. 아무튼 그가 이 기간에 남긴 시편들은 <그날이 오다>·<꿈에 지은 노래>·<해바라기>·<여수旅愁>·<향수>·<하늘>·<스핑크스>·<고뇌苦惱>·<점경點景> 등 9편이다. 이들 가운데서 8·15해방의 감격을 주제로 한 작품은 <그날이 오다> 한편 뿐이고, 나머지는 미국에 체류했을 때 경험한 일과 가족을 그리면서 쓴 시편들 그리고 6·25전쟁을 주제로 한 작품 <점경點景>을 발표한다.

<그날이 오다>는 8·15해방의 감격을 주제로 한 월파의 유일한 시편으로 1946년 12월 15일자 ≪경향신문≫에 발표되었다. 당시 많은 시인들이 나라를 되찾은 감격을 다투어 발표하고 있었다. 그런데, 월파는 어떤 연유에서인지 8·15해방의 감격을 한편 밖에 쓰지 않았다. 그것도 해방되고 1년 뒤에 발표했다. 아마도 그가 이화여대에 복직하고, 또 강원도 지사로 발령받아 공무를 수행하느라 바빠서 여유를 갖기 어려웠을

것으로 추정된다.

산에 올라 요운妖雲 덮인 골
눈물로 굽어보며
그 음암淫暗 걷히라고
소리 없는 애국가에 목메어
흐느끼던 그날을 기억느냐, 동무여

<그날이 오다>는 전체가 6연이다. '요운妖雲 덮인 골'이라 함은 일본의 식민치하에 억압받던 시대를 상징한다. 그래서 음란하고 어두컴컴한 '음암淫暗'이 걷히라고 소리 없는 애국가를 목이 메도록 불렀다는 것이다.

이하 제2~3연은 결의에 가득 차 있다. 천만년 복락福樂을 누려할 배달민족이 그 동안 일본인들의 지독한 학대 속에서 신음하고 땅을 치면서 오열嗚咽했으니 이제 그때의 굴욕屈辱과 수치羞恥와 울분鬱憤의 세월을 똑똑히 기억하고 나라를 되찾고 새날을 맞이하자고 다짐하기 때문이다.

때는 오라, 아 —피로 산 그날이 오다.
물 다리고, 장 부대, 터 닦을 날이 오다.
군색건, 작건, 내 살림
우리 차려볼 갈망의 날이오다.
어깨 폈고, 노래 쳐
구저 나아갈 그날이오다.

삼천만 묶어야 한줌의 안 넘는
우리의 피의 겨레로다.
바다의 학을 닮은 백두白頭

무궁화 피는 뜰에
아—형제야
그저 웃으며 세울 그날이 오다.

—〈그날이 오다〉에서

인용한 4~5연은 해방의 감격을 노래한다. 아무리 군색하고 작은 살림이지만 이제 물을 다리고 장 부대를 놓을 자리를 닦을 소중한 그날이 왔다는 것이다. 우리 민족 3천만은 비록 작은 나라이지만, 한 핏줄로 이어진 겨레이고 형제로서 나라를 굳건히 세울 그날이 왔다고 환호한다. 동족애同族愛의 횃불은 크게 타고 있으니 '대 건설의 향연'을 찾아 우리 앞에 깔린 어둠길을 헤치자고 한다. 이와 거의 같은 시기에 쓴 〈꿈에 지은 노래〉에서는 유유히 흐르는 한강을 바라보면서 뛰어난 인걸人傑이 없는 것을 한탄한다. 이는 인재 부족이 아니라 해방정국의 혼란상을 통탄하는 것으로 이해할 수 있다. 되찾은 나라를 힘을 합쳐서 굳건히 세워야 함에도 서로 대립하고 갈등하고 있는 민족적 현실을 비통해 하는 것이다.

3) 있기 때문에 없앨 수 없는 '나'와 가슴의 초롱불

월파가 미국에 머물면서 썼거나, 그때를 회상하여 쓴 시편들로는, 〈해바라기〉·〈여수〉·〈향수〉·〈하늘〉·〈스핑크스〉 등이 있다. 이것들의 일부는 먼 이국에서 고국과 고향을 그리워 하면서 인생의 허무를 노래하고 있다.

나도 한낮의 맑은 정기精氣
지극히 미미하나

내 우주의 핵심이어니………

시공時空에 초연하고
나를 둘러 세계를 초연히 돈다.

<해바라기>는 매우 깊이 있는 작품이라 할 수 있다. 월파는 '해바라기'가 우리를 둘러싼 거대한 우주의 핵심이라 하고 있다. 그래서 시공時空을 뛰어넘어 나를 둘러 세계를 초연히 돌 수 있다고 한다. 그러다가 나의 응결凝結이 풀려 바스라지면 어둠이 와서 쉬고, 나비도 춤출 수 있고, 시냇물도 웃고 구름도 소요할 수 있다는 것이다. 아무튼 월파는 해를 따라서 우주를 돌아야만 하는 해바라기인 '나'는 존재하기 때문에 없앨 수 없다고 한다.

나를 비웃지도, 어찌하지도 못한다.
나는 있기 때문에 없앨 수 없다.

내가 존재하므로 세상 만물이 존재한다. 그래서 아침 이슬에 젖은 해바라기는 영원히 복된 절대자로 존재할 수밖에 없다. 아무리 미미해도 모든 것은 우주적 존재이기 때문에, 결코 무화되어서도 안 되고 무화될 수 없다는 것이다.

이외에도 허무의 거리를 헤매면서 마음이 한껏 부풀어 올라 버려진 섬들을 버리고 어딘지도 모르고 자꾸만 가고 있다는 <여수旅愁>와 부질없는 향수鄕愁가 밀려와 고독의 샘물이 가슴 가득히 솟아오른다는 <향수>가 있다.

그 사람의 은근한 귓속말에 젖어
비바람 골에 궂으나
담뿍 복스럽던 그날을 그리워하노니―

가슴의 이 초롱불이 꺼지면
봄도 생도 어둡지 않습니까?

이 시는 아내의 은근한 귓속말에 이끌려 복스럽던 때를 그리워하고
있다. 그가 행복한 시절을 보냈던 공간은 고향을 두고 한 말이다. 그래
서 가슴에 켜진 초롱불, 아니 고향을 그리는 등불이 꺼지면 봄도 생도
모두 어둡게 된다고 한다. 고향의 그리움으로 피어오른 등불, 가슴속에
켜진 등불이 꺼지면 우리들의 삶도 모두가 어두움, 아니 허무로 무화되
는 것이 아니냐고 월파는 우리에게 반문한다.

4) 너그러운 하늘과 스핑크스의 고뇌

넓게 펼쳐진 너그러운 하늘 속에 수많은 별들이 반짝이고 있다는 '하
늘'의 발상도 기발하지만, "꾸미지 않았다/ 그저 훗지다/ 말이 끊겼다"
라는 표현은 꽤 시적이다. 그래서 월파는 "내 생은 부디 저렇고 지고/ 쓰
고 싶은 한 수의 시"라고 한 것인지도 모른다. 뉴욕의 어지러운 네온 불
빛에 달빛조차 잃어버리고 번화의 물결에 휩싸여 밤새도록 괴물 스핑
크스에 현혹되어 끝없이 외로워하기도 한다.

물질의 호화를 여기 쌓았구나.
'네온'에 어지러운 '뉴―욕'아
달빛이 저처럼 멀리 여웠다.
·········<중력>·········

밤새도록 번화繁華의 물결에 떠서
'스핑크스'로 나는 외로웠노라

—<스핑크스>에서

이 작품은 월파가 뉴욕에 여행했을 때 썼거나, 아니면 그때를 회상해서 쓴 것으로 보인다. 물질문명의 초호화판이라 할 수 있는 뉴욕의 도심가, 네온 불빛이 어지러운 거리에서 그는 몹시 외로움을 느끼고 있다. 낯설고 거대한 도시 뉴욕에서 스핑크스처럼 외로워할 수밖에 없었다. 그래서 맑은 샘물이 지줄대는 산 아래 숲속에서 고요함을 누리면서 자신의 넋을 느끼겠다고 토로한다.

이런 슬픔과 외로움, 그리고 인생의 삶에 대한 고뇌苦惱는 계속 이어진다. "슬픔과 고뇌의 고개를 넘어서니 눈물마저 마른 눈앞에 깊이도 모를 운명의 잿빛 구렁이 나타났다"(<고뇌苦惱>)며 이렇게 노래하고 있다.

슬픔과 고뇌의 고개 넘어
또 다시 질식의 구비를 도노니
눈물마저 마른 눈 앞은
깊이 모를 운명의 잿빛 구렁이로다.

이다지 쓴 잔일진댄
차라리 비었기를 바란다.
눈보라 급한 살얼음의 진펄을
짐 지고 오늘도 온 하루를 걸었다.

오―생아, 한때일망정,
단 샘가 퍼드리고 쉴 자리가 없느냐?
창해滄海의 유유한 한 마리 갈매기로,

물결 천리, 하늘 천리 휘 날고 싶은 기원祈願일다.

ー<고뇌苦惱>의 전문

이 시는 그가 사망하기 직전인 1950년 4월에 발표됐다. 슬픔과 고뇌의 고개를 넘어서니 또 다시 질식의 구비가 나타나고 울다가 눈물마저 마른 눈 앞에 그 깊이도 모를 운명의 잿빛 구렁이 나타났다는 것이 내용이다. 그래서 인생의 삶을 고해라고 한 것인지도 모른다. 한 고난의 굽이를 돌아 고개를 넘으면 행복이 올 줄 알았는데 그렇지가 못하다는 것이다. 불행은 계속 꼬리를 물고 지속된다. 이것이 바로 인생이라는 것이다. 그래서 월파는 인생이 이렇게 쓴 잔이라면 차라리 비어있기를 소원한다.

월파에게 인생은 살얼음의 진펄을 무거운 짐을 지고 걷는 것이다. 그래서 그는 단 한 순간만이라도 샘가에서 편하게 쉴 자리를 찾고 싶고 넓은 바다 위를 나는 한 마리 갈매기와도 같이 물길 천리나, 하늘 길 천리를 날고 싶다고 호소한다. 그는 인생의 고해苦海에서 벗어나고자 하지만, 그것은 도저히 불가능하다는 것을 잘 알고 있었다. 고통에서 벗어나고자 계속 몸부림을 치지만 고뇌는 더욱 더 심화된다. 그에게 고뇌는 영원히 벗어날 수 없는 운명과 같은 것이다.

<점경點景>은 그의 최종 작품이다. 6·25전쟁이 일어나기 직전에 제작된 월파의 마지막 작품이다. 분단된 국토의 안타까움을 호소하고 있다.

두 줄 철로鐵路 남북으로 달리는 곳,
현대의욕이
다북, 살같이 빠르고녀!

ー<점경點景>에서

국토분단은 우리 민족에게 큰 비극이다. 같은 한 민족이 국토를 가르고 서로 왕래하지도 못하는 안타까움을 "두 줄 철로 남북으로 달리는 곳"이라고 표현했다. 더구나 고향은 갈 수 없고 달려야 할 철로는 막혀 고향 하늘만 쳐다보아야만 한다. 그래서 그는 끊긴 철로를 보고 '남북'으로 달리는 곳이라 한탄했던 것은 아닐까.

6. 결론

월파는 1930년을 전후한 시기에 등장하여 독자적으로 활동한 시인이다. <구인회九人會> 일원으로 정지용·김기림·이상 등과 잠시 활동한 것이 전부이다. 시집 『망향』과 산문집 『무하선생방랑기無何先生放浪記』만을 출간하고, 나머지 시작과 산문은 정리하지 못한 채 천수를 다하지 못하고 생을 하직했다. 요즘은 같으면, 한참 일할 나이라 할 수 있는 50도 채우지 못하고 생을 마감했다.

지금까지 월파의 시작세계를 단계별로 구분하여 통시적 차원에서 고찰하였다. 이제까지 논의된 내용을 요약하면 다음과 같다.

첫째, '습작기의 시조와 가사 유형'에서는 시조와 가사유형의 형태적 실험과정을 고찰하였다. 특히 <찾는 맘>과 <모를 일>과 <무상> 등과 같은 각운법이나 운율의식은 전통적인 것과 외래적인 것, 곧 서구의 시적 영향에서 기인된 것으로 추정한 바 있다. 특히 각운법은 해외시의 번역과정과도 연관됐다는 것을 알 수 있다.

둘째, '초기 시의 죽음'과 허무사상'에서는 <그러나 거문고 줄은 없고나>에서 1932년 7월호 《동방평론》에 발표된 <무제>까지 이르는 월파의 초기시를 고찰했다. 특히 <내 생명의 참시 한 수>와 <무제>에 나타난 '죽음'과 '무덤'의 이미지를 바탕으로 한 허무사상을 살폈다. 인간의 삶은 '죽음'과 직결되어 있을 뿐만 아니라, 사후의 백골조차도 무화된다는 허무사상이 시의 주조를 이루었다. 사람은 태어나고 반드시 죽음을 맞이한다. 그것이 자연의 순리이고 이치이다. 사람들은 가는 곳도 모르면서 고통 속에서 허우적거리다가 자취조차 없이 사라진다.

셋째, '전환기 시작의 다양성'에서는 <무제> 이후, 시편들을 고찰했다. 「망향」의 시편들이 집중적으로 발표되기 시작한 '구인회'지 《시와 소설≫ 창간호(1936.3)에 발표된 <눈 오는 아침>·<물고기 하나> 이전까지의 작품들이 그것이다. 식민치하의 비애와 울분 및 저항은 물론 시적 전환점을 가져온 자아 성찰의 과정이 녹아 있었다는 것을 살펴보았다. 아울러 초기 시에서 『망향』 이전까지의 많은 작품들을 '비애와 민족감정'·'나'·'너'·'그의 의미'·'낭만과 서정성의 기조'의 측면에서 주제의식을 유형화하여 살펴보았다.

넷째, '향토적 정서와 주지시의 실험'에서는 『망향』 이후의 작품들을 대상으로 살폈다. <남으로 창을 내겠소>·<서그픈 꿈>·<노래 잃은 뻐꾹새>·<향수>·<괭이>·<한잔 물>·<어미 소>·<반디불>·<물고기 하나> 등이 그것이다. 행려를 '나그네'의 여정에 비유한 <마음의 조각>, <여수旅愁>의 회의와 고독감, 그리고 <태풍>·<굴뚝 노래>·<고뇌> 등 후기 시들에 나타난 지적 고뇌와 주지적 경향을 순차로 고찰했다.

거듭 밝힌 것처럼 월파 김상용은 동시대 활동한 여타 시인이나 작가의 경우와 달리, 연구가 활발하게 진행되지 못하고 있다. 아직도 그의 시작이나 산문을 총괄한 연구는 출간된 것 같지 않다. 있다고 치더라도 극히 단편적인 것들만이 있을 뿐이다. 앞으로 그의 자료를 수집하고 정리해서 시작이나 산문을 총괄한 체계적인 연구가 진행돼야 한다. 그의 전기적 국면에 대해서도 거의 연구되지 않아서 더욱 절실하다.

제3부

주요 심상과 모티프

'넋'의 심상과 모티프
'웃음'의 심상과 모티프
'사랑'의 심상과 모티프
'죽음'의 심상과 모티프

주요 심상과 모티프

I. '넋'의 심상과 모티프

1) '넋'과 '숨결'의 상징성—생기生氣로서의 정신과 마음

'넋'은 사람의 목숨을 붙어 있게 한다. 육신은 죽어서 없어져도 넋은 영원히 남아 있다고 생각하는 것이 인지상정이다. '넋'은 '설령性靈'·'영백靈魄'·'혼백魂魄'·'기력氣力'·'마음'·'정신精神' 등으로 불리기도 한다. 모두 생명력과 생명소로 작용한다는 것을 알 수 있다. 무속巫俗이나 민속신앙民俗信仰에서 영혼을 신격화하여 영원히 죽지 않게 하여 현생의 사람들과 만나게 해서 영원한 삶을 기원하기도 한다.

무속 신앙에서 사령死靈이나 원령怨靈을 숭배하듯이 종교에서도 죽은 넋, 곧 사령死靈의 존재를 부정하지 않는다. 민속 신앙에서 죽은 자의 넋은 그 자체가 따로 생명력을 가진 실체로서 존재한다. 사람의 경우만 그런 것이 아니라, 생물들은 물론 해와 달과 별과 바위 등과 같은 자연사물도 영혼을 가진 것으로 간주한다.

이처럼 무속이나 민속신앙에서 넋은 인간의 목숨과도 연관된다. 넋은 산 사람의 생기生氣이며 숨결이다. 숨을 쉬면 사는 것이고, 숨을 거두면 죽는 것이다. 따라서 숨, 곧 생기生氣는 숨이 붙어 있는 산 사람의 것이다. 사람이 죽으면 그 생기는 넋으로 바뀐다. 육신은 죽어 소멸되어도 넋은 영원히 죽지 않는 것으로 남는 것이다.

이와 같이 '넋'의 관념은 다양하다. 산 자의 생기나 죽은 자의 혼백, 일상의 마음이나 정신 등에 이르기까지 다양한 스펙트럼으로 해석된다. 그래서 죽은 자와의 만남이나 대화도 모두 넋, 곧 혼백을 통해서 이루어진다. '넋'과의 만남을 상정하고 제례를 올리고 병을 치료하기 위해서 굿을 하기도 한다. 오늘날 아무리 과학이 발달했다고 해도 이런 무속이나 민속 신앙의 행사가 이루어지는 것을 종종 발견하는 것도 이와 무관하지 않다.

월파의 시에는 '넋'이나 '영혼靈魂'등과 같은 심상이 많이 등장한다. 언급한 것처럼 '넋'은 사람이 죽어서 천상과 지상으로 돌아간다는 혼백魂魄'을 총칭한다. 그렇다면, 월파가 '넋'이나 '영혼'의 심상을 죽은 혼령으로 사용한 것일까? 아니면 생기로서 '마음'이나 정신을 비유한 것일까? 명확하지 않으나 때로는 마음이나 정신을 강조하기 위해 사용한 것으로 보이기도 한다.

2) 나뭇가지에 매달린 가랑잎 같은 넋—삶과 죽음의 경계

<내 넋의 웃음>은 삼각산三角山에 올라서 세찬 바람에 흔들리는 마른 나뭇가지의 나뭇잎을 보고서 쓴 시이다. 자신의 생명을 세찬 바람에

흔들리는 나뭇잎이나 가랑잎으로 비유한다.

> 가랑잎 같은 내 넋은
> 이 몸의 마른 가지에 달려
> 금시 떠나나 갈듯이
> 파닥이고 있네.
> 떨며 내 넋은 웃음 치네.
> 씻길 것 씻긴다고
> 꺾일 것 꺾이어 버린다고
> 옛것 숨질 때
> 새것 움튼다 하지
> 저 썩은 둥걸 부러지는 소리를 듣는가?
> ………<중략>………
> 비바람 실은 구름장이
> 하늘 한 구석 어른거릴 때마다
> 「삶」에 주린 내 넋은
> 그린님이나 본 듯이
> 떨며 웃음 치네.
>
> ─<내 넋의 웃음>에서

    월파는 내 넋이 '가랑잎'과 같다고 하고 있다. 거센 바람에 파닥이고 있는 나뭇잎과 같다는 것이다. 바람이 좀 더 거세게 불면 금방이라도 떨어져서 어딘가로 날아갈 듯이 위태롭게 매달려 있다는 것이다. 사람의 목숨, 곧 넋도 마른 나무 가지에 매달린 가랑잎처럼 언제 어떻게 떨어질지 모른다는 것이다.

    그래서 '넋'은 '죽음'을 의미하는 것이 아니라 삶과 죽음이 공존하는 경계에 놓인 위급한 상황을 강조할 때 잘 사용된다. 숨결이 남아있는 순간, 즉 삶과 죽음이 분리되지 않는 상태가 바로 그것이다. 삶과 죽음이 분리되면, 넋만 남게 되고, 그 넋은 육신과 분리되어 영원의 세계로 들어간다. 따라서 '떠나나 갈듯이 파닥이고 있'는 것은 삶과 죽음의 아슬한 경계를 말하는 것이다.

내 넋이 떨면서 웃음 친다고 한다. 그 이유는 씻길 것 다 씻기고 꺾일 것 다 꺾여서 옛것이 모두 숨질 때에 새것이 움트기 때문이다. 그렇다. 낡은 것이 다 가고 나면 새것이 오게 마련이다. 인생도 마찬가지다. 마른 나뭇가지에 매달린 가랑잎이 다 지고 나면 썩은 등걸에서 새 싹이 돋아나는 것처럼 새로운 생명이 출현한다. 이것이 순리順理에 따른 자연법칙이라 할 수 있다.

마지막 종연에 이르면, 비바람 실은 구름장이 어른거릴 때마다 '삶'에 주린 내 넋은 그린님이나 본 듯이 떨면서 웃음 친다고 한다. 인간이 사는 세상은 언제나 비바람을 실은 구름장처럼 험악하다. 그것을 극복하고 맑고 푸른 하늘을 바라보고 산다는 것은 쉽지도 않거니와 영원히 불가능하다. 따라서 언제나 '삶에 주린 넋'의 인간은 헛웃음이나 치고 살다가 갈 수밖에 없다는 것이다.

이처럼 월파는 인간의 '넋'을 죽음이 아닌, '삶'과 '죽음'의 경계에 놓인 위급한 상황으로 형상화하고 있다. 마른 나뭇가지에 매달린 가랑잎, 그것도 거센 바람에 파닥이는 나뭇잎을 통해서 인간의 생명을 직시하는 것이다. 넋은 영원한 삶이기도 하고 삶의 종식을 알리기도 한다. 그것을 본 사람은 아무도 없다. 그러나 그러한 믿음은 아직도 우리의 생활 속에 잔존하고 때로는 커다란 지배력을 행사하기도 한다.

3) 남은 불을 켜 살라버릴 넋

<내 마음>은 '마음'을 '넋'과 동일시한다. '넋'은 '새'도 되고 '나뭇잎'과 '꽃'도 되고 '눈물'과 '섬'도 된다. 말하자면, '내 넋', 곧 인간의 죽은 넋이 '새'나'꽃'……등과 같이 이승과 저승으로 전생된다는 것이며 따라서 불교의 연기설과도 유사하다. 인연과 전생의 법칙을 따르듯이, 사람은 죽어서 소멸되는 것이 아니라, '넋'으로 영생할 수 있다는 것이다.

> 내 넋은 새요
> 내 사랑은 봄이어늘
> 봄이 들 가에 와서
> 아리따운 웃음을 웃어도
> 이 새는 왜 노래할 줄을 모르는고
> 아—이 가슴의 남은 불 켜
> 차라리 이 넋을 살라버릴까.

<내 마음>은 전체가 5연으로 이루어졌다. 내 넋이 '새'가 되었고 내가 사랑하는 봄은 이미 도래했는데 죽은 넋인 '새'는 노래할 줄을 모른다. 그래서 '내', 가슴에 남은 불을 켜서 넋을 불태워버리겠다고 상실감을 토로한다. '새'와 '봄', '노래'와 '가슴에 남은 불'은 '넋'으로 이어지며 형성되며 그 과정은 제2~5연까지 같은 패턴으로 지속된다.

2연에서 내 넋은 '잎'이 되고 내 사랑은 바람이 된다. 그런데 바람이 나뭇가지에 올라 춤을 추어도 '잎은' 너울거릴 줄을 모른다. 그래서 내 가슴에 남은 불을 켜서 넋을 불태워버리겠다고 한다.

3연에서 내 넋은 '꽃'이 되고 내 사랑은 이슬이 된다. 이슬이 아침볕을 타고 눈짓을 하여도 꽃은 낯붉힐 줄을 모른다. 그래서 내 가슴에 남은 불을 켜서 넋을 불태워버리겠다고 한다.

4연에서 내 넋은 '눈물'이 되고 내 사랑은 '설움'이 된다. 설움이 내 마음을 안고 허덕여도 눈물은 흐를 줄을 모른다. 그래서 내 가슴에 남은 불을 켜서 넋을 불태워버리겠다고 한다.

5연은 종연이다. 내 넋은 '섶'이 되고 내 노염은 불길이 돼 혈관에 붙어 무섭게 타면서도 섶은 불이 붙을 줄을 모른다. 그래서 내 가슴에 남은 불을 켜서 넋을 불태워버리자고 한다. '섶'은 마른 풋나무와도 같은 것으로 불길에 잘 타는 것이 일반적이다. 그런데 사랑 대신에 노염이 타는 불길을 활활 타게 해도'섶'이 된 내 넋은 타지 않고 있다는 것이다.

이 시 역시 마음과 넋을 동일시하고 '새'와 '잎', '꽃'과 '눈물', 그리고 '섶'으로 전환해서 자신의 내면, 아니 넋의 세계를 보고자 한다. 그렇다고 '넋'의 전생과정이 불교에서와 같이 연기설을 바탕으로 한 윤회사상으로 형상화된 것도 아니다. 아마도 불교적 설화나 민속 또는 무속신앙에서 넋이 바뀌어 새도 되고 꽃도 된다는 것에 연유한 것이 아닐까 한다.

이외에도 '넋'의 심상은 <그대가 누구를 사랑한다 할 때>와 <동경憧憬>과 <하늘> 등에도 단편적으로 나타나 있다.

> 그대 넋의 그림자가 그리워
> 그대 넋을 비최는 분명한 거울일세
> 그대 넋 못 비최는 구석이 있는 까닭일세
> 지금 그대 넋은 또 길을 떠나네
> 그대 넋 온통을 바칠 거울이 어디 있나
> 그리다가 찾던 그대 넋조차
> 어딘가 모를 곳 가버릴 게 아닌가.
>   —<그대가 누구를 사랑한다 할 때>에서

'그대 넋'의 그림자가 그립고 거울을 통해 그 넋을 보고자 한다. 그 거울은 그대의 넋 전체를 반사하지 못한다. 안타까움도 잠시 '그대 넋'은 떠나간다. 이 시는 그것을 가슴 아프게 호소한다. 그런데 "내 넋의 손은 거저 지나간다."고 한 <동경>이나 태고로부터 이어온 하늘의 "맑음이 시인의 넋 자락이 맵다"고 한 <하늘>과 같은 작품에서는 단순한 의미로 사용된 듯 하다.

4) 영혼과 사랑과의 거리감

<찾는 맘>에서 '마음'은 영혼靈魂과 동일시된다. 내 '영혼'이 '마음'을 찾는 것이라고 인식하기 때문이다. 내 영혼이 알뜰하게 찾는 사랑, 아니 '그대'는 어디에 있는가? 산에 있을까 하고 올라보면, 그대는 없고 바람만 나뭇잎을 흔들리게 한다. 바다 위에 있는가 하고 바다를 바라보면, 그대는 어디가고 흰 돛만 물 위를 오갈 뿐이다. 사람들이 모인 곳을 찾아가 보면, 낯모를 나그네들이 제 길을 가고 있을 뿐이다. 이렇게 산과 바다, 그리고 사람들이 모인 그 어느 곳에도 사랑하는 그대는 없다고 하면서,

> 산에 없는 사랑을 어디 찾을까
> 바다 없는 사랑을 어디 찾을까
> 모인 데도 없으니 찾지도 말까
> 그래도 내 영혼 헤매고 있네.

라고 노래하고 있다. 내 영혼이 그토록 찾고 싶은 '그대'는 그 어디에도 없다는 것이다. '사랑'은 무엇일까? '사랑'의 대상은, 실제로 존재하는 연인이 아니라 화자가 추구하는 이상일 수도 있다. 그래서 아무리 알뜰히 그리고 애달프게, 또 오늘도 계속해서 찾아도 발견할 수 없을지 모른다. 이처럼 우리 인간은 무엇인가를 끔찍이 사랑하고 추구하지만, 그것을 끝내 찾지 못하고 헤매다가 죽어가는 것이다.

이 외에도 넋을 '영혼' 또는 '혼'으로 비유한 작품은, 내 영혼의 목마름을 채우려고 산 위에 올라 끝 모를 노래를 부른다는 <나는 노래 부르네>가 있고, 그리운 대상을 '혼魂'으로 비유하여 찾아 헤매는 <반갑다고 할까>가 있다.

> 그린 이 찾되 못 찾는 혼이
> 고달파 울면 어일까 하여
> 고운 목소리를 짜서
> 아침 볕 저녁노을에
> 한골 안 펴놓은 새들을 보게.
>
> 모두가 그린 이 찾되 못 찾는 혼이지
> 친구여! 노래하는 새가 될까
> 그 혼들 다시 일어
> 찾으러 가지
> 아―그때 반가움
> 반갑다고만 할까
>
> ―<반갑다고 할까>에서

그리움의 대상을 새들의 고운 목소리를 통해서 찾고자 한다. 화자는 노래하는 새가 되어서 그리워하는 사람을 찾는다. <나는 북을 울리네>에서는 채를 들어 북을 울리는 것은 애틋한 가슴 속에 헤매는 혼을 불러 함께 북을 울리기 위해서라고 노래한다. 그리고 "패배를 내 영靈의 발목 잡는 거미"라고 비유한 <패배>가 있다.

위에서 살펴보았듯이, 월파의 시는 '넋'과 '영혼'의 심상을 구분해서 사용하지 않았다. '넋'과 '영혼'은 정신이나 마음으로서의 생기生氣로 표상된다. 넋과 육신을 분리하지 않고 일상적인 의미에서의 마음이나 정신으로 표현하기도 했다. 그런데 이와 달리 넋을 육신과 분리시켰을 때는 죽음을 환기시켜 육신과 함께 무화되어 사라지는 허무의식으로 나아갔다.

2. '웃음'의 심상과 모티프

지금부터는 월파의 시에 나타난 '웃음'의 모티프들을 검토해보자. 그의 작품에서 웃음의 표현은 그렇게 복잡하지도 않고 다양하지도 않다. 더구나 부정적인 표현은 거의 없고, 대부분이 울음이나 설움과 연계된다. 웃음 뒤 울음이나 눈물로 이어져 인생의 덧없음과 허무감을 환기하기도 하고, 또한 죽음과 직접 연관되기도 한다.

1) 웃고 울다가 사라지는 삶

전술한 것처럼 그의 시에서 '웃음'은 대부분 울음이나 설움, 그리고 죽음과 연관되어 허무감을 나타낸다. 웃음이 울음이나 설움과 이어지면서 오히려 울음이나 설움이 강조되기도 한다. '그대'와 '나', 서로 만나서 울고 웃고 하다가 '안개'와도 같이 사라지는 것이 바로 인생이라고 노래한 <무제無題>가 대표적이다.

> 다만 그대나 나와 같이
> 그도 웃고 그도 울다가
> 사라지는 아침 안개와 같이
> 그의 일생의 꿈도
> 사라졌다는 것만 기억하게 그려
>
> ―<무제>에서

이 시는 1931년 12월호 《동방평론》에 발표된 것으로 월파의 시에서 비교적 긴 편에 속한다. '그대'나 '나'는 그저 기쁘면 웃고, 슬프면 울다가 아침 해가 떠오르면 안개처럼 사라질 뿐이다. 사람의 한 평생이라는 것만 기억하라고 한다. 그러나 그 기억도 또 세월이 가고 가면 소멸되고 만다. 바로 그것이 인생이라고 탄식한다. 이처럼 웃음과 울음이 이어지면서 죽음과 연관되는 작품으로 <내 생명의 참시 한 수>가 있다.

> 장터에서 혼자 걷던 나를 보고
> 너털웃음 속 울던 나를 보고
> 춤추며 한숨 짓는 나를 보리
> 살아오던 내가 아닌
> 살려하던 가련한 나를 보시리
>
> ………<중략>………
>
> 내 촛불 꺼진 후
> 그 선물 펴보아 주게
> 그대 홀로 읽어주시게
> 그대 우시려는가 눈물도 고마우리
> 그대 웃으려는가 웃음도 반가우리
> 아—다만 '알았노라' 외쳐주게
>
> —<내 생명의 참시 한 수>에서

이 시는 '웃음'을 '울음'과 '눈물'로 연관시킨다. 너털웃음 속에 울던 나, 본심과는 다른 웃음 속에서 한숨짓는 '가련한 나'를 살피라고 한다. 그래서 내가 죽은 후에 울어도 고맙고 웃어도 반갑다고 하면서 '내 생명의 참 시'의 뜻을 알았노라고 외쳐달라고 하고 있다.

'웃음'은 울음이나 '설움' 또는 '눈물'로 이어지면서 '죽음'을 환기한다. 이런 유형의 또 다른 작품으로는 <모를 일>·<실제失題>·<무제삼수無題三首> 등이 있다.

모두가 야릇타 웃어버릴까.
그러나 설움은 나를 울리네

―＜모를 일＞에서

크옵신 절로 속에/ 뜬 티끌 이 일생을
마음이 하자는 대로/ 울다 웃다 갈까나.

―＜실제失題＞에서

가라……웃어 보내고
……혼자 울었노라.

―＜무제삼수無題三首＞에서

인생만사가 너무나도 야릇하니 웃어버릴까 하였다. 그랬더니 설움
이 솟구쳐 눈물이 난다는 것이 ＜모를 일＞이라면, ＜실제＞는 저절로
흘러가는 세월 속에 늙어가는 한 평생을 마음이 하자는 대로 울다 웃
다 하다가 가겠다는 것이 내용이다. 전통 민요에서 한 구절을 따온 것
과 같은 것이 ＜실제＞의 발상법이라 할 수 있다. 웃어 보내 놓고 돌아
서서 혼자서 울었다고 한 ＜무제삼수＞에서도 '웃음'과 울음의 연관성
을 엿볼 수 있다.

2) 가면 그만인 웃음과 죽음이 부릅떠도 웃는 웃음

'웃음'은 '죽음'과 바로 이어지기도 하고, 단비와 만나 꽃으로 피어나
기도 한다. 먼저 웃음이 '죽음'과 직결된 작품으로는 ＜단상＞을 비롯
한 ＜무제음이수 無題吟二首＞ 와 ＜그 무덤 푸른 풀의 뿌릴 잔이니＞가
있다.

가면 그만일다

웃어놓고
하염없이
넘는 해 보는 내 마음
나는 몰라라

─<단상>에서

　"가면 그만일다"에서 '가면'은 죽음을 암시하고 있다. 가면 그만이라며 웃어놓고, 그래도 무엇이 아쉬워서 하염없이 지는 해를 바라보는 자신을 모르겠다는 것이다. 모든 살아 있는 것은 반드시 죽어서 소멸된다는 자연법칙은 어느 누구도 거역할 수도 없다는 것을 잘 알고 있다. 그러면서도 '죽음'을 앞에 둔 시적 화자는 아쉬운 마음을 극복하지 못하고 있다. 그래서 생자필멸을 수용하고 웃어놓고도 하염없이 지는 해를 바라보면서 아쉬워하고 있는 것이다. 월파가 이토록 죽음을 아쉬워한 것은 <무제음이수>나 <그 무덤 푸른 풀의 뿌릴 잔이니>에서도 마찬가지로 발견된다.

사실 내 앞에 죽음이 눈을 부릅떠도
웃을 것도 같네

─<무제음 이수>에서

눈물어린 웃음으로 드리랴 하나
못 오시고 청산에 홀로 계시면
그 무덤 푸른 풀에 뿌릴 잔이니

─<그 무덤 푸른 풀의 뿌릴 잔이니>에서

　죽음이 눈을 부릅뜨고 대들어도 웃을 것 같다고 한 것이 <무제음이수>

라면, 돌아오지 못하고 청산에 홀로 누워 있는 그 사람이 너무나도 그립다는 것이 <그 무덤 푸른 풀의 뿌릴 잔이니>의 간추린 내용이다. <무제음이수>는 나라를 빼앗겨 탄식하면서 살아가는 우리 민족의 무표정한 삶에서 죽음을 응시한다면 <그 무덤 푸른 풀의 뿌릴 잔이니>는 죽어서 돌아온 님의 넋에 바치는 아낙네의 눈물을 통해서 죽음을 보고자 한 것이다.

3) 그냥 웃는 웃음과 꽃으로 피어난 웃음

대표작 <남으로 창을 내겠소>의 "왜 사나건/ 웃지요"에서의 '웃음'은 아무나 웃을 수 있는 그런 웃음은 아니다. 남으로 창을 낸 자그마한 집에서 세속적 명리名利를 떠나 무욕無慾의 상태에서 초속적超俗的 경지에 이른 자만이 가능한 웃음이다. 오직 무욕의 상태에서 자연의 일부가되어 살 때 웃을 수 있는 웃음이라 할 수 있다. 누구나 이런 경지에 이르면, 마음이 편안해질 수밖에 없다. 문제는 누구나 이런 편안한 웃음을 웃을 수 없다는 사실이다. 마음을 비우고 세간사에서 초탈한 무욕의 상태에 이르지 않고서는 불가능하기 때문이다.

이밖에 단비가 꽃을 피워 웃음도 되고 구름이 봄비가 되어 꽃도 웃는다는 긍정적인 웃음도 있다. 이 역시 자연의 일부가 되어 꽃을 바라볼 때 가능한 웃음이다.

이 언덕에 좀 많은 꽃이 시드니
친구여! 단비가 될까
그 꽃들 다시 피어
곱게 웃으리
아─그때 기꺼움

기껍다고만 할까

―<반갑다고 할까>에서

봄 언덕에 한창 피어나야 할 꽃들이 비가 오지 않아 시들고 있으니 차라리 내가 단비가 되고자 한다. 그렇게 되면 꽃들이 다시 피고 고운 웃음으로 우리들을 맞이할 것이 아니냐고 묻는다. '꽃'의 개화를 웃음으로 형상화한 것이다. 그리고 <떠나는 노래>에서는 "구름에 묻기를, 그 구름 봄비 돼 꽃도 웃으리/ 그 꽃밑 우리 자리 즐겁잖을까."고 노래하고 있다. 구름이 봄비가 되면 꽃들도 웃고, 그 꽃 밑에 펼쳐진 우리도 즐겁게 될 것이라고 희망한다.

이외에도 "오늘도 나는 또 웃고 보낸다."고 한 <무제>나 "공간의 넓은 폭을 찢다찢다 깔깔 거리고 웃는 네 웃음소리를 듣는다."고 한 <패배敗北>는 웃음 속에 깃들은 인간의 설움이나 분노를 담아낸다. 웃지 않고서는 단 한 순간도 보낼 수밖에 없다는 것은, 잿빛의 공허空虛나 깊은 적막寂寞에서 탈피하려는 안간힘 때문이다.

3. '사랑'의 심상과 모티프

'사랑'이란 무엇일까? 사랑의 관념은 한없이 다양하다. 남녀 간의 그립고 애타하는 정념情念만을 한정해서 생각하기도 하지만, 그 스펙트럼이 다채롭고 광범위하기 이를 데 없다. 하나님의 사랑으로부터 자비慈悲와 박애博愛……등의 종교적 차원은 물론, 부모와 자식, 형제간의 사랑과, 친구와 이웃 간의 사랑, 그리고 국가와 인류에 대한 사랑에 이르기까지 인간생활의 하나하나가 사랑이 아닌 것은 아무것도 없다.

이제까지 얼마나 많은 사람들이 '사랑'에 울고 웃다가 죽어갔는가? 이처럼 인간의 역사란 '사랑의 역사'라 해도 과언이 아니다. 태초 이래로 이어온 수많은 시와 소설 연극에 이르기까지 사랑을 소재로 하지 않은 것이 거의 없다.

1) '사랑'과 민족관념

'사랑'을 주제로 한 시로 <내 사랑아>가 있다. 이 시에서 사랑은 '나'와 '너' 또는 '그'와의 관계로 이어지고 마침내 민족관념으로까지 확대된다.

> 가지마다 잎이란 잎 지고
> 왼 들이 서리바람에 시들어갈 제
> 한 송이 꽃이 네 같이 붉었다면
> 그는 아리따운 네가 아니냐 사랑아

<내 사랑아>는 전체가 5연으로 구성됐다. 온 들판이 서릿바람에 시

들어 갈 때 그 무서운 서릿발을 이기고 개화한 한 송이 붉은 꽃, 그 아리
따운 꽃이 내 사랑이라는 것이 1연의 간추린 내용이라면, 2연은 벌거벗
은 산봉우리 위에 한 그루 우뚝 선 솔 나무의 씩씩한 모습을 사랑이라
하고 있다. 3연에서는 뜨거운 햇볕이 들판에 작렬할 때, 길가는 나그네
의 목마름을 적시게 하는 샘물이 거룩한 사랑이라고 한다. 그리고 4~5
연은 나라를 빼앗기고 아파하는 이 민족을 영도할 지도자를 애타게 찾
는 것을 내용으로 한다.

> 이 땅에 난 우리 모두 울고
> 이 나라 모두 일어 가려나 길모를 제
> 진실로 눈물로 인도할 자 있다면
> 그는 맘 붉은 네가 아니냐 청년아
>
> 썩은 등걸에 목숨 없는 것 같이
> 봄 되면 새순 돋아 나옴같이
> 이 겨레 다시 살게 할 귀한 싹은
> 힘 있게 팽이를 쳐라 아가야
> 나의 끔찍한 사랑인 네가 아니냐.
>
> —〈내 사랑아〉에서

　이 시는 빼앗긴 이 나라를 이끌 지도자는 다름 아닌 '마음 붉은', 곧 단
성丹誠의 청년들이라고 주장한다. 마치 썩은 등걸에서 새순이 돋아나듯
이, 이 겨레 이 민족을 다시 살아나게 할 귀한 싹은 끔찍한 사랑인 팽이
를 치고 있는 어린 아기 네가 아니냐고 호소한다. 비록 네가 어린 아가
에 지나지 않지만, 빼앗긴 나라를 되찾아 굳건한 나라를 세울 자는 오직
어린 너뿐이라고 강조하고 있는 것이다.

2) '떠나는 마음'과 '잊고자하는 사랑'

<떠나는 노래>는 그대와 내가 사귄 길고도 깊은 사랑을 잊으려는
다짐을 주제로 한다. 월파의 시력으로 보면, 아주 초기라 할 수 있는
1930년 8월 8일자 ≪조선일보≫에 발표된 작품으로 전체가 4연으로 이
루어져 있다.

수그린 송이의 향이 새로워
말없는 그대의 사랑이 깊네.
길고 긴 그대 사랑 나도 알건만
구태여 그 사랑 잊으려 하네.

못 터진 화산 속 물어 어이리
못 이룬 사랑의 불꽃이 크지
더욱 큰 이 가슴 사랑이언만
구태여 그 사랑 잊으려 하네.

다 함께 저 고개 넘는 몸이라
구태여 사랑도 잊으려 하네.
잊으란 쓰린 맘 그대도 알지
아시게 그대도 잊으려 하네.

사랑아 이 사랑 저 구름 묻자
이따 싼 저 얼음 녹아서는 날
그 구름 봄비 돼 꽃도 웃으리.
그 꽃 밑 우리 자리 즐겁잖을까.

— <떠나는 노래>의 전문

이 시에서 무엇보다 중요한 것은 사랑하는 사람과 이별하는 것이다. "구태여 사랑을 잊으려 하네"를 제1~3연까지의 반복을 통해서 그것을 읽을 수가 있다. 그렇게 길고도 깊었던 사랑, 화산 속의 불꽃보다 뜨거운 사랑을 잊으려는 이유는 무엇일까? 그것은 저 높은 인생의 고개를 넘어야 하기 때문이다. 그래서 마음은 쓰리지만 그대까지 잊어야 하는 나를 이해해 줄 것을 청한다. 어쩔 수 없어 잊지 않으면 안되는 상황이라는 것을 호소하는 것이다. 인간은 서로 깊이 사랑하지만 화산처럼 뜨거운 사랑의 불꽃을 가지고 영원히 살 수는 없다는 것이다. 인간은 다함께 인생의 어려운 고비를 넘어야 하기 때문에, 쓰리지만 잊어야 할 때가 온다는 것이다.

3) 헤매는 영혼과의 사랑―잡을 수조차 없는 실체의 사랑

<찾는 맘>은 이미 '넋'의 심상을 언급할 때 인용한 바 있다. 이 시는 '영혼'과 '사랑'의 두 가지 심상을 동시에 가지고 있었다. 그래서 이 시의 제목인 '찾는 맘', 곧 '영혼의 해매임'과 연계된다.

사랑아 그대는 어디 있는다
내 영혼 알뜰히 찾는 사랑아

사랑아 그대는 어디 있는다
내 영혼 애달피 찾는 사랑아

사랑아 그대는 어디 있는다
내 영혼 오늘도 찾는 사랑아

산에 없는 사랑을 어디 찾을까

바다 없는 사랑을 어디 찾을까
모인데도 없으니 찾지도 말까
그래도 내 영혼은 헤매고 있네.

　　　　　　　　　　　　　－〈찾는 맘〉에서

　이 시는 1~3연까지 "사랑아 그대는 어디 있는다."를 반복한다. 그 어디에 있는지도 알지 못할 사랑의 대상을 내 영혼이 찾고 있다는 것이다. 그것도 '알뜰히', '애달프게', 그리고 '오늘도' 찾고 있다는 것이 시의 내용이다. 그런데 그 사랑은 산에도 없고, 바다에도 없다. 많은 사람들이 모인 곳에서도 찾을 수 없으니, 차라리 체념을 하면 아쉬움이 남아 내 영혼이 사랑을 찾아서 헤맬 것이라고 위안하는 작품이다.

　사랑은 잡을 수 있는 실체가 아니다. 잡을 수도 없기 때문에, 찾아서 헤맬 수밖에 없는데, 그것이 바로 사랑의 속성이라는 것이다. 사랑을 실체화 하여 잡았다 하면, 그것은 이미 사랑이 아니다. 그래서 또 다른 사랑은 인간의 한계가 되기도 한다. 종교에서 말하는 사랑, 곧 하나님의 사랑을 비롯한 자비나 박애, 부모와 자식 간의 사랑, 남녀 간의 사랑에 이르기까지 우리가 추구하는 사랑은 없는 실체가 아니라 관념으로 존재한다. 따라서 그것을 잡았다고 생각하는 순간 사라지고 또 다른 사랑을 찾게 되는 것이기도 하다.

4. '죽음'의 심상과 모티프

1) '죽음'과 영원생명의 관념

'죽음'이 슬프거나 두렵지 않는 사람은 아무도 없다. 아무리 죽음을 초월한 사람이라도 죽음은 두렵고 슬프다. 태어난 것은 모두 죽어서 소멸된다는 생멸의 법칙은 자연현상이다. 지상에 살아있는 모든 것이 죽어서 소멸되는 것은 자연의 이치이다. 그럼에도 사람들은 생로병사를 초월하여 영생하기 위해 각종 약품을 개발하거나 종교나 민간신앙과 무속신앙에 온 정성을 기울여 의지한다.

이러한 영생관념이 인간 사후의 내세관을 만들어 내기도 했다. 인간의 영혼을 영원히 살아 있게끔 하는 내세관이 바로 그것이다. 사람은 죽어서 육신과 함께 소멸되는 것이 아니다. '넋', 곧 영혼은 영원히 살아서 살아 있는 인간과 조우遭遇하기도 한다. 무속행사나 제의祭儀를 통해서 죽은 영혼들과의 조우를 시도하기도 한다. 그러나 이것은 불가능하다. 그럼에도 불구하고 그렇지 않고서는 살아갈 수 없기 때문에 내세관이 가능한 것이다.

살아있는 모든 것은 반드시 소멸한다. 인간의 육신이나 영혼도 소멸해서 무화된다. 사후 세계를 말하지만, 죽었다가 다시 살아 돌아온 사람은 아무도 없다. 사후의 세계란 존재하지 않는다. 그래서 모든 인간은 죽음 앞에서 덧없고 허무할 수밖에 없다. 이처럼 월파는 인간의 삶을 덧없고 허무한 것으로 인식한다.

2) 가는 봄의 향방과 인생의 덧없음

인생의 덧없음과 허무감은 월파의 초기시부터 나타난다. 사람들은 모두가 가는 세월을 한탄하면서 울부짖는다. 그렇게 한다고 해도 죽음을 피해갈 수는 없는 노릇이다. 자연법칙을 따라서 살다가 죽어가는 것, 그것이 인생이다. 생로병사의 법칙을 초월해서 살 수 있는 사람은 아무도 없다.

> 인생이 그 무엔고/ 한바탕 꿈이로다
> 꿈임이 분명커늘/ 그 아니라 하는 고야
> 두어라 깰 날이 있거니/ 다툴 줄이 있으랴
> ―<시조사수>에서

'인생이 그 무엇인가'이다. 한바탕의 꿈은 어느 한 순간의 꿈과도 같이 짧은 것, 그렇게 덧없고 허무하다는 것이다. 사람들은 누구나 한바탕의 꿈과도 같이 어느 한 순간을 살다가 죽어가기 때문에 덧없고 허무한 것이다. 이렇게 짧은 한 순간을 살고 가는 인생에 대한 한탄은 <무상無常>에서도 마찬가지다.

> 흐르는 인생의 세월이 가네
> 백발만 남겨놓고 세월이 가네
> 백발만 남겨놓고 가는 청춘
> 세월 타고 떠돌다 어디로 가나
> 때 되면 반드시 늙는단 말이
>
> 들 가에 잎 덧는 바람소리에
> 달 어린 가을밤을 홀로 새면서

백번이나 봄 가는 곳 물어 보았네
그러나 내 말은 듣도 않는 지
대답 없는 들 위에 바람만 불어

　　　　　　　　　　—〈무상無常〉에서

　가는 세월에 대한 한탄이 없을 수 없다. 지나온 세월 속에서 많은 시인들이 흐르는 세월을 한탄하다 죽어갔다. 세월 속에는 죽음이 도사리고 있다. 흐르는 세월을 타고 떠돌다가 사라지는 것이 인생인 것이다.

　산과 들은 나뭇잎들이 흩어지는 바람소리만 요란하다. 어스름 달빛 어린 가을밤을 홀로 지새며 가는 봄의 향방을 물어보았으나 아무런 대답이 없다. 그저 들판 위의 바람소리, 덧없는 세월만이 요란하게 흐를 뿐이다. 여기서의 봄은 꽃피는 계절뿐만 아니라, 인생의 봄도 함의하고 있다. 사람들은 누구나 꿈과 이상을 안고 역동적으로 살았던 봄을 그리고 그 시절로 되돌아가고 싶어 한다. 그러나 그것은 결코 불가능하다. 인간은 그저 죽으면 그 뿐이다. 모든 것이 무화되어 버리는 것, 그것이 인생인 것이다.

3) 모래 언덕의 물방울과 창해의 물거품

　월파는 초기작인 〈무제無題〉와 〈실제失題〉에서 인생을 모래 언덕에 방울진 '물방울'로, 그리고 넓고 넓은 창해滄海의 물거품에 비유한 바 있다. 〈무제〉는 1930년 7월 3일자 《조선일보》에, 〈실제〉는 1932년 12월호 《이화》에 발표됐다. 제목이 없는 '무제無題'와 제목을 잃었다는 '실제失題'로 작품명을 삼은 것도 독특하다.

　　우리는 세월이란 바다에 떴지

모래 언덕 물방울에 비켜나 볼까
물결치던 그 밤은 자취 없으리.
내 목숨 함께 설어 꿈속에 울었네.

—<무제·1>에서

모두가 허탕함이/ 창해의 一泡일세
백년이 如春夢을/ 속절없는 꿈임으로

크옵신 '절로'속에/ 뜬 뜨끌 이 일생
마음이 하자는 대로/ 울다 웃다 갈가나

—<실제>에서

<무제>는 인간이 살고 있는 세상을 '세월이란 바다'로 비유한다. 그만큼 세상의 공간이 크고 넓다는 것이다. 그 무한히 크고 넓은 공간에 비하면, 인간이란 존재는 하나의 작은 '물방울'과도 같다. 커다란 물결이 밀려오면 자취조차 없이 사라지는 존재가 인간이다. 그것도 순식간에 사라지는 한바탕의 꿈과도 같은 짧은 일생을 허우적거리면서 살고 생을 하직한다. 월파는 인생의 덧없음과 허무함을 이렇게 노래한 것이다. <실체>는 삶 자체가 허탕虛蕩하기 이를 데 없고 인간이란 작은 포말泡沫인 '물거품'에 지나지 않다고 노래한다. 인생 백년이라 하지만, 그 시간은 무한대의 시간에 비하면, 한바탕 봄꿈에 지나지 않는다는 것이다.

4) 인생의 '백골화白骨化'와 허무의 관념

사람이 죽으면 백골白骨이 되고, 세월이 흐르면 백골조차 소멸된다는 허무적 관념이 <무제無題>에 잘 나타나 있다. 이 시는 1932년 7월호

≪동방평론≫에 발표됐다. 인생의 덧없음이나 슬픔에서 더 나아가 백골조차도 결국은 무화된다는 극도의 허무의식을 형상화한 작품이다.

> 그대는 그대 발밑에
> 썩은 등걸같이
> 산산이 부서진
> 시커먼 뼈 조각들을 보지 않나
> 아―그리고 저것이
> 제 평생 살고 간 한 사람의
> 이 세상 남기고 간 모든 것인 줄을
> 그대도 아시지 않나.
> 이 뼈마저 없어질 것 아닌가
>
> ―<무제>에서

　이 시는 존재하는 모든 것들은 종국에는 무화된다는 것을 내용으로 한다. 평생사平生事들은 바닷가 모래 위에 남겨진 발자취들처럼 밀려갔다 밀려오는 물결에 지워지듯이 그 흔적조차 없이 사라진다. 그러니 그 사람의 이름은 물어서 무엇 하며, 그 사람의 평생사를 알아서 무엇 하겠는가? 그도 나와 같이 웃고 울고 하다가 아침 안개처럼 사라지는 것이 인생인 것을 말이다.

　인간은 눈과 코와 귀와 입을 통해서 아름다운 것과 귀한 것을 보고 아름다운 자연의 소리를 듣기도 하고, 꽃향기를 맡기도 하고 음식을 맛있게 먹으면서 이야기하기도 하였을 것이다. 그런데 지금 그것들의 모습은 모두 사라지고 아주 흉한 몰골을 하고 있지 않는가. 생각하면, 허무하기 이를 데 없는 것, 바로 이것이 우리 인간의 삶이라 할 수 있을 것이다.

우리와 저 사람의 사이를 백년이라 하세.
일순一瞬이지
때 되면 그대도 가리 나도 가리
달 밝은 공산자규空山子規 슬피 울 제
그대 그곳에 저러히 되리
나도 그곳에 저러히 되리
적막寂寞한 일일세.

그러나 나 네 기다리는 사람이 있다면서
어서 가보세 벌써 해지는 줄을 자네 모르는가.

―<무제>에서

위는 이 시의 결미 단락이다. 우리 인간이 살고 간 백년이란, 저 우주의 무한대無限大한 시공時空에 비하면, 단 한 순간에 불과하다. 사람들은 누구나 때가 되면, 그대도 가고 나도 가게 될 것이다. 그래서 텅 빈 공산空山의 자규子規가 마구 울어대는 구슬픈 소리를 들으면서 적막한 청산에 시커먼 백골로 누워있게 될 것이다. 인간이 태어나서 한 평생을 살다가 죽어가는 것도 서글프지만, 그가 살아서 남긴 평생사平生事도, 아니 죽어서 청산에 묻혀있는 백골조차도 세월이 흐르면, 무화된다는 것이 더욱 슬프다. 이 시는 인간이 그렇게 남기고 싶었던 족적마저도 결국 무화된다는 엄혹한 진리를 슬프게 노래한다.

이외에도 죽음을 주제로 한 시로 <어린 것을 잃고>가 있다. 어린이가 북망산에 누워서 울고 있는 슬픈 모습을 환기하여 부른 노래이다. "북망에 눈 덮이면 어린 네가 지하에서 어떻게 자겠는가"고 어린 것을 산에 묻고 돌아온 부모의 애틋한 심정을 시화한 것이다.

다만 그대나 나와 같이

그도 웃고 그도 울다가

사라지는 아침 안개와 같이

그의 일생의 꿈도

사라졌다는 것만 기억하게 그려

　　　　　　　　　—〈무제〉中에서

제4부

작품론 몇 가지

무욕의 삶과 '순리順理'의 시학

—<남으로 창을 내겠소>

I. 인간의 본성과 자연법칙

월파의 대표작인 <남으로 창을 내겠소>는 일체를 버리고 무욕無慾의 삶, 곧 타고난 본성本性을 따르는 순리順理의 생사관을 주제로 한다.67) '생로병사生老病死' 네 글자는 거역할 수 없는 인간의 삶의 행로를 잘 요약해 준다. 인간들은 예측할 수 없는 자신들의 운명 앞에서 좌불안석할 수밖에 없다. 그래서 유가에서는 마음을 극진히 하면 본성을 알 수있을 뿐만 아니라, 그 본성을 알면 하늘을 알 수 있다며 위안한다. 도가道家의 경우 하늘이 명한 것이 본성이라 하며 순리를 따르는 삶을 권장한다.

순리적 생사관이란 우주자연의 법칙을 따른다는 것에 다름 아니다. 그리고 그런 삶을 추구하는 사람이 자연과 친화하여 우주적 원리를 수용해서 살 수 있는 것이다. 따라서 이런 경지에 도달하기 위해서는 일체의 세속적인 삶, 아니 물질과 영욕榮辱과 명리名利를 떠나서 자연과 일체가 되지 않으면 불가능하다. 그렇지 않고서는 자연법칙에 따른 순리順理의 삶을 영위할 수가 없는 것이다.

월파가 <남으로 창을 내겠소>를 통해서 향토적 자연으로 돌아가고자한 것은 바로 이 때문이다. 사람은 잠시도 자연을 거역하고 살 수가 없다. 또 이제까지 그런 사람도 없었다. 자연을 거역하고 살았다고 생각한 사람조차도 그 순간이 지나고 나면 자연의 법칙을 따랐다는 것을 깨닫게 된다. 이것이 인간이 살아온 역사라 할 수 있다. 인위人爲가 영원히 지속될 수 있을 것 같지만, 세월이 지나고 나면, 무위無爲의 자연법칙이 작동한다. 세상의 흥망성쇠興亡盛衰도 자연법칙의 한계를 벗어날 수 있는 것은 아무것도 없다. 그래서 월파는 자연에 기대어 살고자 한 것인지도 모른다.

2. 향토적 자연과 순명順命의 삶

<남으로 창을 내겠소>는 전체가 3연으로 된 짧은 시이다. 일차로 발표된 것은 ≪문학≫(1934년 2월호)지다. ≪문학≫지는 시문학파의 동인 용아龍兒 박용철朴龍喆이 ≪시문학≫과 ≪문예월간≫에 이어 세 번째로 펴낸 문학지이다. <남으로 창을 내겠소>는 시집 『망향』의 도입을 담당하며 앞에 편성됐다. 이 시가 처음 발표된 ≪문학≫지의 내용과 시집에 수록한 것은 크게 차이가 없다. 다만 <광이→팽이>(1연 3행)와 <왜 사느냐거든→왜 사냐건>(3연 1행) 등의 미세한 변화는 발견된다.

> 남으로 창을 내겠소.
> 밭이 한참 갈이
> 팽이로 파고
> 호미론 풀을 매지요.

자연의 이치에 따라 순리대로 살고자 하는 마음을 반영한 부분이라 할 수 있다. 자연의 이치를 따라서 순리대로 집을 짓고 사는 것이 보다 따스하고도 편했기 때문인지도 모른다. 농사를 짓고 사는 것에 만족한 다. 소를 이용해서 쟁기를 끌어 논과 밭을 일구는 것이 아니라, 괭이로 갈 고 호미로 풀을 맬 만큼의 조그마한 땅만으로 만족한다는 것이다. 세속적 욕망을 버린 "무욕無慾"의 삶, 자연법칙에 따른 순리적 삶을 살고자하는 것 이다. '괭이'나 '호미'는 현대화된 대형농기구가 사용되기 이전의 농경사회 에서 가장 긴요했던 농기구이다.

이윽고 2연에서 구름으로 덮인 세속적 삶을 멀리하고 자연이 만들어 내는 음악소리를 들으며 강냉이조차 이웃과 나누고자 한다.

구름이 꼬인다 갈 리 있소.
새 노래는 공으로 들으랴오.
강냉이가 익걸랑
함께 와 자셔도 좋다.

여기서 '구름이 꼬인다'고 함은 세속적인 물질이나 명리가 유혹하는 것을 말한다. 세속적인 꼬임에 빠져들지 않을 사람이 몇이나 되겠는가? 세속적인 삶을 탈피한다는 것이 그만큼 어렵기 때문이다. 그러나 화자 는 이런 유혹을 단호히 거부한다. 산이나 들에서 마구 울어대는 새 소 리, 아니 자연의 소리나 공으로 듣고자 한다. 자연의 소리는 아무런 비 용도 들지 않을 뿐만 아니라, 그것을 못 듣게 가로 막는 사람도 없다. 마 치 소동파蘇東坡의 <적벽부赤壁賦>의 한 대목과도 같다고나 할 수 있을 까?68) 그리고 자기가 땀 흘리며 애써 가꾼 강냉이가 익걸랑 함께 와 자 셔도 좋다고 한다. 아무리 자그마한 땅에서 난 소득일망정 그것을 거두면 가까운 이웃과 나누어 먹겠다는 것이다.

　과거 조상들은 대부분 소박한 삶을 영위하면서 이웃과 끈끈한 유대
감을 갖고 살았다. 그것이 우리 민족의 특성의 하나인 '은근과 끈기'의
정서로 이어져 왔던 것이다. 강냉이는 우리가 어렵게 살았던 시대에 산
간벽지에서 많이 재배한 작물이다. 쌀과 다른 곡물로는 호구糊口조차 어
려웠을 때에 구황식품救荒食品이기도 하다. 그 시대는 강냉이를 맷돌에
타서 밥을 지어 먹기도 할 정도로 궁핍했다.

　끝으로 종연인 제3연에 이르면, "왜 사녀건/ 웃지요"하고 결론짓고
있다. 이백李白의 <산중문답山中問答>의 '소이부답심자한笑而不答心自閑'
을 읽는 느낌마저 들기도 한다. 여기서 '웃음'의 의미는 무엇일까? 웃음
에는 '신소哂笑'·'대소大笑'·'미소微笑'·'폭소爆笑'·'방소放笑'·'실소失笑'·'냉
소冷笑'⋯⋯등 그 수를 헤아릴 수 없을 만큼 많다. 그렇다면, 여기서
화자의 웃음은 무엇일까? 헛되게 나오는 실소失笑일 수도 있다. 아니면
세상에 대한 냉소冷笑도 함의한다. 그러나 이 웃음은 신소哂笑, 곧 빙그
레 웃는 웃음이다. 세속적인 번루煩累 일체를 벗어놓고 깊은 산중에 들
어 자연의 순리를 따르며 빙그레 웃는 웃음은 아닐런가.

3. 무위無爲의 자연법칙과 관조적 태도

　<남으로 창을 내겠소>를 읽으면, 마치 30여 년 전, 필자가 가서 보았
던 월파의 고향에 선 것과도 같은 느낌이 든다. 온통 푸른 산으로 둘러싸
인 마을―비탈진 산기슭의 밭마다 강냉이가 가득 심겨지고, 몇 가호가
듬성듬성 모여 있다. 마을의 한가운데를 흐르는 좁다란 개울물을 따라
벼들이 자라는 모습을 보면서 월파의 어린 시절을 연상할 수 있었다.

월파가 태어난 집이 있었던 축동은 마을회관에서 서북쪽의 낮은 언덕을 넘어 한참은 걸어야만 했다. 현재는 월파의 집은커녕, 축동마을의 집들은 모두 헐린 지 오래 그 자취조차 찾아볼 수 없고, 온통 논밭으로 바뀌어져 있었다. 월파가 그렇게 그리워하고 돌아가고 싶었던 고향은 유적幽寂하기 이를 데 없다. 칡넝쿨을 타고 다람쥐들이 잰 걸음으로 오르내리고 뻐꾹새 소리가 푸른 오월의 햇빛을 가르고 경쾌하게 울려 퍼진다.

월파가 무엇을 생각하고 <남으로 창을 내겠소>를 썼는지 모른다. 그러나 누구나 이 산간의 유적하고 소박한 고향 마을에 서면 이 시가 떠오르겠다는 추측을 하게 된다. 그리 넓은 들판도 없고, 푸른 산이 사방을 두른 마을 무위無爲의 자연법칙이 지배하는 향토색이 넘쳐나는 마을이다. 그래서 월파는 논과 밭을 괭이나 호미로 일구어 강냉이를 심고, 강냉이가 무르익으면 거두어서 이웃과 나누어 먹으면서 무욕의 삶을 살고자 한 것이지도 모른다.

세속적인 모든 것을 버리고 무욕의 삶을 산다는 것이 그리 쉬운 것은 아니다. 많은 사람들이 세속적 물질이나 명리를 탐하고 욕망을 추구하고 살기를 원하기 때문이다. 그러나 그것도 지나놓고 보면 모두가 허무하다. 사람은 누구나 죽음과 마주하면 무상無常의 관념과 허무함을 느끼지 않을 수가 없다. 그래서 월파도 자연귀의를 소망했을 것이다. 자연의 이법에 의지해 살다가 세상과 이별을 고하면 되는 것이다. 그렇다고 누구나 이런 경지에 이른다는 것은 그리 쉬운 것이 아니다. 월파와 같은 시기를 살았던 문학평론가 김환태金煥泰의 말과도 같이 "생생生生을 관조할 수 있는 사람만이 가질 수 있는 인생태도라 하지 않을 수 없다. 또한 그러한 사람만이 남쪽으로 창을 낸 집을 짓고 한참갈이 논과 밭을 일구면서 살아갈 수 있을 것이다."[69]

뻐꾹새와 빈 동이

— <노래 잃은 뻐꾹새>

I. 작품 분석에 앞선 몇 가지 전제

<노래 잃은 뻐꾹새>는 『망향』에 세 번째로 편성된 작품이다. 1936
년 3월호 ≪조광≫에 일차로 발표된 바 있다. 이 작품이 잡지에 처음으
로 발표될 때의 제목은 '나는 노래잃은 뻐꾹새'이다. 그런데 시집에서는
'나는'을 빼고 '노래 잃은 뻐꾹새'로 수록했다. 그리고 그 행연법과 내용
에서도 많은 차이를 보이고 있는데, 제시하면 다음과 같다.

제목	나는 노래 일은 뻐꾹새(조광)	노래 잃은 뻐꾹새(望鄕)
1-2	봄이 어린거리건	봄이 어른거리건
1-3	사립은 닷치라	사립을 닷치리라
1-4	구지 祈願한 마음이 아니냐?	구지 祈願한 마음이 아니냐?
2-2	내 무덤을 쌀 붉은 깁	내 무덤 쌀 붉은 깁이어니
2-4	소라(靑螺) 같이 설어울다.	소라(靑螺) 같이 서러워라
3-1	'때'가 지꾸진 줄 뉘 모를랴고	'때'는 지꽂어
3-2	꿈심은 터전에	꿈 심겼던 터전을
3-3	荒廢의 그늘을 덮어주고는	荒廢의 그늘로 덮고……
4-1	물깃든 處女 도라가고	물깃든 處女 도라간
4-2	황혼만이 남은 우물ㅅ가	황혼의 우물ㅅ가에
4-3	내 心臟이리라.	쓸쓸히 빈 동이는 놓였다.
5-1	아—쓸쓸히	
5-2	빈동이 하나 놓였고나!	

언급한 것처럼 행연과 자구에서 많은 차이를 보이는 것을 확인할 수 있다. 첫 발표지에서는 전체가 5연으로 되어 있는데, 시집에서는 4연으로 구성됐다. 시집은 첫 발표 때 4연 3행의 '내 心臟이리라'를 삭제하고, 첫 발표지의 5연 1~2행을 하나로 합쳐서 4연 3행으로 삼고 있다. 이외에 자구의 수정이 전반적으로 이루어지고 있다. 개중에는 출판사의 오류가 있기도 하다.

2. 무감을 기원한 마음과 쏠쏠히 놓인 빈 동이

이 시의 제목이자 첫 시행에서 '나', 곧 시적화자를 왜 '노래 잃은 뻐꾹새'라 했을까? 그것은 결국 자신이 노래 잃은 뻐꾹새가 되었기 때문이 아닐까. 뻐꾹새가 울지 않는 것이 아니라, 내가 듣지 않겠다는 것이다. 뻐꾹새는 때가 되면 반드시 울게 마련이고 그것을 듣지 않을 수 없다. 그럼에도 월파는 뻐꾹새 소리를 듣지 않겠다고 다짐한다.

1연에서 월파는 봄이 어른거리면 사립문을 닫겠다고 한다. 꽃이 만발하고 새가 노래하는 봄이 싫다고까지 한다. 그래서 봄이 오지 못하도록 문을 굳게 닫겠다고 다짐한다. 그 이유는 무엇일까? 냉혹한 무감無感을 마음속으로 기원했기 때문이라고 한다. 그렇다면, 무감을 기원하는 이유는 어디서 기원하는가? 나라를 빼앗기고 무기력한 삶을 살고 있는 자기비하에서 기인한 것은 아닐까 한다.

집의 문을 '사립'이라 하고 있다. '사립'은 함은 싸릿대로 얽어서 만든 것으로 한때 충청도에서는 '삽짝'이라 지칭하기도 했다. 오늘날 단독주택의 대문에 해당된다. 사립은 싸릿대로 얽어서 만든 문인데 가난하고 못 살았던 농경사회에서는 농촌에서 흔히 볼 수 있었다.

2연에서는 봄이 되어 하늘에 펼쳐진 장밋빛 화려한 구름을, 내가 죽어서 묻힐 무덤을 쌀 붉은 빛 깁이라 하고 있다. '깁'은 명주 같은 비단을 두고 한 말인데, 장밋빛 구름이 그만큼 부드러운 깁과 같다는 것이다. 그래서 소라 패각으로 만든 악기에서 나는 애상적인 소리와도 같이 서럽다는 것이다. 무엇이 월파를 이렇게 서럽게 한 것일까? 제3연에 그 해답이 제시된다. '때'가 너무나 짓궂어 고향, 나아가서 나라가 온통 황폐의 그늘로 덮여져 있기 때문이라고 한다. 일제 식민치하에서의 어둡고 암담했던 현실에서 생존한 대부분의 사람들은 이렇게 국권상실의 아픔과 울분을 삭이며 살았을 것이다.

4연은 이 시의 결미단락이다. 2~3연의 내용과는 다르게 한정한 농가 마을, 전원의 향토적 자연을 노래한다. 어스름이 깔리는 황혼녘의 우물가의 풍경을 그리고 있다. 마을 아낙네들이 모이는 우물가의 풍경은 옛날 농촌이나 산촌에서 흔히 볼 수 있었다. 많은 아낙네들이 우물가에 모여서 대화를 나누다가 날이 저물면 모두 서둘러 집으로 돌아간다. 종종 빈 동이 쓸쓸하게 남기도 한다. 고적하다. 참으로 한정閒靜하고 화평한 세계라 하지 않을 수 없다.

3. 황폐화의 그늘과 국권상실의 비애

이 작품은 단형의 향토색 짙은 서정시이나, 안으로는 나라를 빼앗긴 슬픔과 울분을 기조로 강한 민족관념을 함의하고 있다. 사립문을 닫고 냉혹한 무감無感을 굳이 기원하겠다는 것은 현실과의 타협을 전면 거부하고 외계로부터 자신을 차단시킨 것이다. 나라를 빼앗기고 황폐의 그늘로 뒤덮인 민족적 현실이 치욕스럽다. 그래서 꽃들이 만발하는 봄의 길목에서 마구 울어대는 뻐꾸기 노래조차 싫어졌던 것이다. 결국 마을 아낙네들이 모두 떠난 우물가에 놓인 쓸쓸한 빈 동이는 자연으로 회귀할 수밖에 없었던 그 시절의 아픔을 대변한다.

촛불이 켜질 때와 꺼질 때,
그리고 생명의 참시

—<내 생명의 참시 한 수>

I. 작품 분석에 앞선 몇 가지 전제

<내 생명의 참시詩 한수首>는 월파의 시력으로 보아 중간기로 접어드는 길목에서 발표된 첫 번째의 작품이다. 1931년 12월 19일자 ≪동아일보≫에 발표되었다. 시집『망향』에도 수록되지 않아서 원전과의 비교가 불가능하다. 그래서 원고지에 적힌 것이 발굴되기 전까지, 이것이 원전이 되는 셈이다.

이 시는 전체가 6연으로 되어 있는데, 1~4연까지는 각각 9행연이고 5~6연은 각각 7행과 6행으로 이루어졌다. 따라서 전체의 시행이 49행인 셈이다. 이 시는 민요나 시조 및 기타, 그리고 시의 행연법이나 음수와 음보 등의 다양한 실험에서 탈피해서 형식이 잘 구현된 작품이다. 월파의 시작활동이 본 궤도에 진입하게 되는 시발점이 된 작품이라 할 수 있다.

<내 생명의 참시 한 수>는 월파의 시집에 수록된 것이 아니므로

≪동아일보≫의 게재지분이 원전이 된다. 그런데 당시의 신문들은 작자가 써준 원 내용을 훼손할 때가 많았다. 그 시대의 출판정황을 보면, 원작자의 의도와는 다르게 표기된 오류들이 발견된다. 편집자도 모르게 실수할 때도 있고 편집자가 임의로 변경한 경우도 있다. 시의 행과 연은 지면에 맞추느라 원고와는 다르게 편집한 경우가 많다.

이런 점을 감안할 때에 시나 소설의 원전비평은 철저할수록 좋다. 그럼에도 이런 원전비평을 소홀히 할뿐만 아니라, 그 자체를 꺼려하는 연구자들도 적지 않다. 이런 사람들은 대부분 "그것들을 따져서 무엇 하겠는가"고 묻는다. 여기서 필자는 그들에게 질문을 되돌리고 싶다. 그렇다면, 그런 오류들을 철저히 분석해서 무엇 하겠는가?

2. 촛불—그 '켜짐'과 '꺼짐'의 상징성

'촛불'은 인공이 가해진 것으로 원초적 신화성을 갖추었다고 할 수 없다. 촛불은 화로불이나 등잔불 또는 초롱불과는 다른, 아주 순화된 불이기도 하다. 촛불은 사람이 죽었을 때나, 또는 죽은 자를 추모하는 제의祭儀에서 많이 사용했다. 고사나 축원·혼사·불공 등과 같은 종교적 행사에서 의례적 목적을 위해 오늘날도 널리 사용하고 있다. 그래서 촛불은 이렇게 오랜 세월을 두고 사용하면서 원형적인 신화성을 갖기 시작했다. 종종 촛불을 켜는 행위는 죽은 영혼이나 신령을 초대해서 산 자와 마주하게 하는 의식을 영성하기도 한다.

불꽃의 수직성에 주목한 바슐라르는 '촛불'을 몽상가의 고독으로 보기도 한다. 난로의 불은 연료를 계속 공급해야만 불꽃이 타오르는데 반해서, 촛불은 타서 없어질 때까지 혼자서 타고 홀로 꿈을 꾼다. 바슐라르는 혼자서 타고 홀로 꿈꾸는 '촛불'에서 인간의 본 모습을 발견한다.

그렇다면, 월파의 <내 생명의 참시 한 수>의 촛불은 무엇일까? 촛불의 켜짐과 꺼짐을 통해서 인간의 생사를 환기해서 제의성祭儀性을 드러낸다고 할 수 있다. 켜짐이 산자의 상징이라면, 꺼짐은 죽은 자의 상징인 것이다.

3. 내 마지막 선물—내 생명의 참시

이 시는 전 생명을 기울여 쓴 '참시詩'를 마지막 선물로 그대에게 주겠다는 것을 내용으로 한다. 그런데 그 시는 살아온 전 삶을 그대로 담고 있으니, 내가 죽은 뒤, 아니 내 '마지막 촛불'이 꺼진 뒤에 혼자서 펴보라고 한다. 그러면 내가 살았을 때 그렇게 울고 웃고 한숨짓기도 하고 일상의 궤도를 일탈하여 엉뚱한 기행奇行을 연출한 이유를 알게 될 것이라는 것이다. 뭇 사람들로부터 조롱을 받던 사실을 알게 될 것이라고 전한다.

1연에서 내 생의 촛불도 꺼질 때가 왔다고 읊조린다. 모든 생명은 죽어야 하기 때문에, 죽는다는 것은 필연의 과정이라 할 수도 있다. 그래서 촛불이 꺼지려고 할 때에 마지막 선물을 받으라고 한다. 오직 그대만을 위해서 피와 눈물로 써 두었던 내 생명의 '참시"를 선물하려는 것이다. 여기서 나의 마지막 선물을 받을 '그대'는 누구일까? 그것은 '나'와 가장 가까운 친구일 수도 있고, 아니면 사랑하는 사람일 수도 있다. 아무튼 '나'의 모든 비밀을 알리고 싶은 그런 사이라는 것은 명확하다.

2연에서는 마지막 선물은 내 촛불이 꺼진 후, 아니 내가 죽은 뒤에 펴보라고 당부하고 있다. 거기에는 나의 넋이 말 못하고 속으로 품었던 호소와 설움과 목마름과 원한과도 같은 것이 모두 담겨져 있다. 월파는 무엇 때문에 이런 간절한 호소나 설움, 그리고 목마름과 원한을 죽은 뒤에 펴보라고 했을까? 아마도 나라를 빼앗긴 민족적 치욕을 이렇게 표현한 것인지도 모른다.

3연에서 마지막 유서를 펴볼 그때에야, 나의 진실한 모습을 볼 수 있다고 읊조린다. 풀 더미와도 같은 어수선한 살림살이와 반딧불과도 같이 깜박이던 나의 넋을 볼 수가 있고, 장터에서 너털웃음을 짓거나 울면서 한숨짓던 나를 볼 수도 있을 것이라고 전한다. 그리고 이제까지 내가 아닌 나로 살고자 했던 가련한 '나'를 볼 수도 있을 것이라고 탄식한다.

4연은 3연의 연장이다. 왜 내가 머리를 흔들고, 몸을 떨고, 가던 길을 멈추고 두런거린 이유를 알게 될 것이라는 내용이다. 내가 산을 좋아하고 물을 그리워하기도 하고, 밤 중에 홀로 앉아서 눈물 지어 옷자락을 끝없이 적시던 것도 잘 알게 될 것이라고 한탄한다.

5연은 내 가슴속 깊이 감추어 두었던 마지막 내 생명의 참시를 선물로 받으라고 한다.

6연은 이 시의 마지막을 장식한다. 내 생명이 다한 뒤에 내가 마지막으로 준 선물을 홀로 펴서 보아달라고 한다. 그때 내 선물을 보면서 울어도 좋고 웃어도 좋으니, 다만 내가 준 그 선물을 통해서 나에 대한 모든 것을 알았다고 외쳐만 달라고 호소한다. 그때 비로소 반딧불처럼 깜박이는 희미한 넋이나, 장터에서 혼자 웃고 울기도 하고 춤추면서 한숨짓던 가련한 나, 그리고 가던 길을 멈추고 두런거리며 산과 바다를 좋아했고, 밤에 홀로 앉아 하늘의 별을 우러르면서 눈물짓던 까닭을 알게 된다는 것이다. 그것이 내가 온 생명을 기울여 쓴 '참시'라는 것이다.

4. '죽음'과 '덧없음'의 관념

촛불이 꺼진다는 것은 죽음을 의미한다. 그래서 촛불이 꺼지려 할 때 그대와의 만남은 결국 산 자들과의 회동이다. 따라서 이 시는 죽은 영혼이나 사후세계인 저승에서의 만남도 아니다. '나'와 '그대'의 만남인데, 화자인 '나'가 숨을 거두고 떠나갈 마지막 순간에 '그대'를 불러 그의 마지막 선물로 '내 생명의 참시'를 전하겠다는 것이다. 여기서 '그대'는 내가 죽어서 떠나간 뒤에 마지막 선물로 전해준 '생명의 참시'를 펴보게 될 인물이다. 그리고 그때 그대는 일상의 궤도를 벗어나 갖가지 기행을 연출했던 내 마음을 알게 될 것이라 하고 있다.

월파가 이렇게 인간의 삶과 죽음에 대하여 회의를 갖게 된 것은 누구나 죽어야 한다는 무상의 관념에서 비롯된 것이라 할 수 있다. 범상에서 벗어난 갖가지 기행을 연출하게 된 것도 바로 이 때문이다. 인간이 만들어낸 온갖 제도나 관습, 윤리와 도덕적 가치, 대의나 명분은 인간의 삶이나 죽음의 깊이에서 만들어진 것이 아니다. 이것을 생각하면 모두가 허무한 것이 아닐 수 없다. 일체의 모든 것이 무화되어 소멸되는 것인데, 거기에 무엇이 더 필요한 것일까? 그래서 월파는 너털웃음 속에서도 울었고, 춤추면서 한숨지었던 것이다.

'사라짐'의 무화과정과 허무사상

―<무제無題>

I. 작품분석에 앞선 몇 가지 전제

월파의 문제작으로 <무제無題>가 있다. 이 시는 1932년 7월호 ≪동방평론≫에 발표됐는데, 앞에서 논의한 <내 생명의 참시 한 수>처럼 생사관을 주제로 하고 있다. <내 생명의 참시 한 수>가 촛불이 꺼지는 순간, 아니 사람이 죽기 직전까지의 삶을 주제로 하였다면, <무제>는 사람이 죽어서 백골로 화한 허무함을 주제로 하고 있다. 사람은 누구나 죽어서 백골이 되지만 그것도 세월이 흐르면 자취조차 사라지고 무화되고 만다는 것이다.

이 시는 전체가 69행의 장시이다. <살처수殺妻囚>에 이어서 두 번째로 긴 작품이다. 작품은 5단계로 구분할 수 있다.

제1단락: 23행(1~23행)

제2단락: 21행(24~44행)

제3단락: 15행(45~59행)

제4단락: 7행(60~66행)

제5단락: 3행(67~69행)

이런 단락은 월파가 구분한 것인지, 아니면 잡지사에서 한 것인지 알 수 없다. 차라리 단락을 구분하지 않았다면 독자가 그 내용을 판단하면서 읽었을 것이다. 오히려 그것이 읽기의 자유를 독자에게 선사했을 것이다. 여기서는 이 시의 단락을 좀 더 세분하여 살펴보기로 한다.

ㄹ. 인생의 '덧없음'과 허무의식

첫 번째 단락은 1~9행이다. 사람이 죽어서 백골로 화한 허망함을 노래한다. 발밑에 썩은 등걸로 산산이 부서진 뼈 조각들은 세월이 흐르면 백골마저 곧 소멸되고 말 것이다.

두 번째 단락은 10~23행이다. 비바람에 씻겨가는 바닷가 모래 위의 발자취처럼 우리의 삶은 흔적도 모두 사라지고 말 것이다. 명성을 남긴 사람이라 할지라도 그 사람의 평생사平生事를 알 필요가 없다. 그대도 나와 같이 한 평생을 울고 웃고 하다가 인생의 꿈조차 버리고 안개와도 같이 사라지기 때문이다.

세 번째 단락은 24~36행이다. 죽은 사람의 백골에서 남겨진 눈이 내용이다. 눈이 있었던 어웅한 구멍 속에 눈동자가 들었을 것이고, 그 눈동자는 아름다운 것과 귀한 것, 미운 것과 더러운 것, 그리고 고운 것과 귀여운 것 할 것 없이 영롱하게 비추었었다. 그런데 이제는 버려지도 싫어할 만큼 컴컴한 구멍으로 남아있다. 이것이 인간의 삶과 죽음의 한계이기도 하다. 무한대의 우주공간과 무한대의 연속적인 시간 속에서 잠시 허우적거리다 가는 덧없음과 허무함을 이렇게 표현한 것이다.

네 번째 단락은 37~49행이다. 바로 앞 단락과 이어진다. 사람들이 살아 생전에 새소리를 듣고, 꽃향기를 만끽하던 귀와 코, 그리고 사람들이 그렇게 그리워하던 입술조차 이제 모두 사라져 험상궂게 바뀐 백골의 모습을 한탄한다.

다섯 번째 단락은 50~59행이다. 팔과 다리 모두가 뼈 조각으로 버려지는데 팔은 들어 무엇하고 발은 굴려 무엇 하겠는가? 이렇게 인생이 허무한데도 사람들은 욕심을 버리지 못하고 쓸데없는 일로 서로 다투면서 살아가니 애통하다.

여섯 번째 단락은 60~66행이다. 백년의 삶도 저 무한대의 우주공간과 무궁한 시간에 비하면, 단 한 순간이다. 사람은 누구나 때가 되면 가게 마련이다. 그래서 달 밝은 밤, 적막한 공산空山에서 우는 자규子規의 구슬픈 소리와 함께 그대나 나도 머지않아 저렇게 백골이 되어 이리 굴리고 저리 굴릴 것이다.

일곱 번째 단락은 67~69행이다. 이 시의 결미 단락이다. 네가 기다리는 사람이 있으니 어서 가보라고 한다. '벌써 해가 지고 있네.'에서 해가 진다고 함은 죽음이 가까워지고 있다는 것을 의미한다. 사람들은 누구나 죽음이 바로 앞에 다가선 줄도 모르고 허우적거리고 있다는 것이다. 인간의 욕심은 끝이 없다. 욕심을 끝내 버리지 못하고 허무하게 살다가 간다는 것이다.

3. 소멸의 무화과정과 '사라짐'의 시학

월파는 인간의 '죽음', 아니 죽음 뒤에 남겨진 백골조차도 무화된다는 극단의 허무의식을 주제로 삼은 것 같다. 그런데 깊이 생각할 필요도 없이 사실이라는 것을 쉽게 알 수 있다. 다만 그 자명한 사실조차 사람들은 인지하지 못하고, 아니 모른 척하면서 살고 있다는 것이 문제라 하겠다.

> 그 사람의 이름은 물어 무엇 하나
> 또 그의 평생사平生事를 뉘라 알고
> 다만 그대나, 나와 같이
> 그도 웃고 그도 울다가
> 사라지는 아침 안개와 함께
> 그의 일생의 꿈도
> 사라졌다는 것만 기억하게 그려.

사라짐의 고통에서 벗어나기 위해서 영혼, 곧 내세관을 내세우는데 월파는 그것을 일체 말하지 않는다. 그저 일체의 모든 것이 자취조차 없이 사라진다는 것을 강조한다. 그것이 인생이다. 그래서 허무하기 이를 데 없다는 것이다.

월파는 삶과 죽음을 함께 부정한다. 영혼의 세계도, 그 영혼을 바탕으로 한 모든 도덕적 규범과 삶의 가치도 부정한다. 그저 태어났으니까 사는 것이고, 때가 되면 자연법칙에 따라 죽어가는 것, 오직 그것만이 존재한다. 그러니 '삶'이나 '죽음'은 허무할 수밖에 없다. 천지, 곧 우주의 일체 만물은 무화되어 자취도 없이 사라지기 때문이다.

운명의 잿빛 구렁과 갈매기로
날고 싶은 마음

—<고뇌苦惱>

Ⅰ. 구비도는 고개와 깊이도 모를 운명의 잿빛 구렁

<고뇌苦惱>는 1950년 4월호 ≪이화≫지에 발표됐다. 거의 말년 작품이다. 6·25전쟁 이 발발하기 직전이다. 1950년 6월호 ≪아메리카≫지에 발표된 <점경點景>이 마지막 작품이라면, <고뇌>는 마지막에서 두 번째로 발표된 작품인 셈이다. 월파가 미국에서 돌아와 차츰 생활이 안정되면서 작품 활동을 시작할 때이다. 아무튼 그는 <점경>과 함께 이 작품을 최후로 남기고 떠나갔다.

<고뇌>는 전체가 3연의 짧은 시로, 각 연이 4행으로 되어 있다. 인생을 슬픔과 고뇌로 보고 있는 것이 특징이다.

   슬픔과 고뇌의 고개 넘어

또 다시 질식窒息의 구비를 도노니
눈물마저 마른 눈 앞은
깊이 모를 운명의 잿빛 구렁이로다.

슬픔과 고뇌의 고개를 넘었는가 싶었는데, 그보다 더한 질식窒息할 것만 같은 구비가 다가선다. 결국 인생이란 슬픔과 고뇌와 질식으로 이어지는 고개와 구비를 돌고 도는 과정인 셈이다. 기쁨과 즐거움, 아니 인생의 행복은 존재하지 않는다. 마치 바윗돌을 산으로 끝없이 굴러 올리는 시시포스와도 같이 우리 인간은 끝없는 고뇌의 연속 속에서 살고 있다는 것이다. 그런 과정에서 흘릴 눈물마저 마른다. 눈앞에는 그 깊이도 모를 만큼의 운명의 잿빛 구렁이가 있을 뿐이다.

이 시는 인간 세상을 고해苦海로 본다. 사람들은 행복하게 사는 것이 주어진 삶이라고 하지만, 따지고 보면 삶 자체가 고역이 아닐 수 없다. 우리들이 일상 추구하는 재물이나 명리, 행복으로 삼고 있지만, 종종 불행으로 귀결된다. 우리 인간이 추구하는 일체의 모든 것들이 죽음 앞에서 무화될 수밖에 없고 부질없는 것으로 종식되기 때문이다.

ㄹ. 비어 있기를 바라는 쓴 잔

2연은 인생이 이렇게 쓴 잔이라면 차라리 비어 있는 것이 낫다고 하고 있다.

이다지 쓴 잔일진댄
차라리 비었기를 바란다.
눈보라 급한 살얼음의 진펄을

짐 지고 오늘도 온 하루를 걸었다.

인생은 쓴 잔이다. 그 잔이 얼마나 쓰기에 차라리 비어 있기를 바라는 것일까? 그럼에도 인간은 이승의 삶이 아무리 괴롭다할지라도 저승보다 낫다고 위안하며 살아간다. 그러나 삶이 즐거움만은 아니라는 것을 월파는 간파하고 있었다. 한 고비를 넘으면 또 다시 그보다 어려운 고비가 다가온다. 차가운 눈보라가 치자, 곧바로 살얼음이 얼어붙은 질척질척한 땅을 무거운 짐을 지고 또 하루를 가야만 하는 것, 바로 이것이 인생이기 때문이다. 인생은 그 어느 한 순간도 고역이 아닌 때가 없다는 것이다.

마지막 3연에 이르러, 화자는 잠시나마 팔다리를 쭉 펴고 쉬어서 갈 자리를 찾고 있다.

> 오―생生아, 한때일망정,
> 단 샘가, 퍼드리고 쉴 자리가 없느냐?
> 창해滄海의 유유悠悠한 한 마리 갈매기로
> 물결 천리, 하늘 천리 휘날고 싶은 기원祈願일다

인생은 잠시 쉬어서 갈 자리조차 없다. 고난과 역경의 연속이다. 쉴 자리조차 마련되지 않는 험준한 길을 끝없이 허우적거리다가 죽어가는 것이 인생이다. 그래서 저 넓고 푸른 바다 위를 유유자적悠悠自適하게 나는 갈매기처럼 무한대의 공간을 끝없이 날고 싶다고 간절하게 호소한다.

인간이 자만심을 갖는다 할지라도 저 무한대의 공간을 자유롭게 나는 갈매기만도 못하다는 것이다. 주어진 삶을 받아들여 자연의 이치에 따라 살고 있는 갈매기가 부럽다. 그러나 사람은 욕심을 갖고 살다가 서로 대립과 갈등을 일삼고 허무하게 죽어간다.

3. 천리를 휘 날고 싶은 자유화의 공간

인간은 온통 욕망으로 가득 차 있다. 그가 갖고자 하는 것은 무한하다. 이 지상의 다른 생명체는 필요한 만큼 소유하면 그 뿐인데, 인간은 그렇지가 못하다. 그래서 스스로를 거기에 얽매이게 하여 언제나 자유롭지 못하다. 인간이 부질없는 욕망을 버리지 못하면 바다와 하늘을 나는 갈매기처럼 절대 자유로울 수 없다. 언제나 스스로 만든 제한된 공간 속에서 자유를 잃은 채 고뇌하며 살 수밖에 없는 것이다.

제5부

월파의 시와 산문―서지적 접근

시작활동	산문활동
―창작시편들과 번역시편들	―수필 및 기행문과 문학평론 및 기타
『망향』 이전의 초기 시편들	기행 및 수필 유형의 산문들
『망향』에 수록된 중간기의 시편들	문학평론 유형의 산들
『망향』 이후의 후기 시편들	등산에 관한 산문과 기타
해외시의 번역쇠편들	잡조雜俎―좌담과 설문답設問答

김상용의 시와 산문

─서지적 접근

　월파月坡 김상용金尙鎔의 생애는 그리 길다고는 할 수 없다. 불과 50밖에 못 살았고, 그것도 천수天壽를 다하지 못하고 불의의 사고로 피난지 부산釜山에서 삶을 마감했으니 더욱 그렇다. 그는 평생을 오직 교육과 문학, 아니 시업詩業에만 전념하다가 생을 하직한 교육자이자 시인이다.

　그가 남긴 유작들은 그리 적다고는 할 수 없다. 비록 생전에 한 권의 시집과 산문집만을 남기고 갔지만, 아직도 정리하지 못한 유작들이 너무나 많다. 이를테면, 그가 살아서 신문이나 잡지에 발표한 작품들, 곧 시와 산문, 그리고 번역시편들의 대부분이 정리되지 않았다.

　그가 책으로 엮어낸 시집이나 산문은 극히 일부에 지나지 않는다. 따라서 여기서는 그가 남긴 유작 전반을 대상으로 크게 '시'와 '산문', 그리고 기타로 구분하여 살펴보기로 한다. 필자는 여기서 최선을 다하겠지만, 그것들을 완벽하게 정리할 수 있다고 생각하지 않는다. 그 이유는 아직도 당시의 신문이나 잡지의 소장처가 불분명하기 때문이다. 이러한 작업들은 그 보완작업을 거듭하고 거듭하는 과정에서 보다 완벽하게 정리될 수 있을 것이다.

I. 시작활동 — 시편들과 번역시편들

월파 김상용의 시작활동은 1935년 2월에 창간한 ≪시원詩苑≫[70]에 발표된 <나>로부터 비롯된다는 통념이 상당기간 지속되어 왔다. 그런데 이것은 월파의 시적 출발을 시집『망향』에 수록된 시편들만을 기준으로 한 잘못된 분석이라 할 수 있다. 시집『망향』에 수록된 시편들만을 기준으로 한다고 할지라도 가장 앞서 발표된 것은 1933년 5월호 ≪신가정≫지에 발표된 <한잔 물>이고, 1934년 2월호 ≪문학≫지에 발표된 <남으로 창을 내겠소>가 바로 그 다음이다. 그리고 나머지 시편들은 거의가 1935년 이후에 제작되어 각 지상에 발표된 것들이다.

월파는 이미 1926년 10월 26일자 ≪동아일보≫에 발표한 <일어나거라>와 1929년 11월 3일자 ≪조선일보≫에 발표된 <나의 꿈>을 비롯하여 많은 시와 산문, 그리고 번역시편들을 각 지상에 다수 발표하고 있었다. 따라서 첫 시집『망향』에 수록된 시편들은 그의 시력으로 보면, 중간기에 해당되는 시편들이라 할 수 있다. 이것이 그의 시적 출발을 1930년대 중반기로 잡고 있는 통념을 오랫동안 지속하게 한 까닭이라 할 수 있다.

여기서 필자는 월파의 시작 잔반을 그의 첫 시집『망향』에 수록한 시편들을 기준으로 하여 그 이전과 이후, 곧 습작기를 포함한 초기와 중간기, 그리고 후기 등 3단계로 구분하여 살펴보기로 한다.

1)『망향』이전의 초기시편들

월파의 초기 시작활동은 시조 그리고 가사 및 민요 형식과 자유시 형식으로 구분된다. 초기에는 4행시와 시조 및 가사 형식으로 출발하고 이후 자유시로 전환한다. 초기시는 1920년대 중반부터 거세게 일기 시작한 국민문학 운동과 연관된 것이 아닐까한다. 해외시의 이입移入에 따른 반작용으로 등장한, 우리의 것을 수호하는 국민문학운동이다. 자연스레 시조와 가사 및 민요 형식의 부흥운동을 이끄는 계기가 됐다. 월파의 시적 출발은 이런 배경으로부터 자유롭지 못했다. 시작활동의 출발기에 있어서 시조와 가사 및 민요조는 물론, 4행시를 실험하면서 시를 창작했다.

월파의 시작활동은 첫 시집『망향』의 수록시편들을 기준으로 그 이전과 이후로 구분된다.『망향』의 시편들 가운데서 그 발표가 가장 앞섰던 <한잔 물>을 기준하면 초기를 1926~1932년까지로 볼 수 있고, 1933~1939년까지를 중간기로, 그리고 그 이후 월파가 사망하기까지를 후기로 구분할 수가 있다. 그런데 전술한 것처럼『망향』의 시편들과 같은 기간에 각 지상에 발표되었지만, 시집에 수록되지 않는 시편들도 상당수가 있다. 이것들은『망향』의 시편들을 중심으로 한 중간기의 시를 논할 때 구체화하기로 하고, 여기서는 그 이전의 초기시편들을 대상으로 논의하기로 한다.

일어나거라	동아일보(1926.10.5)
나의 꿈	조선일보(1929.11.3)
時調四首	조선일보(1929.11.5)
동무야	조선일보(1930.2.6)
이날도 앉아서	
기다려볼까	조선지광(1930.3)
내 사랑아	조선일보(1939.4.3)
春怨	동아일보(1930.4.15)
그 무덤 푸른 풀의	
뿌릴 잔이니	조선일보(1930.5.16)
지는 꽃	조선일보(1930.7.27)
내 마음	조선일보(1930.7.30)
無題	조선일보(1930.7.31)

내 넋의 웃음	조선일보(1930.8.3)
떠나는 노래	조선일보(1930.8.8)
나는 노래 부르네	조선일보(1930.8.12)
반갑다고만 할까	조선일보(1930.8.23)
白頭山吟五首	신생(1930,10)
定界石築을보고(2首)	
無頭峰에 올라	
白頭山頂에서	
天池가에서	
찾는 맘	동아일보(1930.11.11)
모를 일	동아일보(1930.11.12)
無常	동아일보(1930.11.14)
그러나 거문고	
줄은 없고나	동아일보(1930.11.16)
내 마음	조선일보(1930.11.22)
殺妻囚의 질문1·2	조선일보 (1930.11.30~12.1)
나는 북을 울리네	조선일보(1930.12.27)
失題	이화(1930.12)
어이 넘어 갈거나	이화(193012)
時調六首	이화(1930.12)
내 生命의 참詩 한 首	동아일보(1931.12.19)
적은 그 자락	
더 적시우네	동아일보(1931.12.22)
無題	동방평론(1932.4)
無題	동방평론(1932.7)
크로바	이화(1932.10)
기다림	이화(1932.10)
無題	이화(1932.10)
無題	이화(1932.10)
가을	이화(1932.10)

위에 든 시편들이 월파의 초기 작품들이다. 『망향』의 시편들이 발표되기 이전, 그러니까 1926~1932년도까지 당시의 신문이나 잡지에 수록된 것들이다. 『월파 김상용전집』이 출간되기 이전에는 이들 작품에 대해서 거의가 논의되지 않았었다.

2) 중간기의『망향』에 수록된 시편들

『망향』은 문장사에서 펴낸 월파의 첫 시집이기도 하면서 마지막 시
집이기도 하다. 이후『망향』을 이화여대 출판부에서 재출판했다. 이외
에 여타 시집을 발간하지 않았다.

시집『망향』에는 기획시편인 <마음의 조각> 8편을 포함하여 전체
가 27편의 시가 수록되어 있다. 이것들은 당시의 신문이나 잡지에 일차
발표됐다. 제시하면 다음과 같다.

南으로 窓을 내겠오	문학(1934.2)	
서그픈 꿈	신가정(1935.7)	
노래 잃은 뻐꾹새	조광(1936.3)	나는 노래 잃은 뻐꾹새
반딧불	이화(1937.6)	
괭이	신동아(1936.8)	
浦口	조광(1938.11)	
祈禱	이화(1937.6)	
마음의 조각(1~8)	시원(1935.5)	마음의 조각(1·7·8)
신세기(1939.3)		
黃昏의 漢江	미상	
한잔 물	신가정(1933.5)	
눈 오는 아침	시와 소설(1936.3)	
어미 소	문장(1939.2)	
追憶	문장(1939.2)	
새벽별을 잊고	신동아(1935.12)	
물고기 하나	시와 소설(1936.3)	
굴뚝 노래	조선문학(1936.5)	煙突의 노래
鄕愁	조광(1938.11)	
가을	조광(1938.11)	

나	시원(1935.2)
颱風	신동아(1935.1)

『망향』에 수록된 시편들은 1933년 5월부터 1939년 3월까지 발표됐다. 따라서 『망향』의 시편들이 발표되기 시작한 1933년부터 1939년까지를 중간기로 구분할 수 있다. 이것들 가운데서 <황혼의 한강>만이 발표지가 밝혀져 있지 않다. 아마도 그 발표지를 아직 찾지 못했거나, 아니면 직접 시집에 수록한 것인지 알 수 없다. 이외에도 이들 수록시편들과 같은 기간에 각 발표되었으나 시집에 수록되지 않는 시편들이 상당수에 이르고 있다. 그것들을 들어보면 다음과 같다.

無題	신동아(1933.3)
무지개도 귀하 것만은	신동아(1933.4)
無題	신동아(1933.4)
斷想	신동아(1933.4)
그대가 누구를	
사랑한다 할 때	신동아(1933.5)
祈願	동관총서(1933.7)
盟誓	동관총서(1933.7)
斷想一束	신동아(1933.12)
펜/ 저놈의 독수리	
빌어먹을 놈	
無題吟三首	중앙(1934.1)
無題吟二首	신동아(1934.2)
孤寂	신동아(1934.2)
우리 길을 가고 또 갈까	문학(1934.2)
자살풍경 스케취	문학(1934.2)
卽景	중앙(1934.4)
宇宙와 나	신여성(1934.6)
反逆/ 敗背/憧憬	

斷想	신가정(1934.11)
無題	시원(1935.4)
그대들에게	신동아(19363)
한 것 작은 나	조선문학(1936.9)
박첨지와 낮잠	백광(1937.4)
無題	학해(1937.12)
어린것을 잃고	신생(1933.9)

제시한 작품들은 『망향』의 수록시편들과 같은 기간에 발표됐다. 그런데 월파는 시집에는 수록하지 않았다. 이것들을 제외시킨 까닭은 알수가 없다. 아마도 미처 수습하지 못했거나, 아니면 시적 수준이 그것들만 못해서 일부러 제외한 것인지도 모른다.

3) 『망향』 이후의 후기시편들

월파의 시력으로 보아 후기는 『망향』 이후, 일제 말엽부터 그가 피란지 부산에서 사망하기까지의 기간이다. 편의상 이 기간을, 태평양 전쟁의 발발로 일제의 억압정책이 날로 가중되었던 일제말기와 8·15해방, 그리고 6·25전란으로 이어진 혼란기로 구분할 수 있다. 이 기간에는 월파의 작품 활동이 그리 활발하지 못했다.

먼저 『망향』 이후, 8·15해방 이전까지 각 지상에 발표된 시작품을 들어 보면,

旅愁	문장(1940.11)	
古宮	춘추(1941.3)	
손 없는 饗宴	문장(1941.4)	
山에 물에	삼천리(1941.9)	
病床吟二首	춘추(1941.12)	시조
님의 부르심을 받들고서	매일신보(1942.1.29)	

등과 같다. 물론 이외에도 더 있을 것으로 추정되기도 하지만, 현재까지 밝혀지지 않고 있다. 이들 중 ≪매일신보≫에 발표된 <님의 부르심을 받들고서>는 친일적인 작품이다. 강제 징병과 징용을 찬양하고 일본 천황에 충성을 맹서하는 내용이다. 그 시대 많은 문인들이 일제의 억압정책을 못 이겨 이런 성격의 시와 산문을 쓴 사람들이 상당수 있었다.

이후 8·15해방부터 피란지 부산에서 사망직전까지 발표된 작품들은 그리 많지 않다. 이 기간에 월파는 8·15해방 이후 이화여대 교수로 복직되어 재임하고 있었다.

그날이 온다	경향신문(1946.12.15)
해바라기	문예(1949.9)
旅愁	신천지(1949.11)
鄕愁	새한민보(1949.10.31)
하늘	민성(1950.1)
스핑크스	혜성(1950.3)
苦惱	이화(1950.4)
點景	아메리카(1950.6)

이상이 8·15해방부터 부산에서 사망했던 1951년도까지 발표한 작품들이다. 불행하게도 그는 한참 활동할 나이에 불의의 사고로 사망했다. 그가 좀 더 살아서 활동했더라면 말년의 시작들이 더 많았을 것이라는 아쉬움이 남는다.

4) 번역시편들

월파의 번역시편들은 그의 전공과 관련한 영시가 대부분이다. 특히 집중적으로 발표된 것들 중에는 투르게네프*Turgenev, Ivan Sergevich*의 산문시와 1938년 6월에 최재서가 펴낸 『해외서정시집』에 수록되어 있는 워즈워드*Wordsworth, William*와 바이런*Byron, George Gordon*, 테니슨*Tennyson, Alfred* 등과 같은 영국 낭만주의 시인들의 작품들을 들 수가 있다.

투르게네프의 산문시의 번역은 거의가 1932~33년에 걸쳐서 ≪동아일보≫에 몇 차례 나누어 발표했는데, 그것들을 들어보면 다음과 같다.

시골(동아일보, 1932.2.14)

對話(동아일보, 1932.2.16)

老婆(동아일보, 1932.2.17)

개(동아일보, 1932.2.18)

나와 싸우는 사람(동아일보, 1932.2.19)

乞人(동아일보, 1932.2.20)

참새(동아일보, 1933.8.20)

두 富者(동아일보, 1933.8.20)

來日! 來日!(동아일보, 1933.8.20)

滿足者(동아일보, 1933.9.1)

處世術(동아일보, 1933.9.2)

世上의 終極(동아일보, 1933.9.5)

마―샤(동아일보, 1933.9.17)

바보(동아일보, 1933.9.22)

髑髏(동아일보, 1933.10.1)

勞動者와 白手人(동아일보, 1933.10.8)

투르게네프의 산문시는 우리나라에 일찍부터 소개됐다. 육당 최남선 六堂 崔南善이 ≪청춘≫지를 통하여 <걸인乞人>을 '문어구'[71]란 제목으로 번역 소개한 것을 시작으로 1910년대 말 김안서金岸曙가 ≪태서문예신보≫에 소개했고 1920년대 초에 나도향羅稻香이 ≪창조≫지에 번역한 바 있다. 대체로 거의 같은 작품들이다. 월파의 경우도 유사한 작품들을 번역 소개했다.

이렇게 번역 소개된 투르게네프의 산문시는 보들레르Baudelaire, Charles의 산문시와 함께 우리나라 산문시의 형성에 많은 영향을 미친 것으로 생각된다. 보들레르보다 투르게네프의 산문시 소개가 훨씬 더 많은 것으로 보아 최남선을 비롯한 소월 최승구素月 崔承九·유암 김여제流暗 金興濟·소성 현상윤小星 玄相允 등이 1910년대 중반에 시도한 산문시 형식은 투르게네프의 산문시의 영향을 받은 것으로 보인다. 이것은 당시 일본을 매개로 수입 번역된 것으로 추정된다. 왜냐하면 이들 대부분이 일본 유학생 신분이었기 때문이다. 더구나 당시 일본 근대문학 형성에 프랑스문학 뿐만 아니라. 러시아문학도 영향을 미쳤다는 전제를 간과해서는 안 된다.

투르게네프 산문시 외에도 영국 낭만주의 시인들의 많은 작품들을 번역 소개했다. 워즈워드Wordsworth, William·바이런Byron, George Gordon·테니슨Tennyson, Alfred 같은 영국 낭만주의 시인들의 작품들을 번역 소개했다. 1938년 6월 인문사에서 최재서가 펴낸 『해외서정시집』에는,

바이런	내 魂은 어둡다	告別의 노래
Byron	第三十三誕日에	
테니슨	참나무	壁 틈의 한 송이 꽃
Tennyson	울려라 요란한 종아	깨어져라
沙洲를 넘어서		
워어즈워드	무지개	웨스트민스타橋
Wordsworth	水仙	三月의 노래
哀詩		

등이 수록되어 있다.72) 영국 낭만주의 시인들의 감상과 낭만의 정조들

이 월파의 『망향』에 수록된 시편들의 연관성을 찾기도 한다. 이외에도
이 시기 월파의 번역시편들이 상당수 있는데, 이것들을 제시하면,

바다를 그리는 노래(죤 메이스필드, 조선일보, 1930.7.29)
에너벨·리―(포―, 신생, 1931.1)
로―스·에일머(렌더―, 청년, 1931.2)
希臘古甕賦(키―츠, 신생, 1931.5)
낯익은 얼굴(찰스 램, 신생, 1931.6)
廢墟의 사랑(브라우닝, 신가정, 1933.6)
無題(데이비스, 신생.1933.7)
空虛(유진 리, 해밀턴, 신가정, 1933.8)
悲嘆(쉘리, 조선일보, 1933.9.5)
探究者(죤 메이스필드, 동아일보, 1933.10)
杜鵑賦(키―츠, 중앙, 1933.11)
연못에 오리 네 마리(윌리암 엘링암, 중앙, 1934.9)
六月이 오면(로벗 부리지스, 중앙, 1934.9)
어머니의 꿈(윌리암 번즈, 신가정 1936.5)
'루바이얄' 抄譯(오―마―카이얌, 춘추, 1941.7)
劉芙蓉孃 獨唱歌詞(동아일보, 1938.4.14~15)

등과 같다. 이들 번역시편의 대부분이 영국 시인들인데, 영문학을 전공
한 월파의 문학적 취향도 연관된다고 할 수 있다.

2. 산문 활동—수필 및 기행문과 문학평론 및 기타

월파의 산문으로는 '기행 및 등반기와 생활 단상으로서 수필유형' 그리고 '문학평론'과 '등산'에 관한 글, 이밖에 잡조雜組로서 문학좌담과 설문답設問答 등과 같은 것을 들 수가 있다. 이들 산문을 유형별로 구분하여 살펴보기로 한다. 국토 자연의 탐방기와 기행문은 당시의 그 어느 시인이나 작가에 못지않게 다채롭게 펼치고 있다는 것을 알 수가 있다. 그가 무척 산행을 좋아했고 이것이 바탕이 되어 전문 산악인으로서의 등반 지침을 작성한 것으로 추정되기도 한다. 그는 이 무렵에 한국산악회 회장까지 역임했다고 전해진다.

1) 기행 및 수필 유형의 글들

월파의 산문집은 1950년 2월에 수도문화사에서 출간된 『무하선생방랑기無何先生放浪記』가 있다. 이 산문집에 실린 것들은 이전에 ≪동아일보≫에 연재된 것들을 책으로 엮은 것이다. 이외에도 이런 유형의 산문들이 ≪조선일보≫·≪이화≫·≪중앙≫·≪신동아≫·≪여성≫·≪삼천리문학≫·≪동아일보≫·≪조선중앙일보≫ 등에 발표됐는데, 이것들은 다음과 같다.

> 白雲臺를 찾아서(조선일보, 1929.11.26~12.1)
> 晚秋 속의 하루 해
> 北岳山 등덜미
> 산새들의 옛 노래
> 仁壽峰의 雄威
> 잃어진 소리—山窓漫話(이화, 1931.3)
> 關東八景踏破記(조선일보, 1931.7.2~8.29)

百年 後의의 새 세상1~2—空想家의 漫筆(동아일보,1932.1.9~10)

朝鮮의 山岳美(중앙, 1933.12)

'빡스'는 어딜 갔나?(신동아, 1934.1)

東海沙場의 神秘한 밤—生과 無의 幻影 속에서(중앙, 1934.8)

蓬窓散筆(조선중앙일보, 1934.8.22~9.29)

路上有感(중앙, 1934.11)

無何先生放浪記(동아일보, 1934.11.6~12.27)

英文學에 나타난 돼지(조선중앙일보, 1935.1.1)

이미 十六年(신동아, 1935.2)

내 봄은 明月館 食輸子—봄을 기다리는 맘(동아일보,1935.2.23)

記憶의 조각조각—내가 私淑하는 內外作家(동아일보, 1935.7.25~30)

그믐날(중앙, 1936.4)

豆滿江畔의 一夜(조광, 1936.7)

虛無感을 받은 그 時節—日記(신동아,1936.8)

寒脣溫話(조선일보, 1937.1.20~21)

秋夜長—人物 있는 가을 風景(동아일보, 1937.9.11~14)

愚夫愚語(삼천리문학, 1935.1)

春宵譫語(동아일보, 1938.2.25)

山岳—自然과의 對話集(동아일보, 1938.6.2)

無何錄(동아일보, 1938.8.17~24)

밤(동아일보, 1938.9.9)

讀書頌(동아일보, 1938.11.1)

獵兎漫語—文學과 토끼(동아일보, 1939.1.2~5)

待春賦(매일신보, 1942.3.15)

이외에도 발굴되지 않는 산문들이 더 있을 추정되기도 하지만, 그것들은 앞으로 보완해야 할 과제로 남아 있다. 아무튼 위에 제시된 산문에서 몇몇의 내용을 요약해 보기로 한다.

① 「백운대白雲臺를 찾아서」는 1929년 11월 26~12월 1일자까지 ≪조선일보≫에 연재된 것이다. 친구 두 사람과 함께 '백운대' 등반을 마치고 돌아와 그 등반 과정에 있었던 감상感想과 경외감敬畏感을 기술한 것이다. '만추晩秋 속의 하루해'·'북안산北岳山 등덜미'·'산새들의 옛 노래'·'인수봉仁壽峰의 웅위雄威'등의 내용을 항목화 하여 연재했다. 백운대 정상까지 그 왕복의 길은 매우 멀고 험하지만 자신은 산과 물을 좋아해서 백운대를 자주 오른다고 한다. '서울'을 둘러싸고 있는 산과 강물, 그리고 저 광활하게 펼쳐지는 들판의 아름다움을 예찬하고 있다.

② 「관동팔경답파기 關東八景踏破記」는 1931년 7월 2~8월 29일자까지 ≪동아일보≫에 연재된 기행문으로, '자연의 시'·'발정發程'·'명경대明鏡臺의 정취'·'자연 속의 인생'·'조선의 노래' 등으로 구성됐다. 글은 친구와 무겁게 여장을 꾸려 출발하는 것으로 시작한다. 열차를 타고 추풍령을 넘어 대구에 도착하자마자 버스로 갈아타고 경주를 거쳐서 포항에 도착했다. 도보로 목적지인 영일만迎日灣 해변의 백사장에 당도해서 그곳에서 며칠 동안 야영野營을 하고 돌아오는 여행과정을 담았다. 저 멀리로 끝없이 광활하게 펼쳐진 동해의 맑고 푸른 물결에 월파는 크게 감동한다. 수많은 어선들이 넘나들고 어부들의 거칠고 투박한 말 속에서 따스한 인정을 나누면서 우리 민족의 명맥命脈을 오랫동안 끈질기게 이어온 삶을 짚어보기도 한다.

③ 「백년 후의 새 세상─공상가의 만필」은 1932년 1월 9~10일자까지 2회에 걸쳐서 ≪동아일보≫에 발표된 것으로, 등장인물인 화자의 자전적인 꿈 이야기를 내용으로 한다. 등장인물인 '나'와 누이 동생인 달

영은 학식도 갖추고 총명한 신여성이다. 두 사람은 의기투합하여 부모 형제가 없는 고아 남녀 각 열 명씩 맡아서 기른다. 이렇게 그 고아들이 장성해서 사회로 진출하면 달영과 함께 각기 열 명씩 기르기를 계속 이어가다 보면, 아주 이상적인 나라가 된다는 것이다.

④ 「조선의 산악미山岳美」는 1933년 12월호 ≪중앙≫에 발표된 산문이다. '산'에 오를 것을 권고하면서, 백두산에서 한라산에 이르기까지 각 도의 명산들을 예로 들고 있다. 백운대와 인수봉으로부터 비롯되는 북한산 일대와 관악산과 불암산에 이르기까지, 그리고 백두산과 한라산 사이에 위치한 묘향산·낭림산·구월산·천마산·금강산·설악산·속리산·계룡산·지리산·태백산 등 이외에도 많은 명산들을 열거하고 있다.

⑤ 「봉창산필蓬窓散筆」은 1934년 8월 22~31일까지 ≪조선중앙일보≫에 몇 차례 나누어 발표됐다. '가난한 선비의 집'이란 '봉창산필蓬窓散筆' 제목처럼 그날그날의 생활 단상을 기록한 것이다. 이 글의 서두 '제題를 붙이며'에서 월파는 말하기를,

> 그대는 내 마음의 치구외다. 내 속을 통틀어 말씀드릴 지기知己외다. 나는 이때껏 그대를 찾았나이다. 산에서 찾고 물에서 찾고 들과 모험 속에서 찾았나이다. 그러다가 그리운 그대를 마침내 이곳에서 만났나이다. 내 가슴이 희열에 뜀이 무리가 아닐 것이외다. 그대는 내 마음의 거울, 내 감정의 공명체입니다. 그대는 나를 이해하실 뿐 아니라, 나를 동정하십니다. 내 설움이 있을 때 나는 그대를 붙들고 울 것이외다. 내 울분이 있을 때, 나는 그대와 함께 뛰고 무료할 때, 그대와 함께 들 가를 배회하리이다.73)

라 하고 있다. 여기서 '그대'는 자기 자신을 두고 한 말인 것 같다. 월파는 자기 자신, '마음의 거울'을 대상으로 생활단상을 쓴 것이다. '가상소감街上所感'·'외식外飾과 진정眞情'·'용이 지렁이를 낳고'·'다람쥐의 현명賢明'·'그는 왜 지식을 죽였나'·'제멋의 인생'·'모를 일'·'서구인의 탈놀음'·'배倍냐 영零이냐?'·'불만송不滿頌'·'식염주사를 맞는 중병자들'·'차중유감'등을 담고 있다.

⑥「무하선생방랑기無何先生放浪記」는 1934년 11월 6일부터 같은 해 12월 27일까지 총 30회에 걸쳐서 ≪동아일보≫에 연재한 산문이다. 1950년 2월 수도문화사에서 단행본으로 출간했다. '무하無何'는 마음 놓고 울지도 못하고 웃지도 못하면서 비통의 세월을 보내고 있다. 그는 미쳤거나, 아니면 거짓으로 미친 척 하면서 광태狂態나 벙어리로 '요강尿鋼' 같은 세월과 인생을 살아간다. 월파의 퍼소나인 '무하'는 해박한 지식을 바탕으로 장황한 요설饒舌과, 때로는 재치 있는 재담과 해학으로 요강과도 같이 건건 찝찝한 세상을 살아가는 인생을 거침없이 희화한다.

나귀를 벗 삼아 방랑의 길을 떠나는 '무하'는 나라를 잃고 어두운 암흑세계를 벙어리로 살아가는 우리 민족 모두를 지칭하기도 한다. 그래서 벙어리, 곧 미친 사람처럼 살아가는 '무하'는 나도 되고 너도 된다. 독자뿐만 아니라. 이 세상 요강과도 같은 인생을 살아가는 모든 사람들이 되기도 한다.

세상이 싫어진 무하는 그의 유일한 벗인 나귀만을 데리고 방랑길에 나섰다가, 종국에는 그 나귀마저 팔고 돌아오는 서글픈 신세가 되고 만다. 그는 유일한 벗인 나귀조차 팔수밖에 없었던 자신이 너무나도 싫어졌다. 어렵고 절박한 상황이라 할지라도 수족처럼 부리고 사랑했던 나귀를 팔고도 아무렇지 않게 돌아서 오는 자신의 삶 자체가 요강일 수밖에 없었다. 그래서 무하, 곧 작자인 월파에게는 온 세상이 요강과도 같고, 우리 인생의 삶 자체가 요강과도 같지 않는 것이 없다고 한 것인지도 모른다.

⑦「영문학에 나타난 돼지」는 1935년 1월 1일자 ≪조선중앙일보≫에 발표된 것으로, 돼지해(乙亥)와 연관된다. 찰스 램과 그의 누이 메리 램이 함께 사는 집에 콜리지·윌리엄 해즐릿·토마스 만·리 헌트 등이 찾아와 대화를 나누었다. 대화중에 '군 돼지'에서 힌트를 받은 찰스 램이 「군 돼지고기론」을 주제로 글을 쓴다. 월파는 찰스 램이 재치 있는 필치로 '군 돼지고기론'을 썼다고 평가하며 찰스 램에 대하여 말하기를,

> 찰스는 웃음과 눈물을 함께 가진 가장 인간적인 시인이었다. 그의 심정이 그러하고, 그의 생활이 그러하고, 그의 문학이 또한 그러하였다. 나는 "쇼는 없어져도 램이 없어질 이유는 없다"는 어떤 친구의 말을 지금도 기억한다. 눈물과 웃음! 이것이 인생의 참 그림자가 아닐까? 이 그림자를 진실하게 표현하는 것이 문학의 사명이 아닐까?74)

라고 하고 있다. 여기서 월파는 찰스 램의 인간적인 면과 재치 있는 필치를 강조해서 소개하고 있다.

⑧「추야장秋夜長─인물 있는 가을 풍경」은 1937년 9월 11·14일자 ≪동아일보≫에 발표됐다. "'인생이 일장의 헛된 꿈' 슬픈 노래를 부르지 말라"고 한 롱펠로우의 시를 서두로 하여 토마스 하디의 테스 이야기,

그리고 어느 산골의 가난한 집에서 태어난 '숙淑'의 불행한 일생을 그리고 있다. 숙은 어려서 부모를 여의고 할머니의 밑에서 자랐다. 숙은 보통학교를 겨우 수료했다. 남의 도움으로 여고보를 거쳐 이화여전의 과정을 마치고 몇 해 동안 교원생활과 모교의 사무원과 모여성기관의 간사 직책을 맡아서 활동하기도 했다. 그리고 결혼하여 가정을 이루고 자녀까지 두었으나, 얼마 지나지 않아 불행이 닥쳐왔다. 아이가 병들고 남편마저 병들어 향리로 떠났고, 숙이도 병들어 혼자서 죽고 만다는 것을 내용으로 하고 있다.

⑨「엽토만어獵兎漫語」는 1939년 1월 5일자 《동아일보》에 발표된 것으로, 우리 전래의 설화 별주부전鼈主簿傳을 주제로 하고 있다. 남해의 용왕인 광리왕廣理王의 병을 치료하고자 토끼의 간을 구하기 위해 육지로 나간 자라와 토끼 사이에 발생한 사건을 풍자와 해학으로 풀어낸다.

　　속인 놈을 '속임'으로 갚았는지라 다시 간을 내들고 사지死地를 찾아간 토선생은 물론 아니었다. 그러해 이 설화는 동화인 듯 우화인 듯 이곳에서 끝이 나거니와 하여튼 토공문학兎公文學의 대작이 이 별주부 일편에서 이루어진 것은 '토끼'를 맞이한 이 해의 우리의 자랑이다. 대조선 문학의 대부분이 그러한 것같이 풍자 해학이 도처에 미만해 씹을수록 새 맛이 진진하다. 다만 현기가 날 정도로 한학적 사실漢學的史實을 내 적은 것이 작품의 큰 병폐이다.75)

토끼해(丁卯年)를 맞아 세시풍속歲時風俗의 일환으로 별주부 설화를 인용한 산문이라 할 수 있다.

⑩「무하록無何錄」은 1938년 8월 17~25일자까지 《동아일보》에 연

재된 산문으로, 그날그날의 생활 편상片想이라 할 수 있다. '맹아盲兒'·'거리의 영웅'·'우감偶感'·'역설逆說'·'부성애父性愛'·'문답問答' 등으로 이루어졌다. 그날에 있었던 일 가운데 하나를 주제로 삼고 쓴 것이라 할 수 있다. 그중에서 할머니와 어린 손자를 안고 어르는 '문답'의 마지막 장면을 보면, 이렇게 되어 있다.

"그럼, 좀 죽어보렴, 죽으면 뭐 알줄 아니." "돌아가시면 어디로 가시겠소." "가보지 않아 모르겠다. 뚱딴지 같이 그런 건 왜 묻니?" "이 책에 있어요, 참 훌륭한 철학자가 쓴 책이에요" "그런 도깨비 들린 책 읽지 말고, 어서 마루걸레라도 쳐라, 그런 책 모르고도 칠팔십 살았다." 철학자의 근시된 얼굴은 본체만체, 할머니는 달랑달랑 그저 손자를 어른다.76)

2) 문학평론 유형의 글들

월파의 문학평론은 그리 많지 않다. 영문학 전공자로서 해외문학 작가의 이입과 소개에 관련된 것들이 많고, 일반 문학평론은 소략하다. 평론 유형의 글들을 들어보면, 다음과 같다.

大戰 影響으로 通俗化(동아일보, 1930.4.16)
씽클래어 小傳(신동아, 1934.11)
오—마—카이얌의 '루바이얕' 연구(시원, 1935.2~12 총 4회)
記憶의 조각조각—내가 私淑하는 內外作家(동아일보, 1935.7~30)
世界的인 文藝家列傳(조선중앙일보, 1934.1.1~4.8)
文學手帖
① 似而非序言(동아일보, 1936.8.21)
② 참나무(테니슨, 1936.8.22)
③ 틈난 한 송이 꽃(테니슨, 1936.8.22)

④ 바이런의 虛無感·1(동아일보, 1936.8.25)

⑤ 바이런의 허무감·2(동아일보, 1936.8.26)

詩(시와 소설, 1936.3)

嶺雲詩集 讀後感(동아일보, 1933.10.22)

文學의 貞操(동아일보, 1937.6.4)

위에서 해외문학의 이입과 소개로 1930년 4월 19일자 ≪동아일보≫
에 발표된 「대전 영향大戰影響으로 통속화」(영국문단)이란 평문을 들 수
있다. 아울러 「싱클레어 소전小傳」과 「오마르 카이얌의 ‘루바이야트’
연구」가 있고, 「문학수첩」으로, 「사이비서언似而非序言」과 테니슨의
<참나무>와 <틈난 벽의 한 송이 꽃>과 「바이런의 허무감」 등이 있
다. 「대전영향으로 통속화」는 본격적인 논문이라기보다는 제의題意 그
대로 영국문단을 개략적으로 소개한 글이다.

① 「싱클레어 소전」은 1934년 11월호 ≪신동아≫에 발표된 논문으로,

　‘압튼 싱클레어’는 미국 프로문단의 제일인자요, 사회주의 문학의
　세계적 존재다. …… (하략)……[77]

를 서두로 싱클레어Sinclair, Upton Beall의 생애와 문학사상을 소개하고
있다. 특히 그의 출세작인 ‘시카고 ‘수육왕국獸肉王國의 대파업大罷業’을
주제로 한 「정글The Jungle」과 콜로라도주의 탄광지대에서 일어난 대파
업을 주제로 한 「석탄왕King Coal」을 예시하며 싱클레어의 사회주의적
경향을 강조한다. 그러나 이 논문은 저자 자신이 그 말미에서,

　수월 전 ≪조선중앙일보≫를 통하여 ‘싱클레어’의 변변치 못한 소

개를 해본 일이 있다. 그러나 필자의 분망소치奔忙所致로 끝을 내지 못하였다. 그 후 소한小閑을 얻어 그 소개를 마쳐본 것이 소론이다.[78]

라고 하였듯이, 이미 발표된 것을 다시 보완한 것으로, 그 시기를 좀 더 이전으로 소급해서 잡을 수도 있다. 아무튼 전신자轉信者로서 월파는 싱클레어의 사회주의적 문학사상을 마르크시즘Marxism적인 차원이 아니라, 리얼리즘적인 차원에서 소개하고 있다.

그의 사회주의는 마르크스주의를 토대로 한 유물사관적 사회주의가 아니었다. 그의 사회주의는 기독교적 박애주의를 근거 삼은 인도주의적 사회주의였던 것이다. 그는 '예수'의 사상 내지 주의의 공명자다. 어찌 보면, 그의 신봉자인 것도 같다. 그는 예수를 신봉하고 공명하나 예수교에 귀의하는 것은 아니다. 그는 예수교를, 특히 현존하는 예수교를 매도한다. 그는 예수교를 위시하여 현존하는 모든 종교를 공격한다. 신앙에 귀의해버릴 그가 아니다. 종교적 허식을 시인할 그는 더욱 아니다. 종교를 적어도 미국에 현존하는 모든 종교를 그는 대중의 인식안認識眼을 엄폐하는 폐물로 본 것이다. 그는 종교를 이용하여 대중을 기만하는 도당徒黨을 미워하고, 그러한 도당의 주구走狗가 되어 만착瞞着을 시사是事하는 종교가들을 타기한 것이다. 이런 의미에서, 그는 예수교를 신봉은커녕 반대하는 것이다. 그러나 예수를 추모한다. 종교가로서의 예수가 아니라, 혁명가로서의 예수를 동지라 불렀다.[79]

이상은 해외문학의 이입과정移入過程에서 그 번역과 소개자로서의 전신자적 태도가 잘 표명되어 있는 부분이다. 싱클레어는 미국의 프로문학 작가이면서도 마르크스 사상과는 전혀 다르게 미국사회의 종교의 이면적 부조리를 폭로하여 그 진상을 밝힌 리얼리즘 작가이다. 그래서 싱클레어의 문학사상은 "인도적이요 기독교적이며 쇼우적"이라는 것이다.

② 「오마르 카이얌의 '루바이얏' 연구」는 1935년 2월에 창간된 시지 ≪시원≫ 제4호를 제외한 동 제1~5호까지 4회에 걸쳐서 연재된 긴 논문이다. 오마르 카이얌Omar Khayyàm의 시집 『루바이얏Rubàiyat』을 번역 주해註解했다. 『루바이얏』은 원래 피츠제럴드Füzgerald, Edward에 의해서 영역된 『오마르 카이얌의 루바이얏Rubaiyat of Omar Khayyàm』(1859)으로 세계에 널리 알려진 영역시英譯詩 가운데서 백미白眉라고 소개한다. 아무튼 월파는 오마르 카이얌의 '루바이얏'의 연구의 말미에서,

> 이 시에 포함된 철학에 대하여 그 사람에 따라 평가를 달리할 것이다. 혹 이런 시의 불필요를 말하는 이도 있을게다. 혹 이런 시의 소개를 해독시하는 인사도 있을지 모른다. 그러나 원작자가 인생의 전면은 몰라도, 적어도 어느 일면의 진리는 확집確執했던 것이 사실이다. 그는 그 진리를 가장 미묘美妙하게 표현하였다. 의견은 자유요 절대다. 이 시의 불필요, 혹 이 시의 소개의 해독시를 고집하는 이가 있다면, 그 고집은 그의 완강頑强에 맡겨둘 것이다. 필자는 이 문장의 수려, 조사措辭의 섬세 만으로도 일독의 가치가 충분한 이 작품을 동호자와 함께 연구해보려는 것뿐이다.[80]

라고 그의 전신자적 이입태도를 밝히고 있다. 그리고 「오마르 카이얌의 '루바이얏' 여구」는 2~4회까지 피츠제랄드의 영역시를 대본으로 하고 그 원문·주해註解와 시조역, 그리고 중국 곽말약郭末若의 한역문漢譯文을 참고로 제시한다.

Awake for Morning in the Bowl of Night

Has flung the Stone that puts the Stars to Flight

And Lo! the Hunter at the East has caught

The Sultan's Turret in a Noose of Light

주해註解: 약

잠을 깨오. 아침은 밤하늘에

돌 던져 별들을 쫓아버렸소

동천東天에, 저 보오. 아침 해 솟아

살턴 성城 첨탑을 비치어 주오.

주해註解: 약

밤빛이 거치도다 별마저 사라지고

살턴 성 뾰쪽 탑에 아침별이 찬란코야

눈결에 가는 하루를 일어 맞이하여라.

중국 곽말약의 한역漢譯

城아! 太陽驅散了群聲(星)

暗夜從空中逃遁

燦爛的金箭

射中了鮮丹的高瓴

위는 「오마르 카이얌의 '루바이얏' 연구」 중의 시 번역의 일례를 참고
로 제시한 것이다. 영역英譯된 원문 바로 이어서 각 어휘의 뜻을 밝혀 주
해하고 의역意譯하고, 시를 해석한다.

광음이 백대百代의 과객過客임은 이백李白의 탄탄歎만이 아니다. 부
생浮生이 약몽若夢키로 '카이얌'도 사람의 일생을 하루 여정旅程에 비
하였다. 청춘이 몇 날이뇨. 건듯 갈 것이 오. 일생이 또한 눈결에 끝

날 것이다. 가면 또는 못 오는 그 길이 아닌가. 과거는 이미 간 날이다. 미래가 꼭 내게 오리라. 기필期必할고. 구애준순拘碍逡巡치말고 있는 이 날을 즐기자는 뜻이 그 속에 잠겨 있다.81)

월파는 인생은 한바탕의 꿈과도 같고 허무하기 이를 데 없음은 동서가 다르지 않다고 말한다. 시를 단순히 번역하는데 그치지 않고 여러 가지 차원에서 다양하게 소개하고자 하는 시도는 독특하다. 한마디로 월파는 그 연구 주제에 맞게 전신자적 태도를 표방하는 것이다.

우리나라에서 『루바이얏Rubaiyat』의 시편들이 번역 소개된 것은 이미 있었다. 그런데 그는

이는 거년去年 《조선중앙일보》를 통하여 일시 발표하던 변변치 못한 연구다. 그래 미필未畢한 것을 섭섭히 여기던 바, 이번의 기회를 이용하여 전편을 소개하고자 하는 바다.82)

라고 있다. 결국 월파 자신이 미흡한 점을 보완하고자 한 것이, 바로 이 작업이었다는 것이다. 당시 오마르 카이얌의 『루바이얏』의 시를 우리나라에 이식한 것은 월파가 유일했다.

『루바이얏』에 대한 월파의 관심은 이후로도 지속된다. 그것은 이보다 6년 뒤인 1941년 7월호 《춘추》지에 발표된 「루바이얏 초역抄譯」이 그것을 잘 말해준다. 아마도 「루바이얏」에 대한 이러한 관심은 그 시작에 영향을 미쳤을 가능성도 배제할 수 없다고 본다.

③ 「기억의 조각조각」은 1935년 7월 25~30일자까지 3회에 걸쳐서 《동아일보》에 발표됐다. 월파가 어려서부터 대학을 마칠 때까지 문

학서적을 읽었던 기억을 떠올리는 글이다. 초등학교에 입학하기에 앞서 한학을 공부하던 시절, 이백李白이나 도연명陶淵明과 소동파蘇東坡를 읽었던 기억을 떠올리는가 하면, 중등과정과 대학 시절을 통하여 톨스토이의 『부활』을 비롯한 『인생론』·『성욕론』 등과 인도印度의 시성詩聖 타고르의 『기탄자리』·『초생달』·『월정』, 그리고 투르게네프의 『연기』를 비롯한 『루딘』·『전날 밤』·『처녀지』·『산문시』·「엽인일기獵人日記」 등을 읽으면서 심취했고 바이런의 시를 비롯하여 셸리·키츠·테니슨 등과 같은 많은 시인들의 작품인 <운작부雲雀賦>·<비탄悲嘆>·<서풍부西風賦>·<두견부杜鵑賦> 등을 읽고 감동받았던 기억이 대부분이다. 그리고 영국의 시인과 작가로서 골스워디·하디·엘리엇·오스카 와일드·스티븐슨 등을 읽었던 기억을 떠올리기도 한다.

④ 「세계적인 문예가 열전」은 1934년 1월 1~4월 8일자까지 ≪조선중앙일보≫에 연재된 것으로, 앙리 바르뷔스와 길벗 키스 체스터톤과 그리고 존 메이스필드 등의 생애와 문학을 소개한다. 이 논문의 머리에서 "올해로 수년壽年을 맞는 그들의 '돌잡이' 노리의 적은 한 선물이 된다면 필자의 뜻은 이에 족하다"[83]라고 한 것처럼 그 해로 갑년甲年, 곧 60세를 맞는 시인들을 선정해서 그들의 생애와 문학에 대하여 요약 소개한다고 그것의 의도를 밝히고 있다.

프랑스의 앙리 바르뷔스는 1873년 파리에서 출생했다. 아버지는 프랑스인이고 어머니는 영국인이다. 부계父系로 부터 명민성明敏性과 이지理智를, 모계母系로 부터 심층성 및 견실미를 갖추고 태어났다고 한다. 직접 전쟁 체험을 소재로 한 보고문학인 『포화砲火』로 일약 명성을 떨쳐서 1917년에 콩구르상까지 수상했고 일약 세계문단의 총아가 되어 프

롤레타리아 문학계의 중견이 됐다는 것이다. 그는 사회주의 사상의 선전 내지 실현을 천직으로 알고 정치문제와 사회문제를 연구하기 위해 많은 글을 써서 주전주의主戰主義사상을 배격하고 평화주의 사상의 수립에 매진하였다고 한다. 앙리 바르뷔스의 작품으로는 『박쇄縛鎖』(1925)·『야소耶蘇』(1927)·『지자智者의 목록目錄』·『여사여사如斯如斯』 등이 있다.

길벗 케이드 체스터톤은 영국 런던 출신 중등교육을 받고 곧바로 시 제작에 몰두하였다. 그는 문학 이외에도 미술에 관심이 지대해서 1891년에 스레이드 미술학교에 입학하여 미술을 전공하기도 하였다. 1905년부터 1920년까지 하루도 빼놓지 않고 글을 써서 발표한 초법적超凡的인 작가로 유명하다. 그는 자유당의 일원이며 사회주의 신봉자로 분배주의자 연맹을 결성하여 활동하기도 하였다. 그의 저술로는 『황당荒唐한 기사騎士』·『마술魔術』·『존슨박사의 판단』·『영국소사英國小史』·『불멸不滅의 인人』·『이것을 생각하라』 등이 있다.

끝으로 존 메이스필드는 헤리포드쉬 렐베리 출생이다. 일찍 부모를 여의고 숙모에게 의탁하여 자랐다. 어려서부터 모험을 좋아했고, 공부보다는 심산유곡을 찾아 자연의 장엄미를 음미하는 것을 유일한 즐거움으로 삼았다고 한다. 우연히 만난 서점가의 사람들을 통하여 초서를 비롯하여 키츠·셸리·밀턴·토마스 브라운·드퀸시·스티븐슨 등과 같은 시인들의 작품들을 읽으면서 시 제작에 몰두하기도 하였다. 특히 밀턴의 『실락원』은 그가 애호해서 그 대부분을 암송하기까지 하였다고 전해진다. 그는 영국의 제21대 계관시인桂冠詩人인 로벗 브리지즈에 이어서 제22대 계관시인으로 선정됐다. 작품으로 『민요집』·『마카렛 선장』·『민요 및 시가집』·『무궁한 은총』·『뒷골목의 과부』·『시가집』·『리버풀의 방랑자』 등이 있다.

⑤「문학수첩文學手帖」은 1936년 8월 21~26일까지 ≪동아일보≫에 연재된 것이다. 「사이비서언似而非序言」을 비롯하여 영국의 낭만주의 시인인 테니슨과 바이런의 시를 설명하고 있다. 말하자면, '문학수첩'①의 「사이비서언」은 그 서두에서,

친한 벗이 있을 때, 나는 기탄없이 내 졸렬한 다변多辯을 농할 적이 있다. 이 때 나는 지낭智囊의 허실을 알아볼 여지도 없이 단말마 적斷末魔的 발악으로 내 아는 것, 모르는 것을 끄집어낸다. 그러나 벗은 홍차의 식어가는 것도 모르고, 종시 미소하지를 않는가? 때로는 처녀처럼 도취의 홍조를 낯에 띄기까지 한다.[84]

라고 말하고 있다. 이것은 그 제목과도 같이 '사이비 서문'이 아닐 수 없다. 아무튼 이 '문학수첩' ②와 ③은 테니슨의 <참나무>와 <틈난 벽의 한 송이 꽃> 등 두 편의 시를 번역해서 간략하게 해설한다. '문학수첩' ④와 ⑤에서는 '바이런의 허무감'이란 제목으로 <제33 탄일誕日의 음음吟>이란 시를 해설하고 있다. 말하자면, 테니슨과 바이런의 생애와 문학에 대해 간략하게 소개하고 시도 제시하며 간단하게 해설한다.

이외에도「영운시집독후감嶺雲詩集讀後感」은 노천명盧天命과 함께 이화여전 제자이기도 한 모윤숙毛允淑의 시집에 대한 서평이다. 이 외에 목숨을 걸고 시와 소설과 수필 등을 써야만 한다는 것을 역설한 「문학의 정조貞操」가 있다. 그리고 월파의 번역 희곡으로 1933년 8월호 ≪신동아≫에 실린 수트로Sutro, Alfred의 「貧窮」이 있고, 번역소설로는 하디Hardy, Thomas의 「안해를 위하여」를 1941년 4월호 ≪문장≫지에 발표했다.

3) 등산에 관한 산문과 기타

월파의 산문에서 등산에 관련된 것이 많다. 등산의 지침이나 '산'을 주제로 한 수필과 평문들이 이에 해당된다. 이에 대해서 소설가 이태준李泰俊을 비롯하여 노천명盧天命, 직장의 동료로서 가깝게 지냈던 일석一石 李熙昇 등은 다음처럼 말한 바 있다.

> ◇ 「계절과 등산에 대하여」·「가을은 등산의 시—즌」, 혹은 「산악미 山岳美에 대하여」……이러한 산악山岳 제목 밑에 떡 버티고 나서는 것은 만장봉萬丈峰 밑에 밧줄을 둘러메고 섰는 김상용, 그 주인공의 사진을 보는 것 같은 실감이 나는 것이다. 다행히 조선의 '몽블랑의 왕자'에게도 월파라는 영어로 성별을 한다면, 'SHE'편에 속할 매우 보드라운 아호雅號가 있다.[85]

> ◇ 등산을 좋아하셔서 백운대白雲臺를 비롯해서 서울 주변의 높은 산봉우리는 아마 다 정복하셨다는 것으로 들었다. 그래서 산악회 회장으로 계셨다.[86]

> ◇ 등산과 하이킹도 매우 좋아하였다. 그를 따라 나도 하이킹을 무던히 많이 하였었다.[87]

이로 미루어 등산지침이나 등반을 주제로 한 산문들의 성격을 알 수 있다. '산'에 대한 관심도 「조선朝鮮의 산악미山岳美」와 「백운대白雲臺를 찾아서」를 비롯하여 등산에 관련된 「여름과 등산」이나 「가을 원족지遠足地 지침」과 「등산백과서登山百科書」 등을 읽으면 잘 알 수 있다.

　　여름과 등산—산에 올라 靈氣를 잡으라(중앙, 1934.7)
　　가을 遠足地 指針(신가정, 1934.10)
　　하이킹 禮讚—春·山·女(여성, 1936.4)

登山百科書(춘추. 1942.8)

이것들 가운데서 「여름과 등산」이나 「가을 원족지 지침」과 「등산백과서」는 제목처럼 등산의 방법과 지침을 논의한 것으로 요약하면 다음과 같다.

① **「여름과 등산」**은 '등산의 목적'·'등산의 절기'·'등산에 대한 준비'·'등산에 대한 주의' 등을 항목화하여 등산방법과 주의사항을 상세히 적고 있다. 그는 등산의 목적에 대해서 이렇게 말하고 있다.

> "산에는 왜 가느냐?" 나는 '산 미치광이'라는 내 말을 지어준 우리 집 사람들에게 이런 말을 흔히 듣는다. 사실 대답할 말이 없다. 하구 종일 아니 유시호십수일有時乎十數日 돌아다녀 와야 소득이란 상처, 빈 밥통, 깜아진 상판 무엇 하나 "이 때문에 갔다 왔소."라고 내놓을 것이 없다. 억지겸兼 진정설토眞正說吐로 "그저 가고 싶어 갔다 왔소" 할 뿐이다.88]

말하자면, 등산가의 목적은 세속적인 공리功利와는 아주 다른 차원에 있다고 주장한다. 맑고 깨끗한 천류川流와 청정한 공기, 산길마다 피어 있는 아름다운 꽃들, 산새들의 노래 소리, 그리고 산세山勢의 장대함과 숭엄미崇嚴美…… 등은 인간의 심령만이 갈구하는 대상으로 세속의 공리를 따져서는 안 된다는 것이다.

② **『가을 원족지 지침』**에서 월파는 그 서두에서 말하기를,

> 여학생 지군이여 서울 근교의 자연을 찾으시오. 그리고 군데군데 끼치어진 서울 근교의 역사를 아르시오. 그 가벼운 신들 메를 기다

리는 거기, 그대들의 그 아리따운 마음을 기다리는 거기―많은 사람들이 오고, 또 갈지라도, 그 자연의 그 역사는 오직 그대들이 찾아오기를 바라는 것이오.………＜중략＞………가시오, 가시오, 가서 저 거룩한 자연의 설법을 받으시오. 또 저 긴 역사의 교훈을 들으시오. 그대들의 몸은 그날로 곧 한 근이 늘 것이오. 또 그대들의 마음도 그 날로 곧 한층 더 높아질 것이오. 그리하여 그대들은 조선의 아름답고 깨끗하고 씩씩한 익은 열매가 되어 주시오.[89]

라고 하고 있다. 말하자면, 저 무한대의 대자연을 배우고, 그 자연의 품속에 담겨진 우리 민족이 살아온 역사를 통해서 교훈을 얻자는 것이다. '순성巡城'이란 제목으로 서울을 둘러싸고 있는 사대문四大門과 사소문四小門의 위치와 그를 통해서 성곽으로 이어진 산길의 노정路程과 시간과 풍경, 그리고 그 비용 등에 대해서 기술하고 있다. 그리고 서울 근교, 경기도 일대에 걸쳐진 소풍코스로서의 명소名所를 적시하여 그 노정과 시간 및 풍경과 고적古蹟에 대해서 기술하고 있는데, 북한산北漢山·우이동牛耳洞·동구릉東九陵·소요산逍遙山·행주幸州·관악산冠嶽山·수원水原·도봉산道峰山·진관사津寬寺이 그것이다.

③「등산백과서」은 '등산의 정신적 의의'·'등산의 절기'·'반도半島의 산악'·'준비'·'대隊의 조직과 지도자'·'입산入山에 관한 주의' 등을 서술하고 있다. 등산에 대한 종합적인 지침이라 할 수 있다. 월파는 세파에 시달리고 지칠 때, 또는 시낭詩囊이 비워져 문조文藻가 메말랐을 때 자주 산악을 찾았다. 등산이 스포츠로서의 신체적 단련도 중요하지만, 스포츠의 한계를 넘어선 수도적修道的 과정으로서의 심령心靈을 정화하는데 보다 큰 의미와 목적이 있었기 때문이다. 아래의 말로 미루어 알 수가 있다.

　등산이 분명 일종의 '스포츠'이기는 하나, 이것이 '스포츠'이면서도 '스포츠' 이상의 일면과 의의를 가진데서, 본시 나의 산에 대한 동경은 시작되었었다.………그러나 등산이 단련과 아울러 수도적 한 과정과 같이 어떤 철학적 분위기로 우리의 심령을 정화해 주는데, '스포츠' 이상의 매력을 우리에게 느끼게 하는 것이 아닐까. 등산가의 한 가지 긍지로 다변을 피하는 일벽一癖이 있으니, 이는 육안은 산봉山峰과 하늘을 보고 오르되, 이 순간 심령은 조용히 고개를 숙여 안으로 성찰하는 겸허를 지키고 있는 때문이다.………동動 중에 정靜을 누리고 저돌적인 순간, 더욱 세심주밀細心周密한 겁나怯懦 속에 용감과 불굴을 숨기고, 겸허하나마 고고화려孤高華麗한 향연을 즐기는 경지에 등산의 유현미와 등산가의 자부가 있다.90)

월파에게 등산은 육신의 단련을 위하여 스포츠로서도 중요하지만, 수도적 심령修道的 心靈의 차원에서도 못지않게 중요했던 것이다.

④ 「하이킹 예찬禮讚」(春·山·女)에서는 여성들에게 봄 산에 올라 자연을 배우라고 한다. 깊은 규방閨房에서 뛰쳐나와 간편한 옷차림으로 산과 들에 나가 자연의 아름다움에 취해보라고 한다. 산이 높다고 하지 말고 거기에 오를 수 있는 훈련을 쌓으라고 한다. 높은 산 정상에 올라 그 아래로 펼쳐지는 장관壯觀을 바라보면서 마음을 활짝 열라고 한다. 폐쇄된 공간에서 움츠러든 삶을 사는 것은 현대여성이 할 일이 결코 아니다. 개방된 사회로 나와 활달하게 마음을 활짝 열고 자아실현을 도모하라는 것이다.

그들은 다섯 시간을 걸었다. 그들은 땀을 씻으며 동장대東將臺를 싸고 돈 것이다. 그들은 지금은 백운대 위에 섰다. 그들은 말이 없다. 그들 앞에 버려진 무한 부에 그들은 망연히 자실한 것이다. 저 차아嵯峨한 산색, 저 장안長安, 저 강, 저 들, 저 마을, 그리고 또 저 산, 하늘, 아―아―, 말은 이런 때 능력이 없다. 해면같이 '아름다움'을 빨

아들이는 저들의 침묵이 얼마나 현명하뇨. 조금 그들은 은밀한 기도
의 법열 속에 있다. 그들의 시가 배태되는 순간이다. 나는 잠시 붓을
놓고 그의 성스러운 탄생을 기다리기로 할까?[91]

여기서 그들은 여성들이다. 아마도 월파가 이화여전 재직 시절에 학
생들을 이끌고 백운대에 올라 그들이 감격해 하는 광경을 이렇게 묘사
한 것이라 할 수 있다. 이 무렵에 이화여전은 물론, 경성보육전문 같은
데도 하이킹 스포츠클럽이 있었던 것으로 생각된다. 이외에도 동산에
관련된 설문답設問答으로「잊지 못할 그 江, 그 山」과「청산녹수靑山綠水」
등이 있다.

4) 잡조雜組－좌담과 설문답設問答

월파 잡조는 문학좌담이나 설문답設問答 등과 같은 성격의 짧은 글들
이다. 먼저 문학좌담과도 같은 것을 들어보면 다음과 같다.

> 문예좌담회(신동아, 1935.9)
> 문학건설좌담회(조선일보, 1939.1.4)
> 新建할 조선문학의 성격좌담회(동아일보, 1939.1)
> 문예정책회의(미상)
> 문학의 제 문제(문장, 1941.1)

그리고 각 잡지사의 기획한 설문답設問答도 상당수에 이르고 있는데
그것들을 들어보면 다음과 같다.

> 선생의 여름(신생, 1932.11)
> 여름방학의 세 가지 계획(신가정, 1933.7)
> 조선을 싸고도는 생각(신동아, 1933.11)

가정 취미문답(신가정, 1934.1)
내가 만일 여자라면(신가정, 1934.7)
추천도서관(중앙, 1934.10)
우물 깃는 쾌락(조선문학, 1936.5)
모자리 망창을 누가 아나
'우렁이' 제비가 제일인데(아이생활, 1936.6)
잊지 못할 그 江, 그 山(조광, 1936.8)
스승에게 받은 말씀(여성, 1938.7)
青山綠水(미상)

　위에 제시한 월파의 시와 수필, 평문과 번역 작품 및 기타는 필자가
입수한 자료들을 중심으로 정리한 것들이다. 이외에도 월파의 시와 산
문들은 훨씬 많을 것으로 추정되지만, 필자는 아직 그것들을 찾지 못하
고 있다. 이것들은 후일 다시 찾아지는 대로 보완될 것으로 생각된다.
이러한 보완작업들이 끊임없이 이어지는 과정에서 한 작가에 대한 보
다 완벽한 연구가 가능하게 될 것임은 말할 것도 없다.
　이러한 현상은 월파에게만 국한된 것만은 아니다. 그 시대 활동했던
모든 시인이나 작가에게 해당되는 것이기도 하다. 당시의 신문이나 잡
지 및 기타의 자료들이 정리될 때까지를 기다려야 한다. 그러나 우리들
이 이제까지 경험한 사실로 보아 이런 자료들의 정리가 그리 쉬운 것이
아니다. 일부의 자료들을 이미 찾을 수 없게끔 사라졌거나, 아니면 어느
궁벽한 곳에 숨겨져 확인할 수가 없다. 그리고 또한 그 자료들이 있다손
치더라도 열람하는데 점점 더 제약이 뒤따르기 때문에, 그것을 확인하
는 과정이 너무나도 어려운 것도 한 요인으로 들 수 있을 것이다.

제6부

'시관詩觀과 시형식의 실험'·

'시형식과 주제의 양면성'·'미해결의 과제'

시관詩觀과 시형식의 다양한 실험
시형식과 주제의 양면성—비교문학적 접근
전기와 서지의 차원에서의 미해결의 문제

시관詩觀과 시형식의 다양한 실험

월파의 시관詩觀, 곧 시작태도에 대해서 본격적으로 논의된 적은 한 번도 없다. 다만 단상斷想의 형식으로 된 「시」가 하나 발견된다. 시의 발상법을 비롯 창작전반에 관한 과정을 논한 것이다. 시의 본질과 개념 규정에 대한 내용이라 할 수 있다. 시의 형식에 대해서는 이론적 차원에서 논의된 것은 없다. 월파가 1930년도에 집중적으로 발표한 시편들과, 그리고 해외시의 번역과정을 통해서 시도한 형식적 실험을 대상으로 살펴볼 수밖에 없다. 월파는 습작기의 시작과 그 제작과정에서 시의 형식을 다양하게 실험하고 있었다.

I. 시관과 시작태도의 문제

월파의 시관詩觀, 곧 시작태도는 시집 『망향』의 머리에서 "내 생의 가장 진실한 느껴움을 여기 담는다."라고 한 것을 비롯하여 「시」라는 제목으로 발표된 단상斷想에 간략하게 기술했다. 「시」는 구인회九人會의 동인지 ≪시와 소설≫의 창간호에 실린 것으로 월파의 시관을 표명한 유일한 평문이라 할 수 있다. 「시」는 단상 형식으로 간명한 내용으로 이루어져 있다. 자신의 시관, 곧 시 원론으로서 시에 대한 본질과 개념을 규정한 것이라 하겠다. 여기서 「시」를 대상으로 월파의 시관, 곧 시의 본질과 그 정의에 대하여 살피고자 하는 것도 바로 이 때문이다.

1) '작렬炸裂의 불꽃'과 새 발견의 경이驚異

앞에서도 말한바, 「시」는 단상형식으로 이루어진 평문이라 할 수 있다. 그런데 월파는 이 단상의 서두에서,

> 골짜기를 혼자 걸을 때……별안간 무슨 소리가 내보고 싶은 충동이 난다. 입술을 새 주둥아리처럼 한데 모아야겠다. 새 주둥아리로 압축되었던 '김'이 질주한다. 그 소리가(분명 소리리라) 건너편 절벽에서 반발한다. 곳곳에 작은 작열炸裂의 불꽃, 이 때 '나'의 새 발견이 있다 하고 가슴이 외쳐준다. 경이驚異다.92)

라고 하고 있다. 이것은 시의 발상 단계, 즉 아무도 없는 텅 빈 공간에서 자연과 마주할 때 다가오는 경이적驚異的인 충동衝動에 대해 설명한다. 전율하는 심의상태心意狀態를 두고 한 말로, 다분히 낭만적이라 할 수 있다. 소리가 건너편 절벽에서 부딪혀 반향反響하고, 폭발물처럼 터지는 '작열炸裂의 불꽃'들이 시적 자아의 '새 발견'이라 하고 있다. 이 시적 자아의 '새 발견'이 바로 경이驚異로움이 된다는 것이다.

단 한 사람도 없는 적막寂寞한 공간에 마구 부딪혀 폭발하는 충동적인 목소리가 '나'와 마주한 절벽에 부딪혀 반향反響하는 '작렬의 불꽃'이 튈 때, 경이驚異로운 세계가 펼쳐진다는 것이다. 경이적 상태에서 발견되는 새로운 자아, 곧 시의 창조적 세계를 이렇게 말한 것이라 할 수 있다.

'시란 작렬이다'라고 함은 일상적 상식을 초월한 경지를 강조한 것이다. 돌을 간다고 옥이 될 수 없고, 능금 꽃은 반드시 능금나무에서 핀다. 이것은 상식이다. 이처럼 시란 작렬하는 불꽃과도 같다. 즉, 시인의 가슴은 뜨겁게 달아 오르고 불꽃처럼 폭발할 때 창작이 가능하다는 것이다.

2) '아메바'와 시의 생성과정

월파는 시의 생성, 곧 시의 창조과정을 아메바의 분열작용이라 하여 말하기를,

> '시의 생성'은 아메바적 분열작용에서만 유래한다. '시'와 '시인'은 같은 조각이다. 파란 시의 시인의 얼굴빛의 분홍색의 허위성의 진정을 알아야 한다. '시는 나다' 할 수 있는 시인이 '피로 썼다' 할 수도 있다.93)

라고 하고 있다. 한마디로 '시'와 '시인'은 분리할 수 없는 존재라는 것이다. 아메바*ameba*는 세포막조차 없는 미생물로 한 개의 원형질原形質로 이루어져 있다. 몸의 내부에는 핵核과 수세포收細胞, 식포食胞가 있을 뿐이며, 구조가 극히 간단하고 형태도 일정하지 않다. 다만 원형질이 유동하며 몸의 일부를 돌출시켜 위족僞足을 이루어 움직인다. '시'와 '시인'의 아메바적 분열작용이란 세포가 없는 하나의 원형질처럼 시와 시인을 분리시킬 수 없는 것을 이렇게 말한 것이다. 따라서 시인에게는 '시는 나'일 수밖에 없다. 시는, 그것을 제작한 시인만이 갖는 고유영역이며 시인만이 만들어 낼 수 있는 창조적인 세계이다. 이처럼 시와 시인은 도저히 분리할 수 없는 아메바처럼 한 개의 원형질로 이루어져 있는 것이다.

3) 시의 모순성과 사물에 대한 애정

시와 범상의 사고는 언제나 모순된다. 그것들을 동일한 차원에서 사고할 수는 없다. "진리는 시를 딸이라 하나, 시는 허무의 아들로 자처한다."[94]라고 함은 '시의 모순성'을 두고 한 말이다. 범상의 진리는 시를 딸이라 하지만, 시는 허무의 아들이 된다는 것으로, 이러한 모순성을 발견하지 못할 때는 시인이 될 수가 없다. 따라서 시와 범상의 세계는 이러한 모순성에 의해서 구별된다는 것으로, 시에서 이러한 모순성을 발견하지 못하는 것은 백치를 부러워하는 속한俗漢에 불과한 것이라고 하기도 한다.[95]

그리고 또 월파는, 사물에 대한 애정이 없이는 시가 될 수 없다고 강조한다. 바위가 바위로 느껴지는 것은 범상이며, 바위가 새로운 생명체로 느껴지는 것은 시라는 것이다. 바위가 언제나 시커먼 바위로만 느껴진다는 것은 그것에 대한 애정이 없기 때문이다. 따라서 시인은 언제나 자연사물을 따스한 애정으로 대해야 하고 그것들이 따스한 생명체로 다가올 때 비로소 시로 형상화 할 수 있다는 것이다. 그래서 위대한 시인은 월계관을 쓰고 언제나 동구洞口 앞에 서서 마을을 찾는 사람들은 따스한 마음으로 맞아야만 한다는 것이다.

4) '천치天痴'와 도량형度量衡 이상異狀의 경고

월파는 '로—마성의 함락'보다 쥐 둥지의 파괴를 슬퍼하는 천치天痴가 시인이라고 주장한다.

> 쥐 둥지 하나의 파괴를 로—마성의 함락보다 설어한 천치天痴가
> 있었다. 이날 세상은 도량형度量衡의 이상異狀을 경고했다.[96]

시인을 세속의 범상적인 차원에서 보면 백치가 아닐 수 없다. 세속인의 일상적 사고로는 시인의 생각을 도저히 척도尺度할 수조차 없기 때문이다. 그래서 이런 도량형의 출현을 경고하기도 한다. 시와 과학이 척도尺度하는 세계가 서로 판이하게 다르다는 것을 이렇게 말한 것이라 할 수 있다.

결국 시와 과학은 애당초 이런 모순성에서 출발한다는 것이다. 세속적이거나 일반적 사고로는 시를 쓸 수 없다는 것이다. 마치 어린 아이나 백치와도 같이 맑고 투명한 마음에서 시적 사고는 형성된다고 한다. 그래서 월파는 시인이 세속과 타협하고 아유阿諛할 때, 시는 죽는다고 한 것이다.

5) 자연의 시인과 '고독의 거울'

"진흙에서 연꽃이 피어난다."는 것, 이 점에서 자연은 시인이 될 수밖에 없다. 꽃이나 나무는 물론, 이 세상 모든 생명체를 무심하다고 할 수가 있겠는가? 그것들도 모두가 마음이 있기 때문에 아름다운 꽃을 피우고 잎을 피워서 자손을 퍼트리고 있는 것이 아닌가. 이렇게 생각하면 아무리 하찮은 생명체라도 소중하지 않은 것이 없다. 시인들은 그것들의 마음을 잘 알기 때문에 시를 쓰는 것이다.

그리고 시가 마음의 거울일 때, 시인은 고독에서 단 것을 모두 빨아낸다. 시인은 원래가 고독한 것이란 말을 이렇게 표현한 것이다. 많은 군중 속에 파묻혀 있다고 해도 시인은 언제나 고독하다. 군중 속에서 고독하지 않고서는 시를 쓸 수가 없다. 그래서 시인은 언제나 혼자 있고 혼자 이야기 하고 홀로 외로워한다. 그러지 않고서는 단 한 줄의 시도 쓸 수가 없기 때문이다. 그래서 정절貞節을 직업으로 할 수 없는 것과도 같이, 시를 직업으로 살 수도 없을 뿐만 아니라, 그것이 직업이 되어서도 안 된다는 것이다. 시는 언제나 시로서 존재할 뿐이다.

2. 시가형식의 다양한 실험

월파의 시 형식의 다양한 실험에 대하여는 이미 앞에서 개괄적으로 논의했다. 월파는 초기에 시조와 가사와 민요 등과도 같은 전통시가의 형식을 실험하고 있었다. 이들 시가형식에서도 선후관계가 지어질 것으로 생각되지만, 여기서 그것을 단정해서 말할 수가 없다. 사실 그들의 발표 순으로 보면, 4행시가 시조 유형이나 가사 및 민요 유형보다 앞서 있지만, 현시점에서 그 이전의 작품이 없었다고 말할 수 없기 때문이다.97)

1) 4행연의 시가유형

첫 발표작이라 할 수 있는 4행시는 <일어나거라>와 <이날도 앉아서 기다려볼까>이다. 앞의 <일어나거라>98)는 1926년 10월 5일자 ≪동아일보≫에 '월파月波'란 필명으로 발표했다. 그리고 <이날도 앉아서 기다려볼까>는 1930년 3월호 ≪조선지광≫에 발표했다. 이 두 작품은 모두 4행시로 구성됐다.

> 아침의 대기는 우주에 찼다.
> 동편 하늘 붉으레 불이 붙는데
> 근역槿域의 일꾼아 일어나거라
> 너희들의 일 때는 아침이로다.
>
> ─<일어나거라>에서
>
> 지평선 위에 떠도는 구름
> 바람 불면 떼소낙 올 듯도 하다만은
> 한가한 가지에 매암이 우니
> 이날도 앉아서 기다려 볼까.
>
> ─<이날도 앉아서 기다려볼까>에서

두 작품은 전체가 3연으로 되어 있는 짧은 시로, 나라를 빼앗겨 암울했던 시대상황을 주제로 한 것들이다. 음수율이나 음보가 고시가와도 같이 일정하게 배열된 것은 아니다. 다만 각 연의 시행을 4행을 단위로 일정하게 구성했다는 것을 알 수 있다. 이러한 유형의 작품으로는 이외에도 <떠나는 노래>·<찾는 맘>·<무제>99)·<크로바>·<기다림>·<기원>·<꿈에 지은 노래>·<여수旅愁>·<고뇌苦惱>등이 있다. 이런 시가형태는 초기부터 월파가 사망하기 직전까지 이어지고 있다. 이것들 대부분이 크게 차이를 보이지 않고 있으나, 어떤 것은 파격적인 것도 있다. 아주 짧거나, 아니면 아주 길게 한 것이 그것이다.

이런 4행연의 시가유형은 한시의 작법이나, 개화기에 형성된 창가 형식과 연관되는 것이 아닐까 한다. 그리고 이 시기 이입되기 시작한 해외시, 특히 서구시의 번역과도 맥락을 같이 하고 있는 것으로 보인다. 서구의 산문시도 많이 소개되었지만, 영국을 비롯한 프랑스·독일·미국 등의 4행연의 작품들이 일본을 매개로 번역 소개되었기 때문이다. 이를테면, 김안서金岸曙가 번역한 『오뇌懊惱의 무도舞蹈』 시집은 1920년을 우리 근대시의 형성에 있어서 결정적인 역할을 한 바 있다.

2) 시조의 유형

시조 유형은 <춘원春怨>과 <백두산음오수白頭山吟五首>를 비롯하여 <병상음이수病床吟二首>까지 초로부터 말기 가까이 이어지고 있다.

박석티 넘어서니 행화杏花가 가득하다.
천도天道는 지공至公하여 봄은 다시 오노매라.
이 겨레의 귀 달은 봄은 언제 오라 하나니
············<중략>·········

화단에 불밝혀라 꽃과 같이 새랴노라.
날 새면 덧는 꽃이니 아끼어 함이로다.
이몸도 덧는 몸이니 님아 아껴주소라.

―＜춘원春怨＞에서

　이 작품은 가는 봄의 아쉬움을 노래한 것으로, 전형적인 시조형식이라
할 수 있다. 이러한 유형의 작품으로 ＜시조사수時調四首＞·＜백두산음오
수白頭山吟五首＞·＜시조육수時調六首＞·＜어린 것을 잃고＞·＜병상음이수病
床吟二首＞ 등이 있다. 이것들 가운데서 '백두산음오수'는 ＜정계석축定界石
築을 보고＞(2편)·＜무두봉無頭峰에 올라＞·＜백두산정白頭山頂에서＞·＜천
지天池가에서＞ 등으로 구성됐다.

인생이 그 무엔고
한바탕 꿈이로다
꿈임이 分明커늘
그 아니라 하는고야
두어라 깰날이 있서니
다툴줄이 있으랴.

―＜시조사수＞에서

　시조형의 3장을 각기 2행으로 구분하여 6행으로 구성했다. 작자의
의도와는 달리 게재 신문의 편집상 그렇게 한 것인지도 모른다. 아무튼
이 작품은 시조의 각 장을 둘로 나누어 6행으로 하고 있는 점이 특이하
다. 시조 형의 3장을 둘로 나누어 전체를 4행으로 배열한 것도 있다.

금강송백金剛松柏 버혀 일엽선一葉船 지어타고
동해창파 위에 남다려 노니다가

하날이 날 부르실제
함께가면 하노라.

―＜시조육수＞에서

사십평생을 세루世累와 싸웠도다.
가을 빛 가득커늘 못찾는 마음이어
세사世事의 과시 헛됨을
이제 안듯하여라

―＜병상음이수＞에서

전술했듯이 월파의 시조형식의 실험은 초기부터 말기까지 이어지고
있다. 오마르 카이얌의 『루바이얏』의 연구에서 작품들을 시조형태로
번역할 정도였다.

3) 가사유형

월파가 초기에 시조와 민요 유형의 시형식을 동시에 실험하고 있었
던 것은 사실이다. 민요 유형의 실험은 전통적인 것과 외래적인 것의 두
가지 요소와의 상관선상에서 고려되어야 한다. 그런데 아래처럼 가사
형식에 의거한 작품도 발견해 흥미롭다.

뜰 앞에 꽃을보라
그다지 곱던몰이
지난밤 비바람에
자최조차 스렀나니
……＜중략＞……
크옵신 '절로' 속에
뜬 틧끌 이 일생을
마음이 하자는대로

울다웃다 갈가나.

―＜실제失題＞에서

월파의 시에서 이런 가사유형의 작품은 ＜실제失題＞ 한 편뿐이다.
1932년 12월호 ≪이화≫지에 발표된 것으로 3(4)·4(3)조의 음수율과 2
음보 형태로 이루어져 있다.

4) 신체시 유형―음수 · 음보 · 각운법

이외에도 정형적 시가도 발견된다. ≪동아일보≫에 발표된 ＜찾는
맘＞·＜모를 일＞·＜무상無常＞ 등 3편에서 그것을 찾아볼 수 있다.[100)] 음
수율과 음보 및 각운의 규칙성에서 완벽한 것은 아니나, 습작기 다양한
시가형태를 실험한 과도기적 현상으로 이해하면 좋을 것이다.

사랑아 그대는 어데 잇는다
내 영혼 알뜰히 찾는 사랑아
山우 잇슬가 올라보면은
바람만 잎새에 불고 잇는걸

―＜찾는 맘＞에서

내가 기쁨의 잔을 드릴 때
파리하나 자니다 잔에 떨어져
나는 기쁨의 잔을 잃었고
파리는 가엽다 목숨잃다니

―＜모를 일＞에서

싸늘한 하날 밑 바람이 부네
서리온 땅우에 바람이 부네

바람에 떨어져 달리는 입은

바람타고 떠돌다 어디로 가나

때되면 반드시 덧는단 말이

　　　　　　　－<무상無常>에서

음수율과 음보, 그리고 각운의 규칙성을 도식화 해보면 다음과 같다.

연 음수율		1 2 3 4 5 각 연의 음수율	각 시행의 각운
찾는 맘	1	3·3·5	다·아·은·걸
	2	3·3·5	다·아·은·걸
	3	3·3·5	다·아·은·걸
	4	4(3)·3(3)·5	가·가·가·네
모를 일	1	2·3·5	때·저·고·니
	2	2·3·5	때·때·고·니
	3	3·3·5	가·네
無常	1	3(4)·3·5	네·네·은·나·이
	2	3(4)·3(4)·5	네·네·春·나·이
	3	3(4)·3(4)·5	에·서·내·지·어

위의 도표에서 보면, 3편 모두가 3·3·5의 음수율과 3음보로 이루어져 있
다. 각운법은 앞의 1~2연과 1~3연까지 일치하고 있는데 마지막 연에서
다르게 한 점이 공통된다.

첫째, <찾는 맘>은 전체가 4연이고 각 연이 4행으로 이루어졌다. 음
수율이나 음보 수가 제1~3연까지는 일치하나, 마지막 4연은 차이가 난
다. 각운법도 1~3연까지는 일치하지만 마지막 4연은 일치하지 않는다.

둘째, <모를 일>은 전체가 3연이고 각 연이 4행으로 이루어졌다. 음
수율이나 음보 수가 1~2연까지는 일치하고 있지만, 마지막 제3연에서
일치하지 않는다. 그리고 각운법도 동일한 형식을 보인다.

셋째, <무상>은 전체가 3연이고, 각 연이 5행으로 이루어졌다. 음수

율은 각 연이 3(4)·3·5 와 3(4)·3(4)·5와 3(4)·3(4)·5이고, 3음보로 일치한다. 각운법은 1~2연이 일치하고 마지막 3연에서는 일치하지 않는다. 이러한 현상은 어디서 기인한 것일까? 이것은 개화기시가에서 최남선崔南善이 처음으로 시도한 각 연의 대응행간에서 음수율과 음보 수를 일치시킨 것과도 연관되지만, 또 한편으로는 해외시의 번역과정에서 자신이 시도한 형식과 연관된다 할 수 있을 것이다. 이런 경향은 월파가 습작 과정에서 새로운 시가형태를 실험한 것에서 연유한다. 따라서 이러한 실험적 시도의 성공 여부를 따진다는 것은 불가능하다고 본다.

시형식과 주제의 양면성

―비교문학적 접근

월파의 시에서 형식과 내용 그리고 주제의 양면성은 중요한 특색이 되고 있다. 초기시의 정형적 율격에서 후기 시의 주지적 경향에 이르기 까지 정형률의 형성요인과 시집 『망향』의 목가적 정서와 지적 고뇌가 바로 그것이다.

월파는 대학에서 영문학을 전공했지만 한문학과 전통적 고시가에 대한 해박한 지식을 바탕으로 시를 쓰기 시작했다. 그래서 그런지는 몰라도 월파의 습작기와 초기에 걸쳐진 시편들을 보면, 4행연의 시가나, 또는 시조와 가사 유형을 다양하게 실험하고 있다는 것을 이미 확인했다. 당시 우리 문단에서는 해외시, 특히 서구 지향의 시에 경도된 것을 비판하는 목소리가 고조되면서 세차게 일어난 국민문학 부흥운동과 맞물린 것이라 할 수 있을 것 같다.

1) 정형률의 형성요인

월파가 초기의 습작과정에서 시조와 가사 유형의 정형률을 실험한 것은 영문학자로서 모순되는 것처럼 보인다. 월파가 영문학 교수로 재

직하고 문단에 등장할 무렵 시조문학의 부흥운동이 세차게 일어나고
있었다.

영국과 프랑스를 비롯한 상징주의 시적 영향을 받아 형성된 퇴폐적
경향과 프로문학파의 세력에 대항하여 세차게 일어난 국민문학 운동이
바로 그것이다. 육당 최남선의 「조선국민문학으로서의 시조」와 「시조
의 태반으로서의 조선민정과 민속」을 위시하여 손진태의 「시조와 시조
에 표현된 조선 사람」과 염상섭의 「시조에 관하여」와 이병기의 「시조
란 무엇인고」 등과 같은 논문은 물론 동시에 많은 시조작품들이 지상에
발표됐다. 이 무렵 시조는 국민문학의 전형적 형식으로 등장하여 다각
도로 실험됐다.[101] 그래서 월파나 노천명 등과 같이 1930년대를 전후
해서 새로 등장하는 신인들 중에는 일부가 습작과정에 시조형식을 실
험하고 있었던 사실이 많이 발견된다.

월파가 시조유형의 작품을 제작한 것은 초기부터 거의 말기까지 이
어진다. 그리고 해외시의 번역도 시조형식을 취했다. 오마르 카이얌의
『루바이야트Rubbaiyat』과 같은 것이 그것이다.

주막에 닭이우니 문영라 외치나니
잠시들른 몸의 행려가 바쁘도다.
한번가 못올길이니 더욱 싫어하노라.

이런 시조유형의 번역이라든지 [102], 또는 자신이 제작한 시조 작품들
에서 시조 형식에 적지 않은 관심을 기울이고 있었던 것으로 생각된다.
그리고 가사 유형의 시도 역시 정통적 고가사의 율격과도 깊이 연관되
어 있다.

뜰앞에 꽃을보라
그다지 곱던 떻이
지난밤 비바람에
자취조차 스렀나니

—＜실제失題＞에서

＜실제＞의 3(4)·4조의 음수율 이외에 다른 작품에서 각운법은 전혀 배려하지 않고 있는데 반해서, ＜찾는 맘＞과 ＜모를 일＞과 ＜무상 ＞ 등과 같은 초기작품에서는 음수율과 음보수 및 각운법에서 규칙성을 보이고 있다.

찾는 맘:　다·다(아)·는·걸(1·3연)
　　　　　가·가·가·네(4연)
모를 일:　때·저(이)·고·니(1·2연))
　　　　　가·네(3연)
무 상:　네·네·은·나·이(1·2연)
　　　　에·서·네·지·어(3연)

각운법의 구사는 서구시의 영향으로 간주되기도 하는데, 이것들 외에도 ＜그러나 거문고 줄은 업고나＞·＜무지개도 귀한 것만은＞·＜나는 북을 울리네.＞ 등의 여러 작품에서 각운법의 의도적인 실험을 엿볼 수가 있다.

먼저 ＜그러나 거문고 줄은 없고나＞에서 1~4연까지에서 반복행절이라 할 수 있는 각 연의 마지막 3행에서,

행여 날다려 그럼 아닐까?
그래 나는 가슴을 뒤지고 있네
그러나 아—거문고 줄은 없고나

와도 같이 '행여'·'아마'·'혹시'/ '날다려'·'날다려'·'날다려'·'너 위해'/ '그럼'·'저럼'·'타람'·'그 곡' 등의 경우 첫 행에서 차이만 있을 뿐이며, 나머지 행 절에서는 모두 일치한다. 이외의 행 절에서,

> 1연 4행 ─없느냐
> 2연 5행 ─없느냐
> 3연 4행 ─없느냐
> 4행 4행 ─없느냐

각운을 일치시키고 있는 것을 발견한다. 그리고 <적은 그 자락 더 적시우네>에서 4연을 제외한 나머지 1~3연까지의 3행과 7행에서,

> 제1연의 3행─좀 가엾은가   제1연의 7행─평하이 그려
> 제2연의 3행─좀 죄송한가   제2연의 7행─다하얏네 그려
> 제3연의 3행─좀 가엾은가   제3연의 7행─빠졌네 그려

등처럼 일치시키고 있다. 이외에도 <나는 북을 울리네>와 같은 작품에서는 각 연의 1·5행의 말미에 '북을 울리네'를 반복한다. 이러한 시형식의 실험은 이외에도 <내 생명의 참시 한 수>·<무지개도 귀하 것만은>·<그대가 누구를 사랑한 할 때>에서도 찾아볼 수 있다.

습작기와 초기시에서 각운법의 실험은 두 가지 경향을 보인다. 하나는 고시가의 측면에서

> 사랑아 그대는 어디 있는다(─<찾는 맘>에서).
> 때 되면 반드시 덧는단 말이(─<無常>에서)
> 가면 그만일다.(─<斷想>에서)
> 꿈에 본 꽃잎일다.(─<孤寂>에서)

등과 같은 어휘의 구사를 비롯한 고시가의 운율법, 곧 음수율이나 음보수의 규칙성을 찾아볼 수 있다. 고시가에 대한 많은 연찬이 있었던 것으로 추정된다. 그리고 다른 한편으로 해외시의 번역과 깊이 연관되고 있음을 엿볼 수 있다. 이들 번역시의 각운법脚韻法을 보면 다음과 같다.

◇ 에너벨 리(에드가 앨런 포 원작)
　－묻어버렸네(3연의 말행)
　－다려 갔다네(4연의 말행)
　－나눌 길 없네(5연의 말행)
　－한밤을 새네(6연의 말행)

◇ 폐허의 사랑(브라우닝 원작)
　－둘렀다네(1연의 말행)
　－넉넉하였다 하네(2연의 말행)
　－없던 것들일세(3연의 말행)
　－금주고 샀었다네(4연의 말행)
　－자리일세(5연의 말행)
　－바라볼 줄 아네(6연의 말행)
　－껴안아 주겠네(7연의 말행)
　－남아 있겠네(8연의 말행)

◇ 탐구자(존 메이스필드 원작)
　－있을 뿐이니다(1연의 말행)
　－없는 것입니다(3연의 말행)
　－있을 뿐입니다(4연의 말행)
　－소리 뿐입니다(5연의 말행)
　－있을 뿐입니다(6연의 말행)
　－있을 뿐입니다(9연의 말행)

◇ 울려라, 요란한 정아(테니슨 원작)
— 숨이 지게하라(1연의 말행)
— '참'을 맞으라(2연의 말행)
— 맞아드리라(3연의 말행)
— 맞아드리라(4연의 말행)
— 맞아드리라(5연의 말행)
— 맞아드리라(6연의 말행)
— 맞아드리라(7연의 말행)
— 맞아드리라(8연의 말행)

  각 연 말행의 각운만으로 원시의 운율법을 그대로 따를 수 없었겠으나, 월파는 이들 서구시의 번역과정에서 원시의 각운법을 의식하면서 각 연 말행의 각운을 맞춘 것은 사실이다. 따라서 <찾는 맘>·<모를 일>·<무상> 등을 비롯하여 <그러나 거문고 줄은 없고나>·<내 생명의 참시 한 수>·<적은 그 자락 더 적시우네>·<무지개도 귀하 건만은>·<그대가 누구를 사랑한다 할 때> 등과 같은 일련의 초기 시에 나타난 조율법은 우리 고시가와 서구시의 운율법의 영향을 받아서 이루어진 것이다. 앞에서 논의된 바, 월파의 이러한 시가 유형의 시도는 거의가 습작기와 초기에 실험적 차원에서 이루어진 것임을 알 수가 있다.

2) 전통소와 외래소의 융화

  초기시의 시조와 가사 유형은 우리 고시가의 정형율과도 깊이 연관되고 있음은 바로 앞에서 논의했다. 그러나 시조와 가사 유형의 시가나, <그러나 거문고 줄은 없고나>에서 <무제>(≪동방평론≫ 3호, 1932.7)까지 이르는 '죽음'과 '무덤'을 바탕으로 한 허무의 관념, 그리고 『망향』의 일부 시편들의 자연관조적 태도, <태풍>·<굴뚝 노래> 등에서 비롯되는 후기 시작들의 주지적 경향은 전통적인 것과 외래적인 것과의 두 가지 요소가 서로 교차하는 과정이라 할 수 있다.

① 습작기의 시조 <정계석축定界石築을 보고> 2수·<무두봉無頭峰에 올라>·<백두산정白頭山頂에서>·<천지天池 가에서> 등에서 백두산경을 소묘한 회고적懷古的 정서는 우리 고시가들의 주제의식과 연관되어 있다. 이를테면 '목석木石의 단성丹誠'에서 주제를 상징한 것이 바로 그것이라 할 수 있다. 가사조의 <실제>나, 또 다른 <찾는 맘>·<모를 일>·<무상> 등에 나타난 삶에 대한 허무의식은 우리 전통 가사나 민요 등이 갖는 낭만과 감상의 한계를 벗어나지 못하고 있다.

② <그러나 거문고 줄은 없고나>에 <무제>(≪동방평론≫ 3호 수록)에 이르는 <내 생명의 참시 한 수>·<적은 그 자락 더 적시우네>·<무제>(≪동방평론≫ 1호, 1932.4) 등 초기시에 나타난 '죽음'과 '무덤'의 심상을 바탕으로 한 허무의식은 월파의 성찰에서 발견된 측면도 있다 하겠으나, 또 다른 한편으로는 그의 해외시의 번역과도 연관된다고 할 수 있다.

> 그대는 그대 발 밑에
> 썩은 등걸 같이
> 산산이 부서진
> 시커먼 뼈 조각들을 보지 않나
> 아—그리고 저것이
> 제 평생 살고 간 모든 것인 줄을
> 그대도 아시지 않나
> 저 뼈마저 없어질 것 아닌가.

············<하략>············

로 시작되는 월파의 <무제>103)는 사람이 백골이 되어 추악한 모습으로 바뀐 허무함을 노래하고 있다. 특히 살았을 때의 눈자위가,

> 저 어웅한 구멍에서
> 두 눈동자 들었을 것 아닌가.
> 그 동자에 아름다운 것과
> 귀한 것이 비치고
> 미운 것과 더러운 것이 비쳤을 것 아닌가.
> 기쁨에 반짝이기도 하고
> 노염에 번득이기도 했을 것 것이지.
> 그러나 그 아름다운 것
> 그 귀여운 것
> 그 기쁨, 그 노염 다 사라진 이 때
> 영롱튼 그 눈자위마저 없고
> 다만 버려지도 싫다 할
> 캄캄한 구멍만이 남아 있네 그려.

와도 같이 추악하게 바뀐 것을 비롯하여 육신전체가 백골로 바뀐 모습을 통하여 인간의 삶이 얼마나 덧없고 허무한 것인가를 강조한다. 그런데 이는 월파가 번역한 해외시, 특히 키츠의 <두견부杜鵑賦>와 연관성을 찾을 수 있다.

> 청춘도 혈색 없어지고 촉루가 되어
> 마침내 죽음 길 밟아버리는 이곳
> 생각하면 곧 비애 절망밖에 없는 이곳
> 미인의 맑은 눈동자도 마침내 흐려지고

새 사랑도 하루의 목숨 지나지 못하는 이곳
아 이 몸 사라져
이런 모든 것 잊어버렸으면 하네.
…………<중략>…………
어둠 속에 나는 네 노래를 듣네.
'편안한 죽음' 몇 번이나 내 반사랑 받았는고.
나의 가녀린 목숨 끊어 달라 아름다운 노래로
부드러운 '죽음'의 이름
몇 번이나 불러 보았는고.
네 넋(영혼) 기울여 환희 속 노래하는 이 밤중에
괴롬 없이 죽어버린다면
얼마나 좋을고, 지금에 더 생각되네.
내 죽다한들 네 노래야 그치랴.
귀 있되 듣지 못하는 내 일부토—墳土 위에
네 노래 귀한 진혼가鎭魂歌되어 지나가겠구나.

    <무제>와 <두견부>는 '죽음'을 보는 관점에서 다소의 차이를 보이고 있으나, 살아 있는 존재로서의 인간의 아름다움을 강조했다는 점에서 공통점을 보이고 있다. 따라서 이들 두 작품의 주제의식은 직접 비교의 대상이 되지 않는다고 해도 '죽음'과 '무덤'의 관념으로 보아 <무제>와 <두견부>와의 영향관계, 곧 그 발상법의 세부적인 유사성이 엿보인다. 그리고 <그러나 거문고 줄은 없고나>와 <내 생명의 참시 한 수>를 포함한 초기 시에 나타난 낭만과 감상의 정조는 워즈워드, 바이런, 테니슨과도 같은 역시와의 상관선상에서 이루어진 것으로 보이기도 한다.
    ③ <남으로 창을 내겠소>에서 비롯되는『망향』의 시편들, 이를테면, <서그픈 꿈>과 <노래 잃은 뻐꾹새>그리고 <향수> 등에 나타난 '향수'와 '웃음'의 의미, 그리고 <한 잔물>·<반딧불>·<팽이>·<어미소>·<물고기 하나> 등의 관조적 태도는 동양적 자연관에서 그 연원을

찾을 수 있다. 현실과의 타협을 전면 거부하고 외계로부터 차단한 작자의 마음에 비쳐진 고향의 모습은,

물 깃는 처녀 돌아간
황혼의 우물가에
쓸쓸히 빈 동이는 놓였다.
　　　　　　　　　－〈노래 잃은 뻐꾹새〉에서

와도 같이 정밀靜謐하고 안온한 세계라 할 수 있다. 시류의 세태에 휩쓸리지 않고 다만 주어진 삶에 안분安分할 줄 아는 월파의 대인간, 대자연의 태도는 다분히 관조적이다. 그리고 자연 사물을 의인화하고 내면을 깊이 투시하는 시적태도는 동양적 자연관에서 기인한 것으로 생각된다.

　④『망향』에 수록된 〈태풍〉과 〈굴뚝 노래〉, 그리고 후기시 〈손 없는 향연〉과 〈고뇌〉와 〈해바라기〉 등의 시적 경향은 '고뇌와 주지적 경향'에서 이미 논의했다. 그런데 〈태풍〉은,

파괴의 폭군!
그러나 세척과 갱신의 역군아.
세차게 팔을 둘러
허접쓰레기의 퇴적을 쓰러가라.
상인霜刃으로 심장을 헤쳐
사특 오만 미온 순준巡逡 에어 버리면
순진과 결백에 빛나는 넋이
구슬처럼 새 아침에 빛나가도 하려니
　　　　　　　　　－〈태풍〉에서

파괴와 창조의 의미를 유도하여, 보수와 조애阻碍의 추명醜名과 오예汚
穢를 휩쓸 정결한 새로운 질서를 희구한다. 이는 월파의 번역시 <울려
라 요란한 종아>(테니슨 원작)104)에서 영향을 받은 것이 아닐까 한다.

> 더디더디 없어지는 악인惡因
> 분파分派의 낡은 투쟁 다 가게하고,
> 더 귀한 생의 법, 더 은근한 예절
> 더 순정한 율법 맞아드리라.
>
> 이 세상 모든 결핍, 걱정과 죄,
> 불충한 냉혹 가게하고
> 구슬픈 내 노래도 쫓아 보내고
> 더 충만한 시객詩客 맞아드리자.
> ············<중략>············
> 자유와 의용의 토土, 넓은 금도襟度
> 다정한 그들 맞아드리자.
> 이 땅의 암흑 가게하고
> 오시는 교주를 맞아드리자

<태풍>은 '태풍'에 의해서, <울려라 요란한 종아>에서는 '제야의
종'에 의해서 구질서가 파괴되고 새 질서가 도래할 것을 노래했다. 주제
의식에서 차이는 보이지만, 신구의 갈등을 극복하고 새 질서를 확립하겠
다는 의도와 수법은 유사하다고 본다.

낡은 시류에 대한 혐오와 그 괴리감에서 빚어지는 신구사상의 갈등
은『망향』의 자연관조적 태도에서 후반기의 주지적 경향으로 나타나고
있다. 앞에서도 설명한 것처럼 <굴뚝 노래>의 '기중기'·'장철'·'메'·'천
공기'·'철강'·'우뢰'·'심포니'·'멜로디'·'세포' 등과 같은 새로운 문명용어를

구사하고 공장의 소음을 미화하여 산업문명을 예찬한 것이라든지, <고뇌>와도 같은 작품에서 민족적 상황을 고발한 것이라든지, 또는 <해바라기>의 감각적 이미지 등은 1930년대의 주지적 계열의 시에 부합하려는 의도에서 비롯된 것이라 할 수 있다.

이상 월파의 시의 양면성을 형식과 내용의 면에서 검토했다. 전자를 '정형률의 형성요인'으로 후자를 '전통소와 외래소'의 융화로 구분해서 살펴보았다. '정형률의 형성요인'에서 습작기의 시조와 가사의 율조에서 벗어난 월파의 초기시를 대비하여 그들의 상관성을 살펴보았다. 그리고 <전통소와 외래소와의 융화>에서는 월파의 시력을 네 단계로 나누어 살펴보았다. 습작기의 시조와 가사 형식의 시도는 우리 고시가의 주제의식과 깊이 연계됐다고 설명했고, <그러나 거문고 줄은 없고나>에서 <무제>까지 이르는 일련의 초기 시에 나타난 '죽음'과 '무덤'의 허무의식은 역시인 키츠의 <두견부>와의 상관성에서 찾기도 했다. 그리고 <남으로 창을 내겠소>에서 비롯하여『망향』의 시편들 일부에 나타난 관조적 태도는 동양적 자연관에서 왔을 가능성을 말했고, <태풍>과 <굴뚝 노래>를 포함한 후기 시의 지적 고뇌와 주지적 경향, 특히 신구사상을 갈등시켜 새 질서를 희구하는 <태풍>은 <울려라 요란한 종아>와의 상관관계로 설명했다.

이와 같이 월파의 시는 형식과 내용의 면에서 전통적인 것과 외래적인 것과의 교차에서 등장했고 때로는 이것들이 서로 융화되어 나타나기도 했다. 이것은 두 가지 요소에 대한 지식을 바탕으로 한 양면성에서 도출된 것임은 말할 것도 없다.

전기와 서지의 국면에서의,
미해결의 문제 몇 가지

　거듭 밝힌 것처럼 월파의 문학 연구는 다른 시인에 비해서 그리 많지 않은 편이다. 그의 생애와 문학, 곧 전기와 서지의 국면에서 해결되지 않는 문제들이 너무나 많은 것 같다. 이런 미해결의 국면들을 그대로 두고 월파 문학의 총체를 연구한다는 것은 도저히 불가능하다.

　월파는 시집 『망향望鄕』과 산문집 『무하선생방랑기無何先生放浪記』를 출간했다. 그러나 이 두 책에 수록된 시와 산문은 그가 남긴 것들의 일부에 지나지 않는다. 월파가 살았을 당시의 신문이나 잡지에 발표된 유작들만 해도 엄청난 분량이다. 말하자면, 시집 『망향』에 수록된 27편 이외에도 약 80편에 이르는 시편들이 당시의 신문이나 잡지에 발표되어 있는 것이다. 그리고 산문도 『무하선생방랑기』 이외에도 당시의 신문이나 잡지에 수없이 발표되고 있었다.

　월파의 시집 『망향』이나 산문집 『무하선생방랑기』에 수록되지 않는 시와 산문들을 필자가 1983년 새문사에서 펴낸 『월파 김상용전집』에서 일차로 정리한 적 있다. 그 이후 이 새로운 자료가 보완되기를 기대했으나, 아직도 정리되지 않는 것 같기도 하다. 필자가 일차로 그 작업을 한 것이 1983년이고 보면, 30년이 훨씬 넘는 세월이 흘렀는데도, 아직도 월파 문학에 대한 보완작업이 이루어지지 않고 있어서 안타깝다.

그리고 필자가 일차작업을 할 때에 하지 못했던 것이 있다. 이를테면, 당시의 신문이나 잡지에 발표되지 않았던 것으로, 혹여 월파의 유족들이 집에 보관하고 있었던 유작들의 존재에 관한 것이다. 월파가 세상을 떠난 지도 70년 가까이 되었으니, 그런 자료들을 찾는다는 것이 쉽지 않겠지만, 연구자들은 이 부분에도 관심을 가져야 할 것이다. 이렇게 보면, 월파의 문학에 대한 연구는 아직 그 초기에 머물러 있는 것이 아닐까 싶기도 하다. 여기서는 월파의 문학연구에서 아직도 전기와 서지의 국면에서 해결되지 않는 미해결의 문제들을 차후 과제로 제시하고자 한다.

I. 전기적 국면에서 미해결의 문제

월파의 생애, 곧 전기적 국면은 미해결의 문제들이 많다. 1984년 현암사에서 김용성이 펴낸 『한국현대문학사탐방』에 나타난 내용 이상의 것이 거의 없다. 그런데, 이 책에 기술된 내용만으로 월파의 생애, 곧 그의 전기적 국면을 정확하게 밝힐 수는 없다. 따라서 월파의 전기적 국면에서 앞으로 해결되어야 할 것들을 미래의 과제로 제시하기로 한다.

월파가 태어나서 자란 곳은 경기도 연천군 군남면 왕림리旺林里 840번지다. 이것은 월파의 모교인 보성고등보통학교(현 보성중고등학교) 학적부에서 확인한 것이다. 월파가 경성고등보통학교(현 경기중고등학교) 3학년 때에 기미독립운동이 일어난다. 그 당시 월파가 학생운동에

적극 참가하였다는 이유로 제적돼 옮겨간 곳이 바로 보성고등보통학교
이다. 월파는 보성고등보통학교에서 나머지 1년 과정을 마치고 일본으
로 건너가 릿교대학에 영문과에 입학하여 대학과정을 마치고 졸업한
다. 귀국 후 모교인 보성고등보통학교의 교사로 취임한다. 그리고 바로
이듬해에 이화여자전문학교 교수로 전임하여 사망하기까지 재직했다.

1) 연천보통학교와 월파의 유년시절

연천공립보통학교는 그의 고향집에서 멀리 떨어진 곳에 위치하고 있
다. 그 시대의 많은 어린이들은 각 군소재지에 하나씩 있는 학교를 다녀
야 했기 때문에, 먼 거리를 도보로 다닌 것은 월파만이 아니다. 오늘날
과 비교해보면 상상도 할 수 없을 만큼 먼 거리임에도 당시의 어린이들
은 잘 다닌 것이다. 물론 몹시 날씨가 춥거나, 아니면 비가 많이 와서 큰
물이 흐르게 되면, 학교에 가지 못하고 결석하는 것은 당연했다. 월파의
경우도 날씨가 몹시 춥거나, 큰물이 져서 물을 건널 수 없을 때는 결석
을 할 수밖에 없었을 것이다.

연천보통학교는 6·25전쟁 이전까지만 해도 북한에 소속되어 있었기
때문에, 월파의 생활기록부(학적부) 같은 것이 보관되어 있을 수 있다.
만약 연천초등학교에 당시의 생활기록부가 보관되어 있다면, 그것을
열람하여 월파의 유년시절을 살펴보는 것도 필요하다. 월파가 그 학교
에 입학하여 언제 졸업했는지 확인해야 한다. 그리고 초등학교를 마치
고 곧바로 경성고등보통학교에 입학했는지도 확인해야만 한다.

보성고등보통학교의 학적부의 '종전교육從前敎育'란에 보면 그가 연천
보통학교를 졸업한 것은 1915년 3월이고, 경성고등보통학교에 입학한
것은 1916년 4월이다. 그리고 동교 4학년 초에 중퇴하여 보성고등보통

학교 4학년으로 편입한다. 그가 보성고등보통학교를 졸업한 것은 1920년 3월로 되어 있다. 기록의 정확성을 기하기 위해서는 연천보통학교와 경성고등보통학교의 생활기록부(학적부)의 확인이 필요하다.

월파가 벽지의 학교에서 공부하여 우리나라에서 가장 뛰어난 수재들만 모인다는 경성고등보통학교에 입학한 것으로 미루어 그의 초등학교의 학업성적이 매우 우수했던 것으로 추정되기도 한다. 만약 그 당시의 생활기록부가 보존되어 있다면, 그의 학업성적이나, 그의 적성과 취미 등을 확인하여 전기적 국면은 물론, 문학세계를 연구하는데 필요한 자료들의 확보가 가능할 것이다.

2) 경성고등보통학교와 월파의 소년시절

월파가 경성고등보통학교에 입학한 것은 1916년이다. 왜 그는 초등학교를 마치고 1년이 지난 후 진학한 것일까? 경성고등보통학교에서 학업성적은 어떠했고, 그의 적성이나 취미 등은 어떻게 나타나 있을까? 경성고등보통학교에서 무엇 때문에 중퇴하게 된 것일까? 일설에는 월파가 학교에서 중퇴하게 된 것은 3·1운동 때에 학생운동에 참여했기 때문이라 하고 있다. 그렇다면, 그때에 그와 함께 학생운동을 했던 많은 학생들은 어떻게 되었을까? 학생운동에 대한 기록이 확보되고 구체적인 사실이 밝혀져야만 할 것이다. 단순히 학생운동에 참여했다는 사실만으로 제적까지 당할 것 같지는 않기 때문이다. 학생운동에 참여한 것이 제적의 사유가 된다면, 그와 함께 학생운동을 했던 학생들은 모두 어떻게 되었을까? 추정컨대 그가 당시의 학생운동을 주도했기 때문에 제적당한 것이 아닐까 한다.

월파의 산문에 보면, 중학과정에서 톨스토이의 『부활』을 읽은 것이 계기가 되어 많은 문학작품들을 읽은 것으로 되어 있다. 그렇다면, 그가 경성고등보통학교 재학 당시의 학업성적은 어떠했을까? 아마도 월파가 이렇게 많은 독서를 한 것이 그로 하여금 대학에서 영문학을 전공하게 된 계기가 된 것은 아닐까. 그 시대 많은 우수한 학생들은 오늘날과도 같이 법학부나 정경학부를 선호했었던 것이 사실이다. 그럼에도 월파는 무엇 때문에 문학을 전공하게 된 것일까 궁금해진다.

3) 일본 릿교대학(立敎大學)과 월파의 청년시절

지금까지 알려진 바에 의하면, 월파의 릿교대학(立敎大學)의 입학과 졸업은 1922~27년으로 알려져 있다. 그런데, 이것도 릿교대학에 문의하여 학적부를 확인할 필요가 있다. 월파가 보성고등보통학교를 졸업한 것이 1921년 3월인데, 릿교대학에 입학한 것은 1922년 3월이다. 그렇다면, 보성고등보통학교를 마치고 1년간 재수를 한 것은 무엇 때문일까? 어떤 사유가 있었던가?

월파의 경우, 학교를 마칠 때마다 1년간을 쉬고서 진학을 한다. 초등과정을 마치고 1년이 지나서 경성보통학교에 입학을 했고, 중등과정을 마치고 1년이 지난 뒤에 일본의 릿교대학立敎大學에 입학했던 것이 모두 그렇다는 것이다. 이에 관해서 경성고등보통학교와 릿교대학의 학적부에 명확히 기재되어 있을 것으로 생각된다. 따라서 경성고등보통학교와 릿교대학의 학적부를 확인해 보면, 월파가 언제 이들 학교에 입학해서 중퇴 또는 졸업했는지 명확히 알 수 있을 것이다.

특히 월파의 릿교대학 예과와 학부의 진학관계는 물론, 학적부에 기재된 성적을 통해서 그가 재학시절에 주로 무슨 강의를 중점적으로 수강했는지도 확인할 수 있을 것이다. 그가 재학시절에 들었던 과목들이 그의 문학세계와는 어떤 연관성이 있는가를 살피는데, 많은 도움이 될 것임을 말할 것도 없다. 따라서 아무리 번거롭다 할지라도 앞으로 누군가 이 작업을 해야만 함은 말할 것도 없다.

4) 이화여자대학교에 남겨진 월파의 기록들

월파는 이화여자대학교에서 평생을 재직했다고 해도 과언이 아니다. 1928년 3월에 보성고등보통학교 교사직을 사임하고, 곧바로 이화여자전문대학교 교수로 취임하여 사망하기 직전까지 이 학교에 근무하고 있었으니 말이다. 물론 세계2차 대전의 말기에는 본의 아니게 학교에서 물러나 장안화원을 경영하기도 했고, 8·15해방 직후에는 강원도 지사로 부임하기도 했다. 그러나 그 기간은 극히 짧았고, 그 삶의 대부분을 이화여대에서 영문학 강의를 했다. 그가 사망한 것이 만으로 50도 되지 않았던, 한참 일할 나이였으니까, 좀 더 살았다면 보다 훨씬 긴 세월을 이화여자자대학교에서 머물러 있었을 것이다.

이화여자대학교에서 평생을 바쳤기 때문에, 거기에 남겨진 기록들을 샅샅이 살펴보면, 그의 생애와 문학에 관련된 자료들이 많이 얻어질 것으로 생각된다. 이제까지 그에 대해서 알려진 것으로는 동교의 학무처장을 자주 맡아서 일했다는 것과 모윤숙毛允淑·노천명盧天命·주수원朱壽元 등과 같은 시인들을 가르쳤다는 것만 전해지고 있을 뿐이다. 이화여자대학교의 재직당시의 기록이나 자료들을 조사하면 이제까지 전해지지 않는 새로운 사실들이 밝혀질 것으로 생각된다.

5) 산악회와의 관련된 문제

월파는 산과 물을 무척 좋아했다. 그래서 그는 백운대를 비롯한 북한산 일대와 서울 근교의 산은 물론, 백두산과 금강산 지리산……등 전국의 유명한 산에 대해서 잘 알고 있었다. 아마도 월파는 전국의 명산들을 거의 등반했는지도 모른다. 그리고 그는 바다를 좋아해 동해안 일대를 도보로 답파하기도 했다.

월파는 등산에 관련된 글을 당시의 신문이나 잡지에 많이 발표하고 있다. 특히 서울 근교의 산에 대해서는 등반 코스와 교통편을 비롯하여 등반에 걸리는 시간이나, 소요 경비에 이르기까지 자세히 기록하여 안내하기도 했다. 그는 언제나 마음이 답답할 때는 북한산에 올랐고, 그렇지 않았을 때도 북한산에 자주 올랐다고 한다. 그렇게 하면, 답답했던 마음이 확 풀려 일상의 무기력함에서 쉽게 벗어날 수가 있었다는 것이다.

월파와 한국산악회와의 관계는 어떠했을까? 일설에는 한국산악회 회장을 지내기도 하였다고 하는데, 사실 여부를 확인할 필요가 있다. 만약 그 전언이 사실이라면 월파가 한국산악회에 끼친 영향은 무엇이며, 당시의 공과를 상세히 밝힐 필요가 있지 않을까 한다.

이외에도 세계2차 대전 막바지에 이화여전 교수직에서 물러나 '장안화원'을 경영한 사실 대하여 좀 더 구체화할 필요가 있다. 이제까지는 '장안화원'을 동료교수이자 함께 퇴직한 김신실金信實과 함께 공동 투자하여 경영했다고만 전해지고 있을 뿐이다. 그리고 8·15해방 직후 그가 강원도 지사로 임명받아 잠시 근무했다고 하는데, 그 구체적인 사실을 확인할 필요가 있지 않을까 한다. 이것에 대하여는 거의 밝혀져 있지 않고 그저 며칠 만에 사임하고 교수직으로 돌아왔다는 것만 전해지고 있을 뿐이다.

끝으로 6·25전쟁 때로부터 그가 부산에서 사망했던 기간의 문제이다. 6·25전쟁 당시 월파는 미처 피란하지 못하여 서울에 그대로 머물러 있었던 것으로 전해진다. 그때에 많은 문인들이 피란하지 못하여 납북되기도 했는데, 월파는 1·4후퇴 당시 부산으로 피란했고 그곳에서 사망한 것으로 전해지고 있다. 그런데 이에 대한 구체적인 사실이 밝혀져야만 할 것 같다. 그리고 서울이 수복된 뒤에 그의 유해가 망우리로 옮겨진 과정도 밝혀지길 기대한다.

2. 서지의 국면에서의 미해결의 문제

월파의 시와 산문들은 아직도 많이 정리되지 않고 있다. 앞에서도 거듭 말했지만, 월파는 시집『망향』과 산문집『무하선생방문기』만 남기고 떠났다. 그런데, 월파의 시와 산문은 이 두 권에 실리지 않은 작품이 훨씬 더 많다. 필자가 1983년 새문사에서 펴낸『월파 김상용전집』에 수록된 시와 산문들만 해도,『망향』이나『무한선생방랑기』에 수록되지 않는 시와 산문들이 훨씬 더 많았다. 이것으로 미루어 아직도 발굴하지 못한 월파의 유작들이 당시의 신문이나 잡지에 발표되어 있지 않을까 추측된다. 이것이 월파의 유작들에 대한 보완작업이 필요한 이유이다.

1) 월파의 유작 정리를 위한 보완작업의 필요성

"왜 사냐 건/ 웃지요." 하는 인생태도, "인생은 요강 같다" 하는 역설적인 비유는 모두 그의 인간 편모를 말해주는 것으로, 관조적 세계와 함께 회의적 세계라는 특성을 이룬다. 비교적 늦게 시작을 해 49세로 타계한 그의 생애에『망향』은 처녀시집이자 마지막 시집이었다.105)

위는 1984년 현암사에서 펴낸 김용성의 『한국현대문학사탐방』에서 인용한 것이다. 김용성은 월파가 비교적 늦은 나이인 1926년부터 시작 활동을 개시했다고 진술한다. 그런데 시집 『망향』의 시편들을 기준으로 하면 늦었다고도 할 수 있겠지만, 『망향』의 시편들이 발표되기 시작한 1933년 이전에도 수십 편의 시작품들을 당시의 신문이나 잡지들에 발표하고 있었다.

필자가 여기서 이 글을 굳이 인용한 것은 작가의 생애나 서지의 국면에 대한 철저한 연구가 수반되지 않고서는 잘못된 사실을 사실처럼 말하기가 쉽기 때문이다. 작가를 연구하기 위해서는 대상 작가의 생애와 문학에 대한 전기 및 서지에 대한 철저한 조사와 정리가 수반되어야 함은 말할 것도 없다.

이제까지 정리된 월파의 시와 산문들 이외에도 많은 작품들이 당시의 신문이나 잡지에 발표되어 있을 것으로 추정된다. 따라서 월파의 유작들에 대한 보완작업은 앞으로 계속 지속해야 할 과제로 남아있다. 자료들은 당시의 신문이나 잡지들이 총 정리되어 그 열람이 쉽게 이루어질 때만이 가능하다. 오늘날과 같은 많은 제약 하에서는 이런 작업을 하기가 매우 까다로워 연구자들이 접근을 꺼려하는 것도 사실이다.

연구자들이 찾는 자료란 대부분이 희귀자료다. 희귀자료가 아니고서는 어느 연구자가 기관을 찾겠는가? 희귀자료들의 열람이 불가능하다면, 그것들을 볼 사람들은 누구란 말인가? 그런 희귀자료들은 그것들을 대상으로 연구하는 사람들이 검토해야 한다. 그런데 망실과 훼손의 우려 탓에 열람이 어렵다면 영인본을 제작해서 연구자들이 열람하기 쉽게 제도적인 보완이 필요하다. 그때 비로소 그 분야의 학문도 발전할 수 있는 것이다. 희귀자료를 보관하는 것도 중요하지만, 그에 못지않게 그

분야의 연구자들이 쉽게 접근하여 연구하도록 지원하는 것은 더욱 중요한 것이라 할 수 있다.

2) 유족들의 보관 작품들―미발표의 유작들

당시의 신문이나 잡지에 발표되지 않고 유족들이 보관하고 있는 유작들은 거의 정리되지 않고 있다. 필자가 『월파김상용전집』을 펴낼 때만 해도 그 유족들을 찾을 수 없어 당시의 신문이나 잡지에 발표된 것들만 정리할 수밖에 없었다. 따라서 앞으로 월파의 유족들을 찾아서 그 유작들의 유무를 확인하고 유작들이 확인되면, 그것들을 정리하여야만 한다. 하기야 이것들을 수집하고 정리하기에는 너무나 많은 세월이 흐른 것 같다. 좀 더 일찍 서둘러서 작업을 했어야만 했던 것이 아닐까 싶기도 하다.

지금까지 밝혀진 월파의 작품연보에 의하면 그는 8·15해방 당시에 전혀 작품 활동을 하지 않고 있다. 그 이듬해 <그날이 오다>란 작품만 《경향신문》에 발표하고 있을 뿐이다. 사실 8·15해방과 함께 당시의 많은 시인들이 일제의 식민치하에서 벗어난 감격을 앞 다투어 발표하고 있었는데 월파는 그렇지 않았다. 무엇 때문에 침묵하고 있었을까? 그가 잠시 학교를 떠났다가 복직하는 과정이 복잡해서 그런 것일까? 이런 사실도 좀 더 구체화할 필요가 있지 않을까 한다. 아무튼 월파는 8·15해방 당시 시 한편만 발표하고 곧바로 미국의 보스턴 대학에서 2년간 연구에 전념하고 귀국해서 시를 본격적으로 발표하기 시작한다.

이상에서 월파 문학의 연구를 위한 전기와 서지의 국면에서 해결되지 않는 몇 가지 문제점들을 제기하였다. 그런데 이런 작업을 하기에는 우리의 여건이나 주변 환경들이 너무나도 열악하다. 그리고 세월이 너무나도 많이 흘렀고, 그 변화가 컸기 때문에, 대상 시인이나 작가들이 살았던 그 당시를 소급해서 연구하기란 난망하다.

작가나 그 밖의 학문분야를 연구하는데 필요한 전자료들을 찾는데, 그 여건이 너무나 좋지 않다. 각 기관마다 개인정보 보호를 내세워 열람을 한껏 제한하고 있는 것도 한 예이다. 이런 연구여건이나 환경에서는 인문학 분야의 연구는 매우 어렵다. 그들이 찾는 자료들은 거의가 이미 고전이 되어 회귀자료들로 분류되어 열람이 쉽지가 않기 때문이다.

이런 자료들의 열람이 자유로운 때가 있었다. 그때는 학생들과 탐방하여 쉽게 그런 자료들을 수집할 수 있었기 때문에, 이제까지 통념으로 전해오던 잘못이나 오류들을 쉽게 바로잡을 수가 있었다. 그러나 지금의 여건은 녹록치 않다. 그런 자료들을 열람하기 위해서는 너무나도 까다로운 절차가 수반돼야 한다. 행방도 알지 못하는 유족들을 동반하라거나, 아니면 유족들의 허락을 받아오기를 강요하기 때문에, 연구자들에게는 그 과정이 너무나도 어렵고 까다롭다. 이런 이유로 연구를 기피 또는 포기하는 경우가 없지 않다. 대상 시인이나 작가는 이미 세상을 떠난 지도 50년 넘게 세월이 흘렀는데도 무엇 때문에 열람을 제한하는지 알 수 없다. 연구하면 할수록 그들의 진면목이 밝혀져 훨씬 더 이로울 것인데도 철저히 제약하고 있는 현실이 너무나도 안타까울 뿐이다.

부 록

가계도·생애연보·작품연보·주석

월파의 가계도
월파의 생애연보
월파의 작품연보
주석

김상용의 가계도

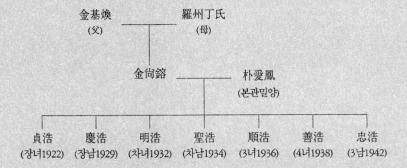

金基煥
(父)

羅州丁氏
(母)

金尙鎔 _____ 朴愛鳳
(본관밀양)

貞浩
(장녀1922)

慶浩
(장남1929)

明浩
(차녀1932)

聖浩
(차남1934)

順浩
(3녀1936)

善浩
(4녀1938)

忠浩
(3남1942)

김상용의 생애연보

1902 (1세)	음력 8월 17일 경기도 연천군 군남면 왕림리 840번지에서 아버지 김기환金基煥과 어머니 나주정씨羅州丁氏 사이에서 2남 2녀 중 장남으로 출생하다. 본관은 경주慶州이고 아호 또는 필명은 월파月坡 또는 월파月波 · 월파越波 · 무하無何 등이 있는데 이들 가운데서 잘 알려진 것은 '월파月坡'이다.106) 아버지는 한약상漢藥商을 하는 한편, 만여 평이나 되는 적지 않은 농지를 갖고 농사를 지었다고 한다. 키가 작고 통통하다 하여 지월공地月公(땅달이)이란 별명이 친구 간에 가끔 쓰었다고 한다.
1911 (10세)	4월, 연천공립보통학교 1학년에 입학하다.
1915 (14세)	3월, 연천공립보통학교 4년 졸업하다.
1916 (15세)	4월, 경성고등보통학교 1학년에 입학하다.
1919 (18세)	3월, 기미년己未 독립 운동 당시 학생운동에 참여하다. 이로 말미암아 일본관헌의 검거령을 피하여 고향으로 돌아가다. 독립운동에 가담했다는 이유로 경성고보에서 제적당하다.

	박애봉朴愛鳳(본관 密陽)과 결혼하다.
	부친 기환基煥 사망하다.
1920 (19세)	4월, 사립 보성고등보통학교 4학년에 전입하다.
(1921)	3월, 사립 보성고등보통학교를 졸업하다.
(20세)	재학 당시의 학업성적은 우수한 편에 속하였다.
1922 (21세)	일본 릿교대학立敎大學 예과에 입학하다.
	장녀 정호貞浩 출생하다.
1924 (23세)	릿교대학 예과를 마치고 학부 영문과로 진학하다.
1926 (25세)	10월, 《동아일보》에 시작품 <일어나거라>를 발표하다.
1927 (26세)	4월, 릿교대학 영문과를 마치고 귀국하여 모교인 보성고등 보통학교 교사로 취임하다.
	이화여전 강사로도 출강하다.
1928 (27세)	보성고등보통학교 교사직을 사임하고 이화여전 교수로 부 임하다.
1929 (28세)	장남 경호慶浩 출생하다.
	《조선일보》에 <시조사수時調四首>와 산문을 <백운대 白雲臺를 찾아서>를 발표하다.
1930 (29세)	고향 연천에서 가족들을 솔거하여 서울 성북동으로 이사하다.
	<춘원春怨>·<백두산음오수白頭山吟五首>·<그러나 거문고 줄은 없고나> 등과 같은 많은 시와 산문을 《동아일보》·《신생》·《 이화》 등에 발표하다.
1931 (30세)	번역시편들과 많은 산문들을 《신생》·《청년》·《이화》·《조 선일보》·《동방평론》 등에 발표하다. 서울 서대문구 행촌동 210번지 2호로 이사하다.
	차녀 명호明浩 출생하다.
	투르게네프의 산문시의 번역과 많은 시작품들《동아일보》·《동 방평론》·《신생》·《이화》 등에 발표하다.
1933	투르게네프의 산문시와 오―마카이얌의 <루바이얄> 시편들, 그리

(32세)	고 기타의 번역시 편들을 《신동아》·《신가정》·《동광초서》·《동아일보》·《조선중앙일보》·《중앙》등에 발표하다.
1934 (33세)	차남 성호聖浩 출생하다. <무제음이수無題吟二首>·<고적孤寂>·<남으로 창을 내겠오> 등과 같은 시작품들과 씽클레어와 같은 영국작가의 소개문을 《중앙》·《신동아》·《조선중앙일보》·《문학》·《신가정》 등에 발표하다.
1935 (34세)	<태풍>·<나>·<마음의 조각> 등과 같은 시작품과 <이미 16년>, 그리고 오—마—카 이얌의 <루바이얕> 연구 등을 《신동아》·《시원》·《신가정》·《동아일보》· 등에 발표하다.
1936 (35세)	3녀 순호順浩 출생하다. <눈 오는 아침>·<물고기 하나>·<연돌煙突의 노래>·<괭이> 등의 시작품과 <하이킹예찬><허무감虛無感을 받은 그 시절> 등의 산문, 그리고 '문학수첩文學手帖'으로 획된 역시편들의 해설을 《신동아》·《시와소설》·《조선문학》·《조광》·《동아일보》 등에 발표하다.
1937 (36세)	<한순온화寒脣溫話>·<기도祈禱>·<박첨지의 낮잠>·<반딧불>·<추야장秋夜長> 등의 시와 산문을 《조선일보》·《백광》·《이화》·《동아일보》·《학해學海》 등에 발표하다.
1938 (37세)	4녀 선호善浩 출생하다. <우부우어愚夫愚語>·<춘소섭어春宵讘語><무하록無何錄> 등의 산문을 《삼천리문학》과 《동아일보》에 발표하다. <향수>·<포구>·<어린것을 잃고> 등의 시작품을 《조광》·《여성》 등에 발표하다. 6월, 애시哀詩(워어즈워아드)·<내 혼은 아름답다(바이런)>·<깨어져라>(테니슨) 등 이외의 몇몇 번역시편들이 최재서가 인문사에서 엮어낸 『해외서정시집海外抒情詩集』에 수록되다.
1939 (38세)	5월, 첫 시집 『망향』이 문장사에서 출간되다. 이 시집에는 <남으로 창을 내겠오>·<서그픈 꿈>·<마음의 조각>·

	<향수>·<태풍> 등 20편의 작품이 수록되어 있다. <엽토 만화獵兎漫話>·<어미소>·<추억> <마음의 조각> 등의 시와 산문이 ≪동아일보≫·≪문장≫·≪신세기≫ 등에 발표되다.
1940 (39세)	시작품 <여수旅愁> 한 편만을 ≪문장≫지에 발표하고 있을 뿐, 거의 작품 활동을 하지 않다.
1941 (40세)	<고궁古宮>·<손 없는 향연>·<병상음이수病床吟二首> 등의 시작품과 번역소설 <안해를 위하여>(하아디 작)을 ≪춘추≫·≪문장≫·≪삼천리≫ 등에 발표하다.
1942	3남 충호忠浩 출생하다. 서을 성북구 돈암동으로 이사하다. <등산백과서登山百科書>·<영혼靈魂의 정화淨化>·<님의 부르심을 받들고서>·<대춘부待春賦>등의 시와 산문을 ≪매일신보≫·≪춘추≫ 등에 발표하다. 이들 가운데서 일부의 시와 산문은 그 제목처럼 친일 성향을 보이고 있다.
1943 (42세)	일제에 의해 영문학 강의가 철폐되자 이화여전 교수직을 사임하다. 종로 2가 장안長安빌딩의 자리에서 '장안화원'을 개설하고 동료였던 김신실金信實과 함께 운영하다
1945 (44세)	8·15해방과 함께 이화여대 교수직으로 복직하여 학무처장의 일을 맡았다. 강원도 도지사로 발령 받았으나 수일만에 사직하고 이화여대 교수로 복직하다.
1946 (45세)	도미渡美하여 보스톤대학에서 영문학을 연구하다. 12월 15일자 ≪경향신문≫에 시작품 <그날이 온다>를 발표하다.
1949 (48세)	귀국하여 이화여대 학무처장 직을 다시 맡다. <해바라기>와 <여수旅愁>를 ≪문예≫와 ≪신천지≫에 발표하다.
1950 (49세)	2월, 산문집 『무하선생방랑기無何先生放浪記』를 수도문화사에서 발간하다. 시집『망향望鄕』을 이화여대 출판부에서 재판하다.

	6월 25일, 한국전쟁이 발발하여 부산으로 피란하다.
	시작품 <하늘>·<스핑크스>·<고뇌>·<점경點景> 등을 ≪민성≫·≪혜성≫·≪이화≫·≪아메리카≫ 등에 발표하다.
1951 (50세)	6월 20일, 피란지 부산의 釜田洞 57번지의 셋집에서 식중독으로 향년 50세로 사망하다.
	공보처 고문과 코리아타임스 사장직을 맡기도 했다.
1956	이화여대 주선으로 부산에 있는 유해를 서울 忘憂里 공동묘지로 이장하다.
	묘비에는 <향수>의 전문이 새겨져 있다.
1983	10월 20일, 월파月坡 시와 산문이 총 정리된 김학동 편의 『월파月坡 김상용 전집金尚鎔全集』이 새문사에서 출간된다.

김상용의 작품연보

1926	일어나거라	동아일보(10.5)	시

1929	나의 꿈	조선일보(11.3)	시
	時調四首	조선일보(11.5)	시조
	白雲臺를 찾아서	조선일보(11.26~12.1)	수필
	晩秋 속의 하루 해		
	북악산 등덜미		
	산새들의 옛 노래		
	仁壽峰의 雄威		

1930	동무야	조선일보(2.6)	시
	이날도 앉아서 기다려볼까	조선지광(3)	시
	내 사랑아	조선일보(4.3)	시
	春怨	동아일보(4.15)	시조
	大戰 影響으로		
	通俗化(영국문단)	동아일보(4.16)	평론
	그 무덤 푸른 풀의		

뿌릴 잔이니	조선일보(5.16)	시
지는 꽃	조선일보(7.27)	시
바다를 그리는 노래		
존 메이스필드 작)	조선일보(7.29)	역시
내 마음	조선일보(7.30)	시
無題	조선일보(7.31)	시
내 넋의 웃음	조선일보(8.3)	시
떠나는 노래	조선일보(8.8)	시
나는 노래 부르네	조선일보(8.12)	시
반갑다고만 할까	조선일보(8.23)	시
白頭山吟 五首	신생(10)	시조
定界石築을 보고(2首)		
無頭峰에 올라		
白頭山頂에서		
天池가에서		
찾는 맘	동아일보(11.11)	시
모를 일	동아일보(11.12)	시
無常	동아일보(11.14)	시
그러나 거문고 줄은 없고나	동아일보(11.16)	시
내 마음	조선일보(11.22)	시
殺妻囚의 質問·1	조선일보(11.30)	시
殺妻囚의 質問·2	조선일보(12.1)	시
나는 북을 울리네	조선일보(12.27)	시
失題	이화(12)	시
어이 넘어 갈거나	이화(12)	시
時調六首	이화(12)	시조
1931 에너벨·리이(포우 작) 역시	신생(1)	

로오즈 에일머어(랜더어 작)	청년(2)	역시
잃어진 소리(山窓漫話)	이화(3)	수필
希臘古甕賦(키이츠 작)	신생(5)	역시
낯익은 얼굴(차알스 램)	신생(6)	역시
關東八景踏破記	조선일보(7.25~8.29)	기행문
자연의 시/ 發程		
明鏡臺의 情趣		
自然 속의 인생		
朝鮮의 노래		
迎日灣邊의 하룻밤		
白波 깨어지는 海邊		
漁夫들의 욕타령		
내 生命의 참詩 한 首	동아일보(12.19)	시
은 그 자락 더 적시우네	동아일보(12.22)	시
1932 百年 後의 새 세상·1	동아일보(1.9)	수필
─空想家의 漫筆		
百年 後의 새 세상·2	동아일보(1.10)	수필
─空想家의 漫筆		
투르게네프의 散文詩	동아일보(2.14~20)	역시
시골/ 對話		
老婆/ 개		
나와 싸우든 사람		
乞人		
無題	동방평론(4)	시
無題	동방평론(7)	시
바다를 그리는 노래	조선일보(7.29)	역시
(존 메이스필드)		
크로바	이화(10)	시

기다림	이화(10)	시
無題	이화(10)	시
無題	이화(10)	시
가을	이화(10)	시
선생의 여름	신생(11)	설문답
1933	無題	신동아(3)	시
	무지개도 귀하 것만은	신동아(4)	시
	無題	신동아(4)	시
	斷想	신동아(4)	시
	그대가 누구를		
	사랑한다 할 때	신동아(5)	시
	한잔 물	신가정(5)	시
	廢墟의 사랑(브라우닝 작)	신가정(6)	시
	祈願	동광총서(7)	시
	盟誓	동광총서(7)	시
	어름방학의 세 가지 計劃	신가정(7)	설문답
	無題(떼비스 작)	신생(7)	역시
	貧窮(엘프레드·슈―트르)	신동아(8)	번역희곡
	空虛(유진 리 헤밀톤)	신가정(8)	역시
	참새(투르게네프 작)	동아일보(8.20)	산문시
	두 富者(투르게네프 작)	동아일보(8.20)	산문시
	來日! 來日!(투르게네프 작)	동아일보(8.20)	산문시
	滿足者(투르게네프 작)	동아일보(9.1)	산문시
	處世術(투르게네프 작)	동아일보(9.2)	산문시
	世上의 終極(투르게네프 작)	동아일보(9.5)	
	悲嘆(나의 애송시 쉘리)	동아일보(9.5)	역시
	오―마카이얌의		
	<루바이얕>을 紹介하면서	조선중앙일보(9.5)	평론

루바이얕의 時調譯	조선중앙일보(9.9~30)	역시
마샤(투르게네프 작)	동아일보(9.17)	산문시
바보(투르게네프 작)	동아일보(9.22)	산문시
髑髏(투르게네프 작)	동아일보(10.1)	산문시
勞動者와 白手人(투르게네프 작)	동아일보(10.8)	산문시
探究者(존 메이스필드 작)	신동아(10)	역시
嶺雲詩集 독후감	동아일보(10.22)	평론
杜鵑賦(키이츠 작)	중앙(11)	역시
朝鮮을 싸고도는 생각	신동아(11)	설문답
朝鮮의 山岳美	중앙(12)	수필
無題(몌―비스 작)	신가정(12)	역시
斷想一束	신동아(12)	시
펜/ 저놈의 독수리		
빌어먹을 놈		

1934	無題三首	중앙(1)	시
	'빡스'는 어딜 갔나	신동아(1)	수필
	世界的인 文藝家列傳	조선중앙일보(1.1~4.8)	평론
	家庭 趣味問答	신가정(1)	설문답
	無題吟 二首	신동아(2)	시
	孤寂	신동아(2)	시
	우리 길을 가고 또 갈까	문학(2)	시
	自殺風景 스케취	문학(2)	시
	南으로 窓을 내겠소	문학(2)	시
	卽景	중앙(4)	시
	宇宙와 나	신여성(6)	시
	反逆/ 敗背/憧憬		
	'貧窮退治'를 역설중인		
	작가 업톤 씰클레어·1	조선중앙일보(6.14)	평론

'貧窮退治'를 역설중인		
작가 업톤 씽클레어·2	조선중앙일보(6.16)	평론
'貧窮退治'를 역설중인		
작가 업톤 씽클레어·3	조선중앙일보(6.22)	평론
여름과 登山	중앙(7)	평문
모양과 마음이 딴 판이겠죠	신가정(7)	설문답
(내가 만일 여자라면)		
東海沙場의 神秘한 밤	중앙(8)	수필
(生과 無의 幻影 속에서)		
蓬窓散筆	조선중앙일보(8.22~8.29)	수필
母子새—蓬窓散筆	조선중앙일보(8.31)	수필
避暑秘法	신가정(8)	설문답
연못에오리네마라윌리엄 엘리엄 작)	신가정(9)	역시
六月이 오면(로벌 부리지스)	신가정(9)	역시
문예좌담회	신동아(9)	좌담
가을 遠足地 指針	신가정(10)	평문
推薦圖書館	중앙(10)	설문답
斷想	신가정(11)	시
路上有感	중앙(11)	수필
씽클레어 小傳	신동아(11)	평론
無何先生放浪記(총 30회)	동아일보(11.6~12.27)	수필
1935 英文學에 나타난 돼지	조선중앙일보(1.1)	수필
颱風	신동아(1)	시
오—마—카이얌의		
「루바이얕」 研究·1	시원(2)	평론
나	시원(2)	시
이미 十六年	신동아(2)	수필

내 봄은 明月館 食帴子	동아일보(2.23)	수필
無題	시원(4)	시
오―마―카이얌의 「루바이얕」研究·2	시원(4)	평론
마음의 조각	시원(5)	시
오―마―카이얌의 「루바이얕」研究·3	시원(5)	평론
서그픈 꿈	신가정(7)	시
記憶의 조각조각1~3 (내가 사숙하는 내외 작가)	동아일보(7.25~30)	수필
문예좌담회	신동아(9)	좌담회
새벽 별을 잊고	신동아(12)	시

1936	그대들에게	신동아(3)	시
	눈 오는 아침	시와 소설(3)	시
	물고기 하나	시와 소설(3)	시
	詩	시와 소설(3)	단상
	나는 노래 잃은 뻐꾹새	조광(3)	시
	하이킹 禮讚(春·山·女)	여성(4)	수필
	그믐날	중앙(4)	수필
	煙突의 노래	조선문학(5)	시
	우물 깃는 快樂 (작가생활 노―트에서)	조선문학(5)	설문답
	어머니의 꿈(월얌 버―ㄴ스 작)	신가정(5)	역시
	모짜리 망창을 누가 아나 '우렁이' 제비가 제일인데	아이생활(6)	설문답
	괭이	신동아(8)	시
	虛無感을 받은 그 時節(日記)	신동아(8)	수필
	잊지 못할 그 江 그 山	조광(8)	설문답

	似而非序言(문학수첩·1)	동아일보(8.21)	역시 및 해성
	참나무(테니슨, 문학수첩·2)	동아일보(8.22)	역시 및 해설
	'빠이론' 허무감(문학수첩·4~5)	동아일보(8.25~27)	역시 및 해설
	한 것 작은 나	조선문학(9)	시
1937	寒脣溫話	조선일보(1.20~21)	수필
	고구마 장수		
	진흙 밭의 연꽃		
	박첨지와 낮잠	백광(4)	시
	祈禱	이화(6)	시
	반딧불	이화(6)	시
	文學의 貞操·1	동아일보(6.3)	평문
	文學의 貞操	동아일보(6.4)	평문
	秋夜長·1(인물 있는 가을 風景)	동아일보(9.11)	수필
	秋夜長·2(인물 있는 가을 風景)	동아일보(9.14)	수필
	'렌즈'에 비친 가을 表情	동아일보(10.21)	시
	山과 나/ 沈黙/ 森林/ 岩壁		
	暴風雨/ 閑居		
	無題	학해(12)	시
1938	愚夫愚語	삼천리문학(1)	수필
	春宵譫語	동아일보(2,25)	수필
	劉芙蓉孃·1(독창가사)	동아일보(4.14)	번역가사
	劉芙蓉孃·2(독창가사)	동아일보(4.15)	번역가사
	山岳(自然과의 對話集)	동아일보(6.2)	수필
	哀詩(워어즈워어드 작)	海外抒情詩集(6)	역시
	내 魂은 어둡다(바이런 작)	海外抒情詩集(6)	역시
	告別의 노래(바이런 작)	海外抒情詩集(6)	역시
	第三十三誕日에(바이런 작)	海外抒情詩集(6)	역시

참나무(테니슨 작	海外抒情詩集(6)	역시
壁틈의 한 송이 꽃(테니슨)	海外抒情詩集(6)	역시
깨어져라(테니슨)	海外抒情詩集(6)	역시
砂洲를 넘어(테니슨)	海外抒情詩集(6)	역시
스승에 받은 말씀	여성(7)	설문답
게릴라 전술훈련	동아일보(7.5)	설문답
(나의 '避暑' 플랜)		
無何錄	동아일보(8.17~25)	수필
밤	동아일보(9.9)	수필
鄕愁	조광(11)	시
가을	조광(11)	시
浦口	조광(11)	시
어린 것을 잃고	여성(11)	시조
1939 獵兎漫話·1~3	동아일보(1.2~5)	수필
(문학과 토끼)		
文學建設座談會	조선일보(1.4)	좌담
新建할 조선문학의 성격 좌담회	동아일보(1)	좌담
어미소	문장(2)	시
追憶	문장(2)	시
마음의 조각	신세기(3)	시
남으로 窓을 내겠오.	望鄕(5)	시
서그픈 꿈	望鄕(5)	시
노래 잃은 뻐꾹새	望鄕(5)	시
반딧불	望鄕(5)	시
괭이	望鄕(5)	시
浦口	望鄕(5)	시
祈禱	望鄕(5)	시
마음의 조각·1~8	望鄕(5)	시

	黃昏의 漢江	望鄕(5)	시
	한잔 물	望鄕(5)	시
	눈 오는 아침	望鄕(5)	시
	어미 소	望鄕(5)	시
	追憶	望鄕(5)	시
	새벽별을 잊고	望鄕(5)	시
	물고기 하나	望鄕(5)	시
	굴뚝 노래	望鄕(5)	시
	鄕愁	望鄕(5)	시
	가을	望鄕(5)	시
	나	望鄕(5)	시
	颱風	망향(5)	시
1940	旅愁	文章(11)	시
1941	문학의 제 문제	문장(1)	좌담
	古宮	춘추(3)	시
	손 없는 饗宴	문장(4)	시
	안해를 위하여(하아디)	문장(4)	번역소설
	루바이얄 抄譯	춘추(7)	역시
	山에 물에	삼천리(9)	시
	病床吟二首	춘추(12)	시조
1942	靈魂의 淨化	매일신보(1.27)	평문
	님의 부르심을 받들고서	매일신보(1.29)	시
	聖業의 基礎完成	매일신보(2.19)	평문
	待春賦	매일신보(3.13)	수필
	登山百科書	춘추(8)	평문

1946	그날이 오다	경향신문(12.15)	시
1947	꿈에 지은 노래	미상(7.25)	시
1949	해바라기	문예(9)	시
	旅愁	신천지(11)	시
	鄕愁	새한민보(10.31)	시
1950	하늘	민성(1)	시
	망향(3판)	이대 출판부	시집
	無何先生放浪記	수도문화사(2)	산문집
	스핑크스	혜성(3)	시
	苦惱	이화(4)	시
	點景	아메리카(6)	시

주 석

1) 김용성, 『한국현대문학사탐방』(현암사, 1984) 315~316면 참조. 정규 의학과정을 마치고 한의업漢醫을 개업한 것이 아니라, 풍부한 한문지식으로 한의학을 독학하여 개업한 것으로 전해지고 있다.

2) 김학동 편저, 『월파 김상용전집』(새문사, 1983) 352~353면.

3) 사립 보성고등학교 학적부에는 연천공립보통학교를 1915년(大正 4년) 3월에 졸업한 것으로 되어 있다.

4) 김학동 편저, 앞의 책, 353면 참조.

5) 김학동 편저, 앞의 책, 386면.

6) 김학동 편저, 앞의 책, 178면. 이 글은 1935년 7월 25~30일자에 발표된 「기억記憶의 조각조각」에서 인용했다.

7) 일설에 의하면 월파가 강원지사로 부임한 지 3일 만에 사직하고 학교로 복직했다고 전한다.

8) 공립경성고등보통학교는 현 경기고등학교를 지칭한다. 학교의 명칭이 바뀐 과정을 보면, 관립중학교(1900)→관립한성고등학교(1906)→경성고등보통학교(1910)→경성제1고등보통학교(1921)→경기공립중학교(1938)→경기고등학교와 경기중학교로 분리(1951)→경기중학교 폐교 등과 같다.

9) 김용성, 앞의 책, 316면 참조.

10) 사립보성고등보통학교의 명칭은, 사립보성중학교(1906)→사립보성고등보통학교(1914)→보성고등보통학교(1922,5년제)→보성중학교(1938)→보성고등학교와 보성중학교로 분리(1951)로 변화됐다.

11) 김학동 편저, 앞의 책, 354면.

12) 김학동 편저, 앞의 책, 176~177면.

13) 앞의 책, 177~178면.

14) 김학동 편저 앞의 책, 178면.

15) 앞의 책, 181면.

16) 김용성, 앞의 책, 316면 참조.

17) 여기서 '오마―카이얌'은 '우마르 하이얌'을 지칭한다.

18) 「백운대白雲臺를 찾아서」는 1929년 11월 26일에서 12월 1일까지 연재된 바 있다.

19) 김학동 편저, 앞의 책, 320면.

20) 김학동 편저, 앞의 책, 310~311면.

21) 이 서문은 이것들을 묶어 책으로 출간되었던 1950년 2월에 제작된 것이다.

22) 김학동 편저, 앞의 책, 233면.

23) 김학동 편저, 앞의 책, 266면.

24) 김학동 편저, 앞의 책, 278면.

25) 이화여대 출판부에서 시집 『망향』을 재 간행했다고 알려져 있다.

26) 『세계적인 문예가열전』은 ≪조선 중앙알보≫에 일차로 발표된 논문이다.

27) 「빙궁퇴치」를 역설 중인 작가 업톤 실클레어」는 1934년 6월 14·16·22일 ≪조선중앙일보≫에 연재됐다.

28) 「오마―카이얌의 '루바이얏' 연구」는 1935년 2·4·5월호 ≪시원≫에 연재됐다. 여기서 오마―카이얌은 우마르 하이얌을 지칭한다.

29) 김용성, 앞의 책, 318면 참조.

30) 김학동 편저, 위의 『월파 김상용전집』, 343면.

31) 김학동 편저, 『월파 김상용전』, 193~94면.

32) 김상용, 「영혼英魂의 정화淨化」(매일신보, 1942.1.27)에서 인용.

33) 김상용, 「성업聖業의 기초완성基礎完成(매일신보, 1942.2.19.)에서 인용.

34) 김용성, 앞의 책, 319면에서 인용.

35) 김활란은 공보처장관 이전에는 이화여대 총장이었다. 그 후에도 그는 장기간 동교의 총장으로 재직했고, 월파는 학무처장을 역임했다. 학교 측의 신임이 두터웠던 것으로 생각된다. 월파가 잠시 물러났다 복귀했어도 계속 학무처장의 직책을 맡았던 사실로 보아 그런 추정이 가능하다.

36) 김용성, 앞의 책, 320면 참조.

37) 김환태, 「시인 김상용론」(≪문장≫ 1권 6호, 1939.7) 180면 참조.

38) 김상용의 시집 『망향』에 대해 정지용이 한 말이다.(≪문장≫ 1권 4호(1939.5))

39) 이 논문은 1938년 4월호 ≪삼천리문학≫에 발표된 것이다.

40) 이들 평전과 논문을 참고로 들어보면 다음과 같다.
　노천명, 「김상용평전」(자유문학, 1956.6)
　이희승, 「월파의 인상」(현대문학, 1963.2)
　김용성, 「김상용」(『한국문학사탐방』(국민서관, 1973)
　김환태, 「시인 김상용론」(문장,1938. 7)

41) 이 작품의 제목을 '무제·1'로 한 것은 구분하기 위해서이다. 월파가 '무제'를 제목으로 한 시를 여럿 발표했기 때문이다. 이 작품은 1930년 7월 16일 ≪조선일보≫에 발표한 것인데, 1연은 2행연이고 나머지 2,3연은 4행연이다. 각행이 3(4)·3·5의 음수율로 3음보로 되어 있다.

42) 이 작품은 1~6연까지는 3·4·4·4조의 4음보 6행연인데 반하여, 마지막 7연만이 9행이다.

43) 이 작품은 1~4연까지는 4행연인데, 반하여 마지막 5연만 5행연이다.

44) 이 작품은 1~4연까지는 6행연인데 반하여 마지막 5연만이 11행이다.

45) 이 작품은 각행을 두 개로 나누어 각 연이 6행이다.

46) 이 작품은 각 연 3번째 행을 2개로 나누어 4행이다.

47) <어린 것을 잃고>는 1938년 11월호 ≪여성≫지 발표되었다.

48) <병상음이수病床吟二首>는 1941년 12월호 ≪춘추≫에 발표되었다.

49) 이 작품은 <백두산음오수白頭山吟五首>중 첫 번째 시조이다.

50) 이 작품은 앞에서 논의된 <살처수殺妻囚의 질문質問>에 이어서 두 번째로 긴 장시라 할 수 있다.

51) 이 작품은 1933년 3월호 ≪신동아≫(통권 17호)에 발표된 것이다.

52) 이 작품은 1933년 4월호 ≪신동아≫에 발표되었다.

53) 이 작품은 1934년 2월호 ≪신동아≫에 발표되었다.

54) '단상일속斷想一束'의 시편들은 1933년 12월호 ≪신동아≫에 발표되었다.

55) 이 작품은 1934년 1월호 ≪중앙≫지에 발표됐다.

56) 이 작품은 1935년 4월호 ≪시원≫지 발표되어 있다.

57) 월파의 시 <향수>를 참조.

58) 이 작품이 처음으로 1936년 3월호 ≪조광≫지에 발표될 때의 제목은 '나는 노래 잃은 뻐꾹새'였다. 어휘나 구절에서도 약간의 차이를 보이고 있다. 구체적인 사항은 작품론에서 밝히기로 한다.

59) <마음의 조각>(2)의 간추린 내용.

60) <마음의 조각>(3)의 간추린 내용.

61) <마음의 조각>(4)의 간추린 내용.

62) <마음의 조각>(5)의 간추린 내용.

63) <마음의 조각>(6)의 전문이다.

64) 1935년 2월호 ≪시원≫지에 발표된 <나>를 참조.

65) 이 작품은 1940년 11월호 ≪문장≫지 발표되었다.

66) <고궁古宮>은 1941년 3월호 ≪춘추≫지에 발표된 작품이다.

67) 『중용中庸』의 <수장首章> "천명지위성 솔성지위도天命之謂性 率性之謂道……" 참조.

68) 소동파蘇東坡의 <적벽부赤壁賦>를 이 부분을 참고로 들어보면 다음과 같다.
   且夫天地之間 物各有主 難一毫而莫取 惟江上之淸風與山間之明月 耳得之而爲聲 目遇之而成色 取之無禁 用之不渴 是造物者之無盡藏也 而吾與子之所共適

69) 김환태,『시인 김상용론』(≪문장≫ 1939.7) 160면 참조.

70) ≪시원≫은 1935년 오일도吳一島(본명 吳秉熙)가 펴낸 시 전문지로 통권 5호까지 출간되었다.

71) 이 작품은 ≪청춘≫ 창간호(1914)에 발표된 것으로 투르게네프의 <걸인>을 의역한 것이다. 역자를 밝히지 않고 있으나, 그 잡지를 주간했던 최남선의 것으로 추정된다. 여기서 필자가 의역이라 한 것은 그 내용을 간추렸기 때문이다. 이 작품은 당시에 '비렁방이'이란 제목으로 번역되기도 했다.

72) 워드워즈의 작품들은 목차에 보면 이양하李敭河와 김상용金尙鎔의 공역으로 되어 있으나, 실지로 본문에 보면 최재서와 함께 번역한 것으로 되어 있다. 본문에는 <삼월의 노래>는 최재서 역으로, <哀애시詩>는 김상용 역으로 되어 있다. 그리고 앞의 <무지개>와 <웨스트민수터 >와 <수선水仙>은 역자가 밝혀져 있지 않는데, 이들 3편이 이양하가 번역한 것이 아닐까 한다.

73) 김학동 편저, 앞의 책, 321면.

74) 김학동 편저, 앞의 책, 383면.

75) 김학동 편저, 앞의 책, 377면.

76) 위의 책, 296면.

77) ≪신동아≫ 37호(1934.11) 164면.

78) 위와 같은 잡지, 168면.

79) 위와 같은 잡지, 165면.

80) ≪시원≫ 1호(1935.2), 26면.

81) ≪시원≫ 2호(1935.4), 44면.

82) ≪시원≫ 1호(1935.2), 26면.

83) 김학동 편저, 앞의 책, 225면.

84) 김학동 편저, 앞의 책, 182~183면.

85) 이태준, 「김상용의 인간과 예술」(≪삼천리문학≫ 2호, 1938.4), 199면.

86) 노천명, 「김상용평전」(≪자유문학≫ 1호, 1956.6), 154면.

87) 이희승, 「月坡의 印象」(≪현대문학≫ 98호, 1963.2), 260면.

88) 김학동 편저, 앞의 책, 189~190면.

89) 김학동 편저, 앞의 책, 202면.

90) ≪춘추≫ 19호(1942.8), 137면.

91) 김학동 편저, 앞의 책, 224면.

92) 김상용, 「시」(≪시와 소설≫ 창간호, 1936.3), 7면.

93) 김상용, 「시」(시와 소설, 1936,3), 7면에서 인용.

94) 위의 잡지, 7면에서 인용.

95) 위의 잡지, 7면 참조.

96) 위의 잡지, 7면에서 인용.

97) 이것들의 발표순으로 보면, 시조가 민요보다는 다소 빠르지만, 1930년 12월에 출간된 ≪이화≫ 2호에 실린 민요 형의 <실제失題>의 말미에 '1928년 4월 30일 새벽'이라고 그 제작일자가 명시되어 있는 것으로 보아, 오히려 시조보다 민요의 형태가 앞서 실험된 사실을 알 수가 있다.

98) 이 작품은 '월파月波'란 필명으로 발표되었기 때문에, 이 시인의 작품이 아닌가도 여겨지나, '월파月坡'를 간혹 '월파月波'로 쓴 것을 볼 수가 있다.

99) 이 작품은 1932년 4월호 ≪동방평론≫에 발표된 것이다.

100) 이들 작품의 발표지를 보면 다음과 같다.
　　<찾는 맘>(동아일보, 1939.11.11.)
　　<모를 일>(동아일보, 1930.11.12.)
　　<無常>(동아일보, 1930.11.14.)

101) 이병기·백철 공저, 『국문학전사』(신구문화사, 1963), 359~60면 참조.

102) 이 영역문을 참고로 보면, 다음과 같다.
　　And as the Cock crew, those whe stood before
　　The Tavern shouted—"open then the Door!
　　You know little while we have to stay,
　　And once dparted may return no more".

103) 이 작품은 1932년 7월호 ≪동방평론≫에 발표된 것으로, 월파의 시력으로 보아 초기에 해당한다고 할 수가 있다.

104) 1934년 12월호 ≪신동아≫에 발표된 번역시 <울려라 요란한 종아>에서 인용한 것이다.

105) 김용성,『한국현대문학사탐방』(현암사, 1984), 315면.

106) 사립 보성고등보통학교의 학적부에는 월파의 생년월일이 1902년(명치 35) 8월 17일로 나타나 있는데, 여기서는 음력과 양력의 구분되지 않고 있다.